Zonder publiek

www.meulenhoff.nl

Voor Loes Beumer
(1941-2013)

‘Op wie anders moeten we lijken dan op onze ouders?’

Iki Freud

1978

Mama maakt mijn gezicht wit met een grote poederdons die kriebelt en oefent haar tekst. Omdat ze niet wil dat de poeder in mijn ogen komt, moet ik ze stevig dichtknijpen. Voor de zekerheid klem ik ook maar mijn lippen op elkaar en ik luister naar haar stem. Ik ken haar teksten allemaal en ik zeg ze in mijn hoofd mee, niet hardop natuurlijk, want dan raakt ze in de war. Soms laat ze mij in het café een monoloog voordragen voor haar vrienden. Ik word daar verlegen van maar ik doe het toch omdat ik weet dat zij het leuk vindt.

Als ik mijn ogen open zie ik overal kleine poederspikkels in de lucht zweven. Op mama's kaptafel ligt een dun laagje wit. Grobbel op mijn schoot lijkt wel een sneeuwpop. 'Olala, ogen dicht! We zijn nog niet fini!' roept mama. Ik doe het meteen en schiet in de lach. Ik kan het niet helpen. Haar Franse grimeur is zo grappig.

Mama is met haar gezicht heel dichtbij nu. Ik kan haar adem langs mijn wangen voelen strijken. Ze ruikt naar Stimorol, zo'n beetje de lekkerste geur van al haar geuren. Terwijl ze met een kwast heel voorzichtig over mijn gezicht veegt, hoor ik haar ingespannen ademen. Er trekt een gek gevoel over mijn hoofd. 'Gaat het?' vraagt ze en ik knik alleen maar, want ik wil het gekke gevoel niet kwijtraken.

Mama heeft vandaag geen repetities en vanavond speelt ze thuis, wat maar vijf minuten met de tram is. 'We gaan de hele dag alleen maar dingen doen die we leuk vinden,' heeft ze gezegd en ik mocht kiezen waarmee we zouden beginnen. Een taartje bij Metz, ik wist het meteen. Een puik idee, vond ze. Ze had alleen nog geen zin om zich aan te kleden en trok daarom haar jas gewoon over haar Chinese kimono aan. 'We gingen toch alleen maar dingen doen die we leuk vonden?' Ze zei het met grote onschuldige ogen.

Met een bruin potlood trekt ze twee halve manen in de buurt van mijn wenkbrauwen en vraagt ondertussen hoe ik heet. 'Laura,' zeg ik en ze schiet in de lach. 'Mais non!' roept ze uit. 'Jij bent Madame de Lauripour!' Ze steekt een Camel op, zuigt de rook naar binnen en pakt een kam. Pluk voor pluk toupeert ze mijn haren totdat het lijkt alsof ik helemaal ontploft ben. Ze trekt een la open met schuifspelden, zet haar gouden bus met haarlak klaar en begint een enorme toeter op mijn hoofd te bouwen waar ze van alles in stopt: veren, zijden bloemen, een tandenborstel, een paar sigaretten en een diadeem van stras. Terwijl ze aan het werk is, luister ik naar haar zachte neuriën en naar haar rinkelende armbanden en raak steeds meer in haar ban. En wanneer ze via de spiegel lachend in mijn ogen kijkt, voel ik me definitief betoverd.

Met een lipstick maakt ze rode wangetjes en daarna zet ze met een kohlpotlood een vette stip schuin boven mijn mond. Met veel armgezwier buigt ze, pakt mijn hand en nodigt me uit om op haar voeten te gaan staan. En terwijl we door onze slaapkamer walsen zingt ze met een diepe, donkere stem en expres een beetje vals: 'You are the one for me, for me, formi, formidable.'

Ik zie de kamer om mij heen draaien en voel me trots. Andere moeders en dochters doen dit soort dingen niet. Maar wij wel. Wij wel. Wij zijn namelijk meer dan een moeder en dochter, wij zijn samen een heel gezin en daarbij ook nog eens elkaars beste vriendin. Wij verven elkaars haren met henna en slapen samen in hetzelfde bed. Ik en mijn mama. Samen zijn wij één.

Laura

Ze hebben er speciaal een vlag voor gekocht met een stok en een houdertje om hem in te steken, maar nergens op hun voorgevel is een plek te vinden waar ze een schroef in kunnen draaien, alle kozijnen zijn van kunststof, wisten zij veel. Een beetje giechelig kijken ze elkaar aan. Hoe doen andere mensen dit soort dingen? Voor de grap steekt Laura de stok door de brievenbus, maar dat had ze beter niet kunnen doen, want ze krijgt hem er bijna niet meer uit. Rupert zegt dat ze er misschien om beurten de wacht mee kunnen houden, zoals *the guards* doen voor de ingang van Buckingham Palace. Ze lachen. Dan maar geen stok en de vlag rechtstreeks aan de regenpijp vastbinden. Maar ook dat blijkt niet eenvoudig en wanneer ze na een hoop geklungel toch een soort knoop geïmproviseerd hebben, zien ze het meteen; van de opschepperige fierheid die je van een vlag mag verwachten is niks te zien, het lijkt eerder alsof een goedkope theedoek door een windvlaag tegen hun huis gekwakt is. Bovendien, ze wonen in een stad waar alles waar geen slot op zit meteen gejat wordt. De eerste de beste voorbijganger zal de vlag waarschijnlijk van de regenpijp rukken, gewoon voor de lol. Daar gaan ze Pucks schooltas echt niet bij hangen, daarvoor zijn ze te zeer gehecht aan dat versleten ding vol inktvlekken. Misschien moeten ze hem gewoon aan de binnenkant van Pucks slaapkamerraam hangen? Ja, dat lijkt hun uiteindelijk nog het beste idee. Laura rent meteen door naar Pucks kamer.

Puck zit op bed, ze kijkt en ze zegt: 'Doe maar niet.'

'Hè? Maar dat is toch juist leuk?'

'Sorry, mam.'

'Nee joh, wat jij wilt.' Nonchalant vouwt ze de vlag weer op en verbergt dat ze teleurgesteld is.

'Ah nee, hang toch maar op,' hoort ze Puck dan zeggen.

'Echt? Je vindt het niet erg?'

'Tuurlijk niet. Lief juist.'

De uitreiking is twee weken later, aan het einde van de dag, Laura moet eerst nog naar school. Ze heeft een rapportvergadering en een aantal tienminutengesprekken, maar ze is er met haar hoofd niet bij, bang dat ze niet op tijd zal zijn voor de ceremonie. Van de zenuwen morst ze ook nog koffie op haar blouse. Ze twijfelt of ze tijd genoeg heeft om langs huis te gaan, maar ze kan als trotse moeder van de laureate natuurlijk niet met een vieze blouse in de aula gaan zitten, dus ze waagt het erop.

Eenmaal op weg heeft ze echter meteen spijt. Ze wordt gehinderd door het verkeer, het gaat haar allemaal niet snel genoeg, en als ze eindelijk haar straat in komt duurt het veel te lang voordat ze een plekje heeft gevonden. Nerveus rent ze haar huis binnen en kleedt zich razendsnel om. Omdat ze haar fietssleutel niet meteen kan vinden besluit ze in een impuls te gaan lopen, wat ze beter niet had kunnen doen, want zo duurt het allemaal nóg langer. Uiteindelijk legt ze het hele parcours zo'n beetje rennend af en komt ze toch nét te laat aan. Het plein is leeg en de deuren zijn al gesloten. Ze bidt dat de rector nog niet begonnen is met zijn toespraak.

De aula zit stampvol, een deel van de mensen moet zelfs staan. Toch is de eerste op wie Laura's oog valt Catherina, die op de een of andere manier altijd zo gaat zitten dat niemand haar missen kan. Laura moet vaak de neiging onderdrukken om te kijken waar de camera's staan. Waarschijnlijk is Catherina zich er niet eens bewust van, het zal wel een bepaald soort aanleg zijn, ze is natuurlijk niet voor niks zover gekomen in het vak, maar het ergert Laura. Deze middag gaat over jonge mensen die na jaren ploeteren eindelijk hun diploma in ontvangst mogen nemen en toch zit Catherina Pecheur er weer bij alsof het allemaal om haar draait.

Catherina kijkt om en ziet haar ook. In haar blik zit afstand, wat op zich niet zo vreemd is, want zo kijkt ze wel vaker naar haar, alsof ze er niet had moeten zijn. Dan ziet Laura dat Puck naast haar zit, jong, slank en opvallend als altijd, met haar oranje vlammende haren en haar ivoorkleurige huid bedekt met miljoenen sproetjes. De Melkweg, zoals Rupert ze noemt. Puck draagt iets wat Laura niet kent, een kraakhelder wit en veel te kort gevalletje dat ze waarschijnlijk speciaal voor deze dag heeft aangeschaft. Goudlokje in haar witte minirokje. Toch maar goed dat Laura zelf nog langs huis is gegaan voor een schone blouse. Lau-mevrouw in haar tentgebouw. Ze zwaait naar Puck, maar Puck zwaait niet terug. Ze lacht niet eens en er zit iets in haar blik waardoor Laura's hart een slag overslaat. Bij wijze van groet steekt ze haar diploma de lucht in. Het lijkt een bijna achteloos gebaar, maar het geeft te denken; hoe kan het dat Puck haar diploma al heeft? Op de schoolklok ziet Laura dat ze echt maar vijf minuten te laat is. Het kan niet anders dan een vergissing zijn, er is vast een verklaring voor, stelt ze zichzelf gerust, maar haar bloed is al gaan bevriezen.

'Lau?' Rupert fluistert haar naam. Hij zit aan de andere kant van het gangpad helemaal aan het einde van de rij en kijkt zorgelijk haar kant op terwijl hij zijn colbertje van de stoel naast zich haalt. De grote ader in haar hals begint gemeen te kloppen. Rupert gebaart dat ze moet komen zitten, maar ze kan het niet. Ze kan zichzelf niet in beweging krijgen. Ze is gekomen voor de diploma-uitreiking van haar kind, haar enige kind, de trots van haar leven, en als ze die gemist heeft interesseert de rest haar geen reet. Ze zou nu heel graag iets willen roepen. Dat ze moeten stoppen. Dat dit zo echt niet kan. Ze heeft het recht, vindt ze, hadden ze maar niet zonder haar moeten beginnen.

'Lau?' hoort ze Rupert opnieuw. Mensen beginnen zich al om te draaien. Ze maakt zich klein en loopt langs opgetrokken knieën in zijn richting. Ze struikelt over een tas, mompelt 'Sorry', schuifelt verder en laat zich op de stoel naast haar echtgenoot vallen.

'Waar was je?' Het klinkt niet verwijtend, eerder bezorgd.

'Hoezo? Ik ben maar vijf minuten te laat.'

'Vijfendertig. Het begon om half.'

'Heel.'

Hij kijkt opzij. Ze vermant zich en kijkt terug.

Hij schudt zijn hoofd en fluistert: 'Oké. Dan vergissen al deze mensen zich en heb jij gelijk.'

Ze wil iets terugzeggen, ze wil hem pijn doen, terecht of niet, maar iemand zegt 'sst', dus klemt ze haar lippen op elkaar en ze denkt: hij heeft gelijk, natuurlijk heeft hij gelijk. Het is alleen nog te vroeg om dat toe te geven.

Terwijl de ceremonie verder gaat pakt ze haar telefoon en scrolt door haar agenda. Het interesseert haar niet wat er op het podium gebeurt. Ze heeft bewijs nodig dat het niet aan haar ligt, ook al zal ze het zichzelf dan nog steeds niet kunnen vergeven. Ze heeft de diploma-uitreiking van haar enige kind gemist. Ze heeft nog nooit iets van haar gemist, geen losse tand, geen dansuitvoering, geen pijntje, geen boze droom, niks. Dan ziet ze het staan; 17.30 uur. Ze heeft het dus wel goed opgeschreven.

Na afloop van de ceremonie gaat de muziek aan, er worden flessen goedkope wijn ontkurkt en iedereen feliciteert iedereen, maar Laura kan zich er niet aan overgeven. Ze blijft maar peuteren in haar hoofd op zoek naar een verklaring. Wanneer is ze gaan denken dat de uitreiking pas om zes uur begon? Ze heeft werkelijk geen idee. Zo mogelijk nóg ondraaglijker is de gedachte dat ze zelfs nog per ongeluk op tijd had kunnen komen als ze niet eerst langs huis was gegaan voor een schone blouse. Ze beklaagt zich erover tegen Rupert, maar hij zegt: 'Je bent er nu toch?' Het klinkt geïrriteerd. Ze schrikt ervan. 'Laat het los Lau, en richt je op dit feestje, daarmee doe je Puck een veel groter plezier.' Ze weet dat hij gelijk heeft, het lukt alleen niet. Ze blijft maar excuses maken en zeggen hoe erg ze het vindt. 'Het geeft niks,' herhaalt Puck een aantal keer geduldig, maar op een gegeven moment draait ze zich geërgerd af en loopt ze naar haar vrienden. Nu voelt Laura zich pas echt klote.

Catherina paradeert ondertussen rond alsof het haar feestje is, zichtbaar genietend van alle mensen die haar aanklampen en willen complimenteren met rollen die ze heeft gespeeld. Laura ziet hoe ze overal met dezelfde aangeleerde nonchalance op reageert: 'Och, dat beetje acteren, dat mag toch geen naam hebben?' Mensen bekijken haar bewonderend; zo beroemd en dan toch zo bescheiden gebleven. Laura kan het niet langer aanzien en loopt naar buiten.

Rupert kan zo slecht tegen mensenmassa's dat hij altijd meteen een ontsnappingsroute zoekt. Meestal vindt ze hem buiten op een bankje of op de stoeprand, met zijn opschrijfboekje op zijn knokige knieën en zijn neus in de lucht. Ze heeft hem nodig. Maar hij is er niet.

'Niks voor jou om te laat te komen.'

Laura draait zich om. Daar staat Catherina. Afgezien van de kauwgom in haar mond ziet ze eruit als een Romeinse gifmengster met die enorme omslagdoek die ze nonchalant over haar schouders heeft gedrapeerd. Als het niet voor Puck was geweest had Laura het contact jaren geleden al verbroken, maar ze wilde dat haar kind een oma had en Catherina was haar enige optie.

'Kan gebeuren, schat, niemand is perfect.' Catherina zegt het met die zoetgevooisde stem die ze op het toneel altijd gebruikt om haar karakters sympathiek te maken. 'Hoe laat heb je die tafel uiteindelijk gereserveerd?'

'Half acht.'

'Wat laat.' Ze rekt de 'aa' uit en laat hem zo diep mogelijk klinken.

'Hoezo laat? We kunnen er nu meteen heen, zo hebben we het toch besproken?'

'Het is half zeven...' Bijna genereus sluit ze haar mond om Laura de kans te geven het kwartje te laten vallen. 'Ik dacht dat je het een beetje beter zou laten aansluiten. Daar hebben we het toch nog over gehad?'

Laura voelt zich licht worden in haar hoofd. Ze ziet hoe Catherina daar staat, met haar beide voeten kordaat op de grond, geaard zoals ze dat zelf zou noemen. Haar buik deint ontspannen op en neer terwijl ze met een soort vanzelfsprekendheid de ruimte opeist die haar toekomt.

... beter zou laten aansluiten. Daar hebben we het toch over gehad?

Ze ziet hoe Catherina haar blik over het schoolplein laat

dwalen, alsof ze ieder moment de zweep over haar paarden kan halen om op haar strijdwagen te vertrekken. Zíj was het, dringt het tot haar door. Catherina heeft haar overgehaald om de reservering een half uur te verzetten, zíj was het die bij hoog en bij laag beweerde dat de ceremonie pas om zes uur was en zíj was het die daar zo zeker van was dat Laura zoals altijd aan zichzelf ging twijfelen.

Rustig blijven. Niet meteen boos worden. 'Waarom heb je gezegd dat de uitreiking pas om zes uur begon?'

Diepe verontwaardiging. 'Dat heb ik niet gezegd.'

' Jawel, je zei dat ik de reservering naar half acht moest verzetten, omdat we het anders niet zouden halen.'

'Daar kan ik mij niets van herinneren.'

'Jezus, Catherina!'

'Poeh poeh.'

Laura staart haar aan. Door Catherina's schuld heeft ze de diploma-uitreiking van haar kind gemist en het enige wat mevrouw de actrice daarover te zeggen heeft is 'Poeh poeh'? Meteen bubbelen allerlei verwijten omhoog als giftige gassen, er is zo veel wat ze haar voor de voeten wil werpen, zo veel wat ze haar kwalijk neemt, maar zoals altijd kan ze er de juiste tekst niet bij vinden. Dus houdt ze haar mond, draait zich om en loopt zonder nog iets te zeggen terug naar binnen.

Catherina

Zoals iedere ochtend staat Catherina om acht uur op, drinkt in haar badkamer een groot glas ijskoud water terwijl ze naar zichzelf in de spiegel kijkt, en zegt dan op de toon waarop Edward het altijd zei: 'Dag hondje popje van me.' Ze loopt op haar blote voeten terug naar de slaapkamer en begint alvast haar stem op te warmen: 'Mmmmmmmimimimieie, mmmmomomoooo, mmmmumumuuuu.' Ze probeert daarbij het topje van haar neus te laten trillen, zoals ze dat meer dan vijftig jaar geleden heeft geleerd van haar stemdocent. Ze opent het dakraam, ademt diep in en positioneert zichzelf op de witte schapenvacht naast haar bed voor de zonnegroet. Al na de eerste kniebuiging bedenkt ze zich en loopt weer terug de badkamer in. Lenig wordt ze toch niet meer.

Ze trekt haar slaapshirt uit, haalt voorzichtig het haarnetje van haar hoofd en bekijkt zichzelf nogmaals in de spiegel. Ze is veel ouder dan ze zich voelt en tegelijkertijd nog altijd jonger dan de meeste vrouwen van haar leeftijd. Maar ze hoeft geen twintig meer te zijn. Types die het tegen beter weten in toch proberen zijn pathetisch. Als je niet jong wilt sterven zit er niks anders op dan oud te worden, zo is het gewoon, nietwaar? Ze pakt het gerimpelde vel op haar borstbeen vast, sjort de boel omhoog totdat haar tepels weer op de juiste hoogte zitten en zingzegt: 'Mimimimi, momomomo, mumumumu, moemoemoeoeoe.' De a bewaart ze voor het laatst, voor de a moet het strottenhoofd helemaal openstaan en dat kan alleen wanneer haar stem is opgewarmd. Dan laat ze los en geeft haar lijf weer over aan de meedogenloze werking van de zwaartekracht.

Met grote voorzichtigheid trekt ze de douchemuts over haar krullen, ze draait de kraan van de douche open, stapt uit haar slip en neemt op de valreep een tandenborstel en een tube tandpasta mee: 'Mimimimi, momomomo, mumumumu, moemoemoemoe.' Zodra ze onder de warme straal staat sluit ze haar ogen. Even niks behalve het warme water, dat als een minnaar haar rug streelt. Hoe lang geleden is het dat ze zo door een man is aangeraakt? Ze kan het zich niet herinneren. Heel even droomt ze weg, dan ontwaakt ze weer en doucht ijskoud na: 'Mimimieieieie!' Buiten adem draait ze de kraan dicht.

Ze slaat een grote roze badhanddoek om, brengt voor de beslagen spiegel een scrubmasker aan en smeert haar lijf van top tot teen in met een sterk geurende lotion die moet voorkomen dat ze naar oud mens ruikt. Ze wast het masker af en brengt een hydraterende crème aan van omgerekend zo'n drie euro per likje. 'Omdat ik het waard ben', imiteert ze een collega die ooit reclame maakte voor een shampoomerk, en ze grinnikt.

Een paar uur later zit ze in de bus en laat zich de A10 op rijden. Vanwege de airconditioning heeft ze haar stola omgeslagen. Buiten is het achtentwintig graden. Zoals altijd zit ze op de eerste stoel aan het raam, als je binnenkomt links van het gangpad. Toen ze jong was zat ze het liefst op de plek waar de meeste reuring was of waar de beste acteurs zaten, maar naarmate ze ouder werd ging ze steeds meer waarde hechten aan de status van een eigen zitplaats in de bus. Nu zit ze alweer jaren hier. Mary zat er, Ank en later natuurlijk Ellen.

De chauffeur heeft hun zojuist verteld dat het tweeënhalf uur is naar Vlissingen, maar dat het door de files misschien wel wat langer kan duren. Achter in de bus steeg meteen een enorm protest op. Ze schoot ervan in de lach. Bij het toneel houden ze niet van reizen. Zelf is ze er ook geen fan van, maar in de provincie hebben ze natuurlijk net zo goed recht op een leuke avond. Goed, dan sta je in Doetinchem voor een zaal grijze duiven en komt de koffie er uit een automaat en moet je heen en terug zo'n zes uur in de bus zitten, maar wat zou het? Het is toch prachtig dat er nog schouwburgdirecteuren bestaan die naast al dat cabaretgeweld toneel willen programmeren? En daarbij, ze trekken altijd volle zalen, altijd. Ze kent genoeg collega's die daar niet eens van durven dromen.

Toen ze op de toneelschool zat, stond er nog geen televisie in iedere huiskamer, een bezoekje aan de schouwburg was toen heel gewoon. Ze heeft oudere collega's die inmiddels niet meer leven, horen vertellen hoe ze zich de blubber moesten werken omdat de vraag zo enorm was. Ach, dat waren nog eens tijden. Tegenwoordig is het toneel op sterven na dood. Maar dat geldt dus niet voor de voorstellingen waar zij in staat.

De theaterproducent met wie ze sinds jaar en dag samenwerkt, noemt haar liefkozend zijn publiekstrekkertje. Een geuzennaam, zegt hij. Zelf draagt ze hem met gemengde gevoelens. In haar oren klinkt het toch meer als de weektopper van een supermarkt. Precies zo staat haar naam ook op het affiche, in een schreeuwend lettertype met een vet uitroepteken erachter. Niet zo chic, vindt ze zelf. De theaterproducent zegt dat ze wel heel chic wordt betaald. Hij vindt dat ze trots mag zijn op haar status.

Op de stoel naast haar heeft ze van alles neergelegd om de komende uren mee door te komen, zoals het script van een televisieserie waar ze voor gevraagd is en een ouderwetse discman met koptelefoon. Ze heeft het ding kort na de dood van Edward aangeschaft en hij doet het nog wonderwel. Ze weet niks van muziek, maar ze vindt het heerlijk om ernaar te luisteren. Naar alles eigenlijk, zolang er maar gevoel in zit. 'Romance' uit *The Blizzard* van Sviridov is op dit moment haar favoriet, maar ze houdt ook van Mercedes Sosa, Johnny Jordaan, Queen, ze heeft een brede smaak, wil ze maar zeggen. Op de stoel ligt ook haar grote leren buideltas gevuld met spullen die een vrouw nu eenmaal nodig heeft, of die ze ooit nodig had, maar vergeten is eruit te halen. Zoals altijd heeft ze een goede fles wijn mee en een paar kaasjes om haar kinderen te trakteren op de terugweg. Voor zichzelf heeft ze een tupperwarebakje met gesneden rauwkost meegebracht, op die manier lukt het haar al jaren om weerstand te bieden aan de Twix-repen uit de artiestenfoyer waarvan ze er na de voorstelling het liefst handenvol zou snaaien. Wijn en kaas doet ze al jaren niet meer. Daar kan ze niet van slapen.

De zaterdagbijlage zit ook in haar tas. Zal ze dan misschien toch heel even? 'Ik leef voor de verbeelding' is de kop boven het interview. Een mooie, treffende titel. Het is ook een mooi interview geworden, dat zegt iedereen, dus dan zal het wel zo zijn. Op de cover van de bijlage staat een foto van haar in close-up. Een oude dame die zorgwekkend veel op haar moeder lijkt, niet de vrouw die ze voor haar eigen gevoel altijd is gebleven. Ze zou er graag nog even naar willen kijken, maar daar kan ze beter mee wachten tot ze straks in haar kleedkamer is, ze wil niet ijdel overkomen.

Ze draait zich om en kijkt naar de groep jonge honden waarmee ze dit seizoen door het land toert. Zo te horen zijn ze aangekomen bij het hoofdstuk sterke verhalen, een vast onderdeel van hun dagelijkse gesprekscarrousel. Acteurs zijn meesters in sterke verhalen en de een wil natuurlijk niet onderdoen voor de ander. De acteur die op dit moment spreekt, is goed op dreef. Ze geniet van de vakkundigheid waarmee hij zijn verhaal naar een hoogtepunt brengt. Voortreffelijke spanningsopbouw, ze kan niet anders zeggen. Maar ja, daar worden ze voor opgeleid.

'... ze waren bij een heel andere scène dan hij dacht! En zijn opkomst was op een volstrekt andere plek dan waar hij stond! Maar hij hoorde zijn cue al en Hans Kemna zat in de zaal...'

'Werkt er een Hans bij Kemna?'

'Ik heb het over Hans Kemna zelf.'

'O, is dat echt iemand?'

Gelach.

Grinnikend draait ze zich terug. Niets zo vergankelijk als het toneel, ze kan het niet vaak genoeg zeggen. De *casting director* die generaties lang carrières heeft gemaakt en gebroken is voor haar toneelkinderen nog slechts een naam van het bureau dat hun werk verschaft.

Even overweegt ze iets spitsvondigs naar achteren te slingeren, een scherpe oneliner, of een geestige reprimande. 'Ken je klassiekers, schat,' zou ze kunnen roepen en dan zou ze hem op onnavolgbare wijze na kunnen doen, met dat speciale gevoel voor in de mond, alsof je op een zuurtje sabbelt, de kin naar achteren, de stem sonoor en pats, zou ze hem hebben, dan zou hij als het ware onder haar huid kruipen. Of zij onder die van hem, wat natuurlijk altijd en eeuwig de discussie is. 'Kind, wat was je goed,' klonk bij hem alsof hem dat ook verbaasde. Je moest natuurlijk wel weten dat je uiteindelijk niet meer was dan een kaartje in zijn kaartenbak.

Ze is altijd goed geweest in persifleren, maar timing is haar grootste talent. Met timing is het net zoals met gevoel voor ritme, je hebt het of je hebt het niet. Je kunt het perfectioneren door te trainen, maar als je geen aanleg hebt, wordt het nooit wat.

Ze kijkt naar de weg die zich eindeloos voor hen uitstrekt en denkt: Timing, ja. Reizen, nee. Ze is verschrikkelijk als reiziger. Ze heeft het geduld niet. In een impuls trekt ze de zaterdagbijlage uit haar tas, maar ze duwt hem meteen weer terug. Ze pakt de rest van de krant, bladert naar de cultuurbijlage en leest een paar recensies. Ze zoekt de kruiswoordpuzzel en graait in haar tas naar een pen. Achter haar zitten de spelers flauwe moppen te tappen. Het ene lachsalvo volgt op het andere. Ze verwarmen haar hoofd terwijl onder haar stoel de airco haar voeten verandert in ijsklompjes.

Terwijl ze door een lange tunnel rijden wrijft ze met haar pantykousen over het tapijt en kijkt door het donkere glas naar buiten. Een vrouw op leeftijd kijkt aandachtig terug, de haren elektrisch geladen. Ze fronst. De vrouw op leeftijd ook. Wanneer ze de tunnel weer uit rijden, knalt de zon aan haar kant de bus in. Kilometerslang kijkt ze naar de auto's die ze inhalen. Ze hakt een zak wortels weg en knaagt zich obsessief door een doos crackers. Er zit een soort onrust in haar lijf alsof haar armen en benen haar hersenen ervan willen overtuigen dat ze al die kilometers nog beter zelf had kunnen lopen. Gelukkig weet ze waar ze het voor doet. Een avond niet gespeeld is een avond niet geleefd.

Ze recht haar rug en schudt haar benen los, zet een leesbril op en laat haar ogen over de kruiswoordpuzzel dwalen: Bitmap, drie letters. Ze tikt met de pen op de krant: wat in godsnaam is nou weer een bitmap? Puck bellen misschien? Die weet dat soort dingen. Ach, zo dol als ze is op die meid. Zonder Puck zou ze verloren zijn. Een engeltje is ze, haar herkansingskind.

Ineens dringt tot haar door dat het gelach achter haar is verstomd. Ze kijkt op. Naast haar in het gangpad staat een meisje. Catherina zet haar leesbril af en ziet dat het Minca is, het talentvolste toneelbeestje uit haar roedel. 'Kan ik even met je praten?' vraagt ze met een ernstig gezicht.

Verbaasd maakt Catherina de plek naast zich vrij. 'Kom zitten, schat, welkom in mijn rijtuig.' Ze stapelt de spullen op haar schoot. 'Wat een mens al niet nodig heeft op zijn reis naar Verweggistan. Nou, vertel op, pop.'

'Ja, eh...' De jonge actrice kijkt even over haar schouder naar haar collega's alsof ze steun zoekt. '... gisteravond in eh... Lochem...'

'Ja?'

'... ging het niet helemaal...'

'... goed?'

'Ja,' blaast het meisje opgelucht uit.

'O. En wat ging er dan niet helemaal goed?' Ze zegt het laconiek, want ze kan zich de staande ovatie nog levendig voor de geest halen.

'De tekst...'

'Welke tekst?'

'Nou, eh... je hebt iets overgeslagen.'

'Ik heb iets overgeslagen?' Ze moet haar best doen om niet in de lach te schieten. Ze is nog tekstvaster dan Holle Bolle Gijs in de Efteling.

Het meisje kijkt haar angstig aan. '... best een heel stuk eigenlijk.'

'Hoe bedoel je, "best een heel stuk"?' Nu is het haar beurt om naar de achterste banken te loeren, waar iedereen doet alsof hij niet meeluistert.

‘Het hele gedeelte over Jozua’s vertrek en mijn... ik bedoel Bella’s ontdekking...’

‘Ja?’

‘Dat hebben we niet gedaan gisteravond.’

‘Dat hebben we niet gedaan gisteravond?’ bauwt Catherina haar ongelovig na. ‘Wacht even, heb je het over scène zes?’

‘Ja.’

‘Daar zit ik niet in.’ Ze kijkt Minca opgeruimd aan. Niet haar probleem dus.

‘Nee...’ antwoordt de jonge actrice terwijl ze nerveus haar handen bekijkt en diep inademt. ‘Maar je kwam in scène vijf ineens met die tekst over André, weet je wel, die tekst waarin je hem helemaal kapotmaakt? Nou, dat komt eigenlijk pas in zeven, maar we konden je natuurlijk niet negeren, we moesten er wel op reageren, we konden niet anders dan met je meegaan en...’ Catherina ziet rode vlekken in Minca’s hals verschijnen. ‘In zes zit mijn omslagmoment, dat hebben we dus allemaal niet gedaan. Ik denk dat niemand in het publiek er ook maar iets van begreep toen ik zelfmoord pleegde, er zat geen enkele ontroering in de zaal, het voelde volkomen...’ Ze slikt haar frustratie weg. ‘Nou ja, klote eigenlijk.’

Catherina’s mond is droog. Ze zou wel een slok water lusten.

‘Mijn oom en tante zaten op rij drie,’ gaat de jonge actrice verder. ‘Ik had graag indruk op hen willen maken, maar...’

‘O, maar je hebt indruk op hen gemaakt! Geloof me maar. Je bent prachtig op het toneel! Jij hebt een magische gave om te ontroeren. Reken maar dat ze trots op je zullen z...’

‘Maar daar gaat het toch niet om!’ valt het meisje ineens uit. ‘Ik hou van mijn rol! Ik wil dat mensen haar begrijpen en met haar meevoelen! Maar als jij aan het einde van je monoloog ineens een tekst zegt die er pas vijftien pagina’s later staat, dan...!' Ze klemt verontwaardigd haar lippen op elkaar.

Catherina gaapt haar aan. 'Vijftien?' Beduusd sluit ze haar mond. Zij, Catherina Pecheur, heeft vijftien pagina's tekst overgeslagen? Zonder dat ze het wist? Ze bevochtigt haar lippen en zoekt naar woorden. Hier moet een verklaring voor te vinden zijn. 'Hebben we niet gewoon met elkaar...?' Ze ziet hoe het meisje moedeloos haar schouders laat hangen. Een andere toon dan maar: 'En over welke vijftien pagina's hebben we het hier precies?' Ze laat het met opzet zo praktisch mogelijk klinken, luchtig bijna. Fouten zijn er om hersteld te worden.

'Vanaf het einde van jouw monoloog tot aan "er wordt op de deur geklopt".'

Catherina knikt. Toe maar. Ze laat haar rug tegen de leuning rusten. In Lochem heeft zich dus een kleine ramp voltrokken terwijl ze het zelf niet eens in de gaten had. Ongelovig staart ze door de voorruit naar buiten alsof ze daar kan zien waar gisteravond de realiteit is afgeslagen terwijl zijzelf nietsvermoedend doorgewandeld is. Vanaf de achterste rijen in de bus voelt ze de ogen van haar medespelers in haar achterhoofd branden. Die weten dit allemaal langer dan zij. Een paar seconden weet ze echt niet hoe ze moet reageren, dan neemt de actrice in haar het over. Ze zet haar meest onschuldige ogen op en zegt: 'Het spijt me schat, maar die tweede akte duurt altijd zo verschrikkelijk lang, ik kon het gewoon niet laten een beetje tempo te maken.'

Laura

Het duurt even voordat tot Laura doordringt dat er iets definitief veranderd is. In eerste instantie lijkt het gewoon alsof het zo hoort. Puck gaat elke avond naar een feest en komt pas de volgende ochtend weer thuis. Ze blijft de hele dag in bed liggen, komt rond etenstijd haar kamer uit, eet een kom yoghurt met muesli aan de keukentafel terwijl ze met oortjes in naar iets op haar telefoon kijkt, neemt een douche, maakt zich op, kleedt zich aan en loopt bellend met een vriendin het huis uit op weg naar weer het volgende feest. Het gaat iedere dag zo, meer dan twee weken achtereen. Er is helemaal geen contact meer.

Laura doet echt haar best zich er niet aan te storen. Puck heeft hard gewerkt, er mag ontspannen worden. Ze wil ook zeker niet het type moeder zijn dat zegt: 'Het is hier geen hotel.' Maar het kost moeite. Over de gemiste diploma-uitreiking hebben ze het niet meer gehad, Puck lijkt het onderwerp te mijden en zelf durfde ze er niet meer over te beginnen, uit angst over te komen als een oude zeur. Ze troost zich met de gedachte dat naarmate er meer tijd over die verschrikkelijke blunder heen gaat, de scherpe kantjes er vanzelf af gaan. Zo gaat het altijd, alsof het leven het je gunt achteraf mild naar al je fouten te kijken omdat je alleen op die manier verder kunt met jezelf. Vandaar dat de grootste klootzakken zichzelf kunnen verdragen.

’s Nachts valt ze pas in slaap zodra Puck is thuisgekomen. Vroeger kon Puck niet slapen zonder haar in de buurt, nu kan zij het niet zolang Puck niet in huis is. Uren achtereen ligt ze te wachten, gespitst op ieder geluidje. Pas wanneer ze haar de sleutel in het slot hoort steken laten haar spieren hun spanning los en valt ze in slaap.

Op een dag zit Puck, verdiept in haar telefoon, aan de keukentafel te eten uit een pan koude pasta van de vorige avond en ineens hoort Laura zichzelf roepen: ‘Ik hoop niet dat dit lang doorgaat, want ik vind er echt helemaal niks aan zo!’ Haar lippen tintelen, haar lichaam beeft. Ze heeft geen idee waar deze uitbarsting zo plotseling vandaan is gekomen en schaamt zich diep.

Puck kijkt haar geschrokken aan. ‘Mam, ik...’

‘Nee nee, laat maar,’ onderbreekt ze haar snel.

‘Ik wilde alleen zeggen dat...’

‘Hoeft niet. Sorry, ik ben een beetje... Sorry.’ Ze maakt zich uit de voeten.

De rest van de week slooft ze zich uit om het weer goed te maken. Bijna demonstratief laat ze Puck haar eigen gang gaan, schuift haar zo nu en dan bijna achteloos iets te eten toe en zwaait haar luchtig uit wanneer Puck ’s avonds het huis verlaat, zo veel mogelijk uitstralend dat ze het echt allemaal prima vindt. Vervolgens ligt ze zich 's nachts in bed op te vreten, wachtend op het verlossende geluid van Pucks sleutel in het slot.

Op een vroege ochtend is ze nog maar net in slaap wanneer ze toch weer wakker wordt omdat ze moet plassen. Op de gang neemt ze iets waar vanuit haar ooghoek. Ze draait zich om en ziet Puck bij de voordeur staan met in iedere hand een volgepakte tas. Puck kijkt haar betrapt aan.

'Waar ga je heen?' vraagt Laura verbaasd.

'Weg,' zegt Puck.

'Weg? Wat bedoel je?'

Rupert komt de slaapkamer uit. Er volgt een bijna surrealistisch gesprek waarin Puck uitlegt dat ze een plek aangeboden heeft gekregen in een antikraakwoning. 'Fucking impressive,' zegt ze, en dat ze dit echt niet kan laten lopen. Laura schudt ongelovig haar hoofd. Het is kwart over zes in de ochtend, dat is toch geen tijd om te verhuizen? Ze weet zeker dat Puck dronken is en probeert haar over te halen om haar jas weer uit te trekken. Laten ze maar eerst samen een kopje thee drinken, uit huis gaan kan altijd nog. Maar Puck wil geen kopje thee. Ze is ook helemaal niet dronken. Ze is alleen maar heel erg zeker van haar zaak. Ze pakt haar tassen op en loopt zonder hen aan te kijken naar buiten. Het enige wat Laura haar nog hoort zeggen is: 'Sorry.'

Eerst zijn Laura en Rupert een beetje lacherig, maar een dag later komen vrienden van Puck haar bed en bureau ophalen en dat voelt ineens toch wel heel serieus. Terwijl de jongens in hun busje wegrijden belt ze Puck. Ze neemt niet op.

Ze begrijpen er niks van. Het ligt natuurlijk in de lijn der verwachting dat hun dochter het huis uit gaat, maar toch niet op deze manier? Dit is absoluut niet iets waar ze rekening mee hebben gehouden. Ze zijn van die mensen die de nieuwe kamer van hun kind schilderen en hapjes ronddelen op haar housewarmingsparty, toch niet het soort waarbij kinderen verdwijnen als dieven in de nacht? Ze blijven zich erover verbazen en halen er van alles bij om te bewijzen dat deze gang van zaken totaal niet bij hen past, totdat Laura op een gegeven moment de deur van Ruperts studeerkamer hoort dichtvallen en in de stilte die volgt vooral de echo van haar eigen stemgeluid hoort doorklinken. Ze luistert er beschaamd naar.

Drie dagen later bezoekt ze Puck op haar werk, een vintagekledingzaakje in het centrum, waar het altijd bomvol klanten staat. Puck staat kleren te vouwen. Ze kijkt op wanneer Laura binnenkomt en probeert haar schrik te verbergen. Ze loopt meteen naar Laura toe en fluistert: 'Mam, ik ben bezig.'

'Je reageert niet op mijn telefoontjes.'

'Had je gebeld dan? Sorry, het is echt heel druk. Ik kan nu niet praten.'

'Hoe laat ben je klaar?'

'Ik weet niet precies.'

'Zes uur?'

'Ik weet niet. Misschien moet ik nog helpen opruimen.'

'Vraag het nu maar even, dan eten we zo meteen nog wat.'

'O, maar dat kan sowieso niet, ik heb vanavond een afspraak.'

'Wat leuk. Met wie?'

Puck kijkt weg, duidelijk niet van plan antwoord te geven.

'Morgen dan? Ik wil je ook nog even meenemen naar de Hema.'

'De Hema?'

'Om gordijnen uit te zoeken voor je nieuwe kamer. En je hebt ook huisraad nodig toch?'

'Mam, dat hoeft allemaal niet.'

'Maar je hebt niks. Je hebt toch dingen nodig? Borden? Bestek?'

'Dat is er allemaal al, ik mag het gewoon gebruiken.'

'Wil je niet iets van je zelf? Ook niet een paar handdoeken?'

Puck schudt van nee.

'Nou, dan zoeken we alleen stof voor gordijnen uit.'

'Ik hoef geen gordijnen.'

'Maar ik vind het zo leuk om iets voor je nieuwe huis te doen!'

'Mam, het hoeft echt niet.'

'Wil je dan niet iets anders? Een leuke plant? Of een vloerkleed?'

'Nee.'

'Wat wil je dan?'

'Niks.'

'Hoezo nou, niks? Je wilt toch wel iets?'

Puck kijkt weg en zegt iets wat Laura niet kan verstaan.

'Wat? Ik versta je niet.'

'Dat ik...' Puck blijft haar blik ontwijken.

'Dat je wat?'

'Dat ik wil dat je...' Ze hapert.

'Dat je wil dat ik wàt?'

'Dat je me laat.'

Laura schiet in de lach. 'Dat ik je laat? Je bedoelt dat ik... Hè? Waarom? Ik begrijp het niet.'

'Ik moet dit even in m'n eentje doen.'

'In je eentje? Je bedoelt zonder mij? Waarom?'

'Het spijt me.'

'Maar waarom?'

'Gewoon. Dat moet even.'

'Heb ik iets verkeerd gedaan? Is het vanwege je diplo...?'

'Mam, alsjeblieft.'

'Maar wat dan? Omdat ik laatst tegen je uitgevallen ben? Ik begrijp het niet.'

'Ik moet gewoon even mijn eigen ding doen, oké? Op mijn manier, zoals ik het wil.'

'Hè? Maar dat kan toch? Ik ga me echt niet overal mee bemoeien, hoor, de kleur van je gordijnen mag je...'

'Ik wil helemaal geen gordijnen!'

Een paar klanten kijken om.

'Ja. Nee. Dat heb ik gehoord. Jammer. Ik zoek ook alleen maar naar een manier om iets voor je te kunnen beteke...'

'Maar dat wil ik nou juist niet!'

Nog meer mensen kijken om.

'Goed. Oké. Oké. Maar je gaat wel mee op vakantie toch?'

Ze schrikt van de blik waarmee Puck naar haar kijkt.

'Nee, natuurlijk ga ik niet mee op vakantie.'

'Hè? Waarom niet? We gaan altijd met elkaar op vakantie.'

'Mam, ik ben het huis uit,' fluistert Puck. 'Ik woon niet meer bij jullie.'

'Ja? En? Je bent toch wel nog steeds onze dochter?'

'Ik heb nu mijn eigen leven. Ik ben geen kind meer, hè? Ik ben volwassen.'

'Nee, je bent nog niet volwassen.'

'Mam. Echt.' Puck ziet er ineens onbegrijpelijk boos uit. 'Ik wil dat je gaat.'

Laura schudt ongelovig het hoofd.

'Ik wil echt dat je me een tijdje met rust laat. En je moet me ook niet meer bellen.'

'Niet meer bellen?'

'Nee. Gewoon even niet.'

'Want?'

'Doe nou maar, oké?'

'Maar hoe lang dan niet? Een paar dagen? Een week?'

'Een paar maanden.'

'Een paar máánden?'

'Maak het nou niet zo ingewikkeld! Ik ben achttien. Jezus, mama, echt!'

Catherina

Terwijl haar vaste grimeur in Vlissingen haar pruik op een piepschuimen hoofd in model brengt, bladert Catherina haastig door haar script. Over welke paginanummers ging het ook alweer? Vijftien... Godallemachtig! Maar welke? Welke? Gadverdamme, hoe kan ze dat nou vergeten zijn? Pagina...? Een lichte paniek maakt zich van haar meester. Een hele voorstelling gekapseisd en zij stond aan het roer. Wat een holle klucht moet dat geweest zijn daar in Lochem, een leeg verhaal vol ongeloofwaardige wendingen, ontdaan van opbouw, intriges en verwikkelingen, gespeeld door een stelletje houten klazen die al het geloof in de voorstelling allang kwijt waren, behalve zij. En het publiek maar klappen. Onverdraaglijk dat iedereen dit al bijna vierentwintig uur weet, behalve zij. Reken maar dat er flink geappt is. Straks denkt iedereen nog dat ze te oud wordt voor het vak.

Verwoed bladert ze verder en laat haar blik over de regels glijden. Er moet iets over 'Bella' in staan, het karakter dat Minca speelt, iets wat gaat over haar uitzichtloze situatie.

'Je gaat me toch niet vertellen dat je na honderdtwintig voorstellingen je tekst nog moet leren?' grapt George terwijl hij met de pruik aan komt lopen. Snel klapt ze haar script dicht en pakt geroutineerd de plakrand vast terwijl George het ding over haar hoofd trekt. Koket kijkt ze hem van onder haar wenkbrauwen aan en zegt: 'Ezelsoortjes voor de laatste woordjes... Dat ken je toch wel, Georgieporch?'

'Ah ja,' zegt George alsof hij dat inderdaad weet. Maar ze heeft het ter plekke verzonnen.

Herhaal in je hoofd constant de zinnen die je vreest te vergeten en je vergeet ze geheid. Dat is geen stom acteursbijgeloof. Na bijna vijftig jaar aan het toneel kent ze het klappen van de zweep. Tekstangst is een gevaarlijk virus, het is noodzakelijk niet besmet te raken.

'Was het niet Job die in de zaal zat?' fluistert ze. Zij en de acteur van het sterke verhaal staan klaar op hun plek in de coulissen. Normaal gesproken praat ze niet wanneer collega's op scène staan, ze weet hoe storend dat gelispel in het donker is wanneer je zelf in die bal van licht moet presteren, maar de behoefte om te laten zien dat ze het daar boven nog altijd prima op een rijtje heeft wint het. 'Hans trok zich al in 2000 terug, het moet dus wel Job geweest zijn,' fluistert ze en ze kijkt de acteur eigenwijs aan. Het is een blik waarmee ze al heel wat harten heeft veroverd, maar hij lijkt er niet gevoelig voor, hij legt alleen maar even zijn hand op haar schouder, knijpt erin alsof hij zijn oma in het verzorgingshuis gedag zegt en fluistert: 'Later.' Gaat deze melkmuil haar nou vertellen dat je in de coulissen niet praten mag? Het moet niet veel gekker worden. Ze kijkt hem na terwijl hij het toneel op rent. Hij is niet eens een goed acteur, met zijn lelijke huig-r en zijn open o's die klinken als au's, en toch voelt ze zich klein, verdomme.

'Acteren is laveren tussen angst en hoogmoed,' heeft ze een collega wel eens horen zeggen. Nou, daar herkende ze zichzelf totaal niet in. Angst hoort er wat haar betreft niet bij. Acteren is lol, vliegkunst, spielerei. Moeilijk doen doen ze maar in de Tweede Kamer.

Ze kijkt naar de zaal. Die zit zo te zien weer helemaal vol. Ze heeft een vast publiek, ze komen van heinde en verre en al die mensen, een enkeling misschien daargelaten, weten hoe tekstvast ze is, in al die jaren is ze nog geen komma vergeten. Maar tekstangst is als een muizenplaag die zich razendsnel ontwikkelt, voordat je het weet, kom je er nooit meer van af. Van dichtbij heeft ze gezien hoe collega's erdoor werden opgevreten. Zo ver mag ze het niet laten komen.

De zaal wacht op haar opkomst, ze kan het horen aan hun gekuch. Ze komen voor het hoofdgerecht, niet voor de amuse. Normaal gesproken helpt het haar om naar haar collega's te kijken voordat ze zelf op moet, het voedt haar concentratie, zorgt dat ze gefocust raakt, alsof ze samen met hen en alle bezoekers in de zaal op dezelfde adempomp staat aangesloten. Maar vanavond heeft die betovering geen vat op haar. Gisteren heeft de wereld even doorgedraaid terwijl zijzelf ergens bleef hangen, lustig doortrappelend alsof ze nog vaste grond onder haar voeten had. En iedereen wist dat, behalve zij.

Ze voelt een hand op haar arm. Een jonge stagiair-inspiciënt kijkt haar bezorgd aan. 'Zal ik een glaasje water voor u halen?' De blik in zijn ogen beangstigt haar. Ze recht haar rug, trekt haar schouders naar achteren en glimlacht zoals alleen Catherina Pecheur dat kan.

Zodra het publiek haar ziet opkomen, begint het te klappen. Bijna onmerkbaar laat ze een pauze vallen uit dankbaarheid voor hun eerbetoon. Pas daarna speelt ze haar eerste tekst, geroutineerd en bedreven. Zoals zij worden ze niet meer gemaakt.

Laura

Puck deelde altijd alles met haar: wat ze zag toen ze naar school fietste, wat andere meisjes aanhadden, wat de docent vertelde over zijn zieke moeder, hoe de soep smaakte uit de automaat, hoe vaak ze moest plassen onder schooltijd, wie er aardig tegen haar waren en wie niet, en naar welke muziek ze op weg naar huis luisterde. De stilte die ze achterlaat is bijna niet te verdragen.

Regelmatig scrolt Laura door de berichten die ze elkaar gestuurd hebben, een aaneenschakeling van gezellige prietpraat en flauwe grapjes, smileys en hartjes, zoenen en knipogen. Het valt haar ineens op dat de kleur van de ballonnetjes gaandeweg steeds vaker groen is. Het geeft een onaangenaam schokje. Vanuit een impuls typt ze snel een boodschap, die ze meteen verstuurt: 'Hi schat, hoe is 't?' Secondelang wacht ze tot Puck gaat typen, maar er gebeurt niks. 'Heb je het fijn?' Niks. 'Toch geen spijt van die gordijnen?' Ze kan het niet laten, ze typt maar door. 'Hoe is het weer bij jullie?' Grapje natuurlijk, maar nog steeds geen antwoord. 'Wat ga jij doen vandaag?' Ze weet dat ze moet stoppen. 'Heb je al werk gevonden?' Opnieuw niks. 'Wat eet jij vanavond?' Niks. 'Hussen met je neus ertussen?' Geen antwoord. 'Broodje poep?' Ze dwingt zichzelf om haar telefoon weg te leggen.

Rupert zegt dat ze moet loslaten, het hoort er allemaal bij. Maar hij heeft makkelijk praten, bij hem hoeven geen navelstrengen doorgesneden te worden.

’s Ochtends wanneer ze langs Pucks kamer loopt, voelt ze de aandrang er binnen te gaan en net zoals ze dat in de afgelopen jaren heeft gedaan Aap op zo’n manier neer te zetten dat Puck bij thuiskomst in één oogopslag kan zien dat er nog altijd van haar gehouden wordt. Aap in meditatiehouding boven op haar hoofdkussen, Aap in spagaat met een onderbroek op zijn kop, Aap met een sjaal om zijn nek en een thermometer in zijn kont. In al die jaren heeft ze nooit een dag overgeslagen. Zou Aap daar nu moederziel alleen tussen de spullen liggen die Puck heeft achtergelaten? Ze zou hem moeten pakken, maar ze durft de kamer niet in.

Ze is voortdurend nerveus zonder te weten waarvoor. Bij het minste of geringste voelt ze zich aangevallen. Zoals vanochtend toen een collega vertelde dat zij en haar partner, zodra hun kinderen het huis uit gingen, meteen weer werden wie ze waren voordat ze ze kregen, zo leuk. Het was waarschijnlijk bedoeld als opsteker, maar zo voelde het niet. Het voelde alsof Laura faalde. Wéér iets wat ze niet goed heeft gedaan. Maar wie zegt dat? Waarom zouden Rupert en zij elkaar moeten terugvinden? Misschien zijn ze elkaar wel nooit kwijtgeraakt.

Terwijl ze in de lerarenkamer zit te luisteren naar gesprekken die gaan over ontslagregelingen en transitievergoedingen gieren de zenuwen door haar lijf. Sinds het aantreden van Elske, hun nieuwe directrice, vallen er aan de lopende band ontslagen en iedereen speculeert zich een ongeluk over wie de volgende is. Ze kan het bijna niet aanhoren, terwijl ze er normaal gesproken haar schouders over ophaalt. Werk mag nooit zo’n belangrijke rol gaan spelen in je leven, je bent niet wat je doet, je doet wat je bent. Types die het hebben over passie of roeping zijn het ergst, die vinden zichzelf over het algemeen veel te belangrijk. En zij kan het weten, want ze heeft een moeder die zo is. Catherina doet net alsof ze een hoger doel dient terwijl het in werkelijkheid natuurlijk alleen maar over haarzelf gaat. Laura trapt er niet in. Zelf heeft ze voor haar werk gekozen vanwege de vakanties, maar dat zegt ze natuurlijk alleen maar om Catherina te treiteren. In werkelijkheid vindt ze lesgeven echt leuk. Ze houdt van kinderen, zeker van het soort dat op het Achilles zit. Maar het is niet heilig. Als zij dit werk niet doet, wordt het wel door een ander gedaan. Waarom laat ze zich dan nu opfokken?

Zoals ieder jaar gaan ze op vakantie naar dezelfde plek in Griekenland. Het is een vergissing. Ze voelt het zodra ze door de taxi zijn afgezet. Terwijl Rupert de chauffeur betaalt luistert ze naar het lawaai dat komt uit het zwembad vol kinderen. Hadden ze nou maar een vakantie geboekt op een lege berg in Zwitserland of ergens diep in het Zwarte Woud tussen de fietsende bejaarden.

Jorgos is 'very happy' om zijn vrienden uit 'Golland' weer te zien, of 'the professors' zoals hij hen noemt vanwege de stapels boeken die ze steevast meezeulen. Ze zijn 'his favourite guests', maar dat zegt hij waarschijnlijk tegen iedereen. Verrast vraagt hij waar de 'little princess' is. Laura slikt haar ongemak weg. 'The "little princess" is...' hoort ze Rupert zeggen, maar hij maakt zijn zin niet af. '... busy with her own life,' vult ze dapper aan.

Net als altijd hebben ze geboekt voor veertien dagen, tijd die normaal gesproken voorbijvliegt, deze keer begint Laura al vanaf de eerste dag obsessief de dagen af te tellen tot het moment dat Transavia hen weer terug naar huis zal brengen.

Overdag leest ze in razend tempo het ene na het andere boek uit terwijl ze zich probeert af te sluiten voor het vrolijke gedoe aan het zwembad. 's Nachts kan ze niet slapen en ligt verzenuwd te luisteren naar Ruperts ontspannen gesnurk. Dit is het dan, denkt ze en ze zucht de zoveelste paniekaanval weg. Het leek zo'n mooie deal die ze met het leven had gesloten; zij gaf Puck al haar liefde en goede zorg en in ruil daarvoor kreeg ze lichtheid terug. Hoe moet het nu verder? Worden wie ze was voordat Puck geboren werd is geen aantrekkelijk vooruitzicht. Dat ligt niet aan Rupert, dat ligt aan haar.

Tweeëntwintig was ze toen ze hem voor het eerst zag. Na vier nutteloze jaren waarin ze voornamelijk bezig was geweest zichzelf te ontlopen had ze zich uit pure wanhoop ingeschreven voor de studie Nederlands. Ze had geen idee wat ze ermee wilde, ze wist ook eigenlijk niet wat de studie inhield, maar alles leek haar beter dan nog een jaar aanrommelen in de horeca. Ze was helemaal klaar met de lange verslaapochtenden en met de daasheid in haar hoofd omdat haar hersenen niks anders te doen kregen dan te herstellen van de ene na de andere alcohol-attaque. Het werd tijd om iets van haar leven te maken.

Tijdens dat allereerste college-uur zat de zaal zo goed als vol. De sfeer was onwennig. Ze werd omringd door kinderen die net van de middelbare school kwamen en nog niet wisten hoe je student moest zijn. Zelf wist ze het ook niet, maar dat leek haar voor iemand van haar leeftijd een beetje gek, dus deed ze haar best eruit te zien als een doorgewinterde studente. Voor de zekerheid maakte ze met niemand contact.

Ze zaten in hun banken en keken neer op hun professor, die aan zijn bureau onverstoorbaar zat te schrijven terwijl de secondewijzer op de klok achter hem gestaag in de richting van het nieuwe uur tikte. Hij zat gebogen, ze kon alleen zijn kruin zien. Zijn gemberkleurige haar begon al dunner te worden. Welk meisje van begin twintig valt als een blok voor zo'n kruin? Zij kon haar ogen er niet van afhouden.

Precies op het moment dat de secondewijzer over de twaalf heen tikte keek hij op. Ze was verrast. Hij zag er zo heel anders uit dan zijn hoekige schouders deden vermoeden. Hij had iets jongensachtigs. De blik in zijn ronde, bruine ogen was lief. Hij lachte bijna verbaasd, alsof hij zoveel belangstelling voor zijn vak niet verwacht had. Ze wist niet of het echt zo was of dat ze het zich verbeeldde, maar ze kreeg het gevoel dat alles wat hij daarna zei alleen voor haar bestemd was. Ze kreeg het warm. Deze man was vertrouwd, ook al had ze hem nooit eerder ontmoet. Bijzonder knap was hij niet en zijn bewegingen waren toen al stram en toch leek hij haar in alle opzichten ideaal. Hij wilde alleen geen kinderen, maar dat ontdekte ze pas een paar jaar later toen ze eindelijk een relatie kregen.

Op de zesde dag van hun verblijf laten ze zich door Jorgos overhalen mee te gaan op het toeristenbootje van zijn broer. Hij vaart hen langs een aantal badplaatsen die zo op elkaar lijken dat ze het eigenlijk al na één stop wel gezien hebben. Uren achtereen zitten ze opeengepakt dieseldampen in te ademen en beleefd te glimlachen naar een vijftal Duitse vrouwen wier vlees ze steeds roder zien worden, maar met wie ze geen woord kunnen wisselen omdat de door weer en wind gerafelde kap boven hun hoofd zo hard klappert dat het ieder gesprek onmogelijk maakt. Stampend tegen de golfjes op, in een wolk van roetdeeltjes en opspattende zoutspetters, lijken Laura's zenuwen eindelijk even tot rust te komen. Wanneer haar ogen die van Rupert ontmoeten, meent ze te weten wat hij denkt, ze denkt het zelf namelijk ook. Ze passen zo goed bij elkaar omdat ze niet bij de rest van de wereld passen. Het leek misschien alsof Puck daar iets aan veranderd had, maar dat is niet zo. Ze waren het door haar alleen maar even vergeten.

Later, wanneer ze gearmd langs de winkeltjes van het badplaatsje slenteren waar ze zijn afgezet, zegt ze: 'Denk je dat Puck zich voor ons schaamt?'

Rupert kijkt verbaasd. 'Nee, dat denk ik niet. Waarom zou ze zich voor ons schamen?'

Ze maakt zich van hem los en loopt naar een molen met zonnehoeden. 'Ik weet niet, misschien omdat...' Ze pakt een strooien hoed met bloemen, zet hem op en bekijkt zichzelf in de spiegel. Ze hangt hem weer terug en zoekt een andere uit. '... omdat we altijd twee mensen met een kind zijn gebleven, nooit een echt gezin?' Wanneer er geen reactie komt, draait ze zich om en ziet dat Rupert een stukje verderop geconcentreerd een duikbril staat te passen.

De volgende dag tijdens de siësta doet ze alsof ze slaapt terwijl Rupert naast haar op bed een boek leest. Omdat ze bang is voor haar eigen gedachten, concentreert ze zich op het zachte ruisen van de airconditioning en probeert zich voor te stellen hoe ze met dertig kilometer per seconde om de zon heen scheert. Het lukt niet. Ze denkt aan Puck. Ze maakt zich zorgen. Ze is bang dat Puck zich eenzaam en verloren voelt. Ze weet nog goed hoe verwarrend het leven was toen ze zelf die leeftijd had. Ze bewoonde een kamertje in de Tweede Jan van der Heijdenstraat, op een steenworp afstand van het Sarphatipark. Eigenlijk was het meer een soort hok dat ze huurde, letterlijk op tweehoog achter, met ramen die uitkeken op een blinde muur. In de gemeenschappelijke keuken hing een oude geiser die werkte op butagas, maar er was geen douche, ze moest zich wassen aan het aanrecht. Ze deelde de keuken en de wc met twee studentes, die gelukkig een heel ander leefritme hadden dan zij. Ze was opgelucht dat ze elkaar zelden tegenkwamen.

Ze zat in zichzelf opgesloten. Dat denkt ze nu. Toen had ze daar geen idee van. Het huis van haar grootouders was nooit haar thuis geworden. De jaren dat ze er gewoond had, leken meer op een uit de hand gelopen logeerpartij. Ze had opgelucht moeten zijn, maar zo voelde het niet. Ze was vooral eenzaam en dat nam ze zichzelf kwalijk.

De eerste maaltijd die ze voor zichzelf kookte, was zuurkool met spek en worst, precies zoals haar oma het altijd klaarmaakte, maar dit keer at ze er alleen de spek en de worst uit en liet de zuurkool staan. Het was bedoeld als wraak op al die jaren eten wat de pot schaft. Maar er was iets waardoor ze niet van haar triomf kon genieten. Ze begreep destijds niet wat het was, nu eigenlijk nog steeds niet, maar het had te maken met schuld en ze is het altijd bij zich blijven dragen.

Dacht ze toen na over haar leven? Ze kan het zich niet herinneren. Waarschijnlijk deed ze maar wat. Ze verdiende haar geld in de horeca en was altijd onder de mensen, waardoor het net leek alsof ze vrienden had. Ze werd regelmatig verliefd, maar dat was steeds van korte duur en speelde zich alleen in haar eigen hoofd af. Relaties hoorden bij andere mensen. Niet bij haar. Ze dacht dat ze volwassen was, maar ze was nog een kind. Ze kende zichzelf niet. Ze had allerlei gevoelens die ze niet begreep, laat staan dat ze wist hoe ze ermee om moest gaan. Wanneer ze jaloers was of zich onzeker voelde, vroeg ze zich niet af hoe dat kwam, maar zag het als een van haar vele karakterfouten. En er was nog zoveel meer mis met haar. Sociaal gezien was ze een hork, ze was niet ad rem, niet mooi, niet grappig, niet slim, niet slank en ze had nergens talent voor. Haar beste eigenschap was waarschijnlijk dat ze haar tekortkomingen zo goed kon verbergen. Ze kleedde zich in onaantastbaar zwart en verborg haar ogen achter vette kohlstrepen en dikke klodders mascara. Ze rookte een pakje shag per dag, dronk bier terwijl ze het eigenlijk niet lustte en leek daarmee alles te doen wat bij haar leeftijd hoorde, maar ze was er zelf niet bij. Het was alsof ze niet in staat was zich met zichzelf te verbinden.

Een groot deel van de dag lag ze in bed, ongezonde troep naar binnen werkend die ze had gestolen bij de Albert Heijn: zachte zoete drop, Bon Bon Bloc, roze koeken en paprikachips. Ze schaamde zich niet voor die diefstallen, want ze had nog geen geweten. Ondertussen las ze alles waar ze de hand op kon leggen, van Tolstoj tot de bouquetreeks en van de *VIVA*, Mulisch, *Joop ter Heul* en Nabokov tot de reclamefolders van de Blokker. Ze was kortom volmaakt ongelukkig, of onvolmaakt gelukkig, het was maar hoe ze het bekeek.

Ineens ziet ze Catherina weer voor zich zoals ze op een dag voor haar neus stond, helemaal vanuit België met de taxi. Ze keek haar zo stralend aan dat het bijna leek alsof ze werkelijk de moeder was die Laura zo graag had willen hebben. Ze kwam een tijdje in Amsterdam wonen zodat ze dichter bij haar dochter kon zijn, zei ze, meisjes van een bepaalde leeftijd hebben nu eenmaal een moeder nodig. Laura wist zich er geen raad mee, er waren in haar leven tal van momenten geweest waarop ze heel goed een moeder had kunnen gebruiken, maar die lagen allemaal ver achter haar. Ze zei het niet. Catherina was er speciaal voor haar. Ze wilde niet ondankbaar overkomen.

Vanaf dat moment was Catherina er ineens iedere dag. Het leek wel alsof ze definitief terug in Amsterdam was. Laura vroeg zich stilletjes af wat er met Edward was gebeurd, Catherina deed nooit iets zonder hem, waarom was hij er niet bij? Wat ook opviel was dat er helemaal niet over hem werd gesproken. Zouden er problemen in hun relatie zijn? Laura voelde een soort opwinding, maar tegelijkertijd realiseerde ze zich dat het toch niks meer uitmaakte. Zij en Catherina waren elkaar al lang geleden kwijtgeraakt. Ze kon er misschien nog naar verlangen dat het goed zou komen, maar ze geloofde er niet meer in.

Bijna dagelijks sleurde Catherina haar mee naar premières, boekpresentaties of vernissages en om de haverklap moesten er natuurlijk taartjes gegeten worden in het torentje van Metz. Meestal gingen ze ook nog even langs het een of andere boetiekje waar Catherina net iets te nadrukkelijk naar korting hengelde vanwege haar BN'erschap. Laura geneerde zich. Niet alleen vanwege Catherina, maar vooral voor zichzelf. Ze paste niet in Catherina's wereld. Ze begreep ook niet waarom Catherina ineens zoveel aandacht voor haar had. Ze kon haar alleen maar teleurstellen. Maar Catherina liet zich niet teleurstellen, ze was ook niet werkelijk geïnteresseerd in haar. Ze riep wel de hele tijd dat ze naar Amsterdam was gekomen om Laura beter te leren kennen, maar ze vroeg nooit iets, er werden geen persoonlijke dingen uitgewisseld, er werd alleen maar wat gebabbeld. In feite was de hele exercitie leeg en betekenisloos, alsof ze slechts een rol speelden in een Era-margarinereclame.

Laura had er niet bij stilgestaan waar Catherina logeerde tijdens haar verblijf in Amsterdam. Toen ze hoorde dat het in de Eerste Helmersstraat was, was ze geschokt. Waarom wist ze niet dat Catherina hun appartement al die tijd gewoon had aangehouden? Ze vond het pijnlijk. Catherina begon meteen een monoloog af te steken over dat het toch logisch was, dat ze regelmatig in de stad moest zijn voor interviews, audities en andere verplichtingen en dat ze dan uiteraard ook een plek nodig had om te slapen, daar hoefde ze toch zeker geen verantwoording voor af te leggen bij haar eigen dochter, of wel dan? Laura zei maar niks. Ze vond het onbegrijpelijk dat Catherina al die jaren regelmatig in hun oude huis had geslapen zonder het haar te vertellen, maar ze was het wel gewend, Catherina's carrière ging altijd al boven alles, terwijl het feitelijk natuurlijk nergens over ging. En nog steeds is dat zo. Catherina speelt in stukken die door anderen zijn geschreven, loopt mise-en-scènes die door anderen zijn bedacht, staat in een decor dat door een ander is ontworpen, in een kostuum dat ze zelf niet uitgekozen heeft en dan moet ze ook nog eens doen alsof ze iemand anders is. Gezien Catherina's leeftijd heeft dat bijna iets pathetisch.

Maar als adolescent bleef Laura tegen beter weten in hopen dat Catherina haar op een dag zou zien staan. Het gebeurde niet. Als ze na afloop van hun ontmoetingen weer terugkwam op haar kamer voelde ze zich wezensvreemd, bijna alsof ze letterlijk was gekrompen in een wereld die was blijven doorgroeien. Dat gevoel werd almaar sterker totdat het haar zo ging tegenstaan dat ze smoesjes begon te verzinnen. Soms nam ze de telefoon niet op. Ze liet Catherina zelfs een keer voor de deur staan bellen. Van oma Visser hoorde ze ten slotte dat Catherina weer terug was gegaan naar België. Blijkbaar waren de problemen met Edward opgelost. Ze had wel nog een cadeautje voor Laura achtergelaten, een cursus schrijven op het Binnengasthuisterrein. 'Om je te helpen met je roman' stond op het kaartje dat ze door haar brievenbus had geduwd. Laura weet nog hoe verbaasd ze was toen ze dat las, ze had niet eens plannen in die richting.

Ze richt zich op en schuift naar de rand van het bed.

'Ben je wakker?' hoort ze Rupert achter zich vragen.

'Ik heb niet geslapen,' bromt ze terwijl ze haar stranddoek omknoopt en haar eigen spiegelbeeld ontwijkt. Ze zet de airconditioning uit en voelt zijn blik.

‘Kijk niet zo.’
‘Hè? Wat bedoel je?’ Hij klinkt oprecht verbaasd.
‘Zo bezorgd.’
‘Kijk ik bezorgd dan?’
‘Alsof je bang bent dat ik terugval.’ Ze opent de terrasdeuren. De hitte dreunt als een hamerslag tegen haar hoofd. Ze loopt de Griekse zon in, pakt haar badpak van het rek, draait zich om en ziet Rupert langs de opwaaiende vitrages haar kant op kijken. Ze heeft hem op gedachten gebracht. Ze ziet het aan zijn blik.
‘Waarom zeg je dat?’
‘Gewoon.’
‘Ben je zelf bang dat het gebeurt?’
Ze spreidt haar armen. ‘Nee, joh. Ik dacht alleen dat jij misschien...’ Op dat moment voelt ze hoe de doek uit zijn knoop glijdt. De wind krijgt grip op de stof, trekt die met een rukje van haar lijf en tilt haar de lucht in. Geschrokken slaat ze haar armen voor haar borsten. Verderop zit de vader van Jorgos op een bankje in de schaduw van een olijfboom. Hij geeft een bewonderend knikje.

Catherina

Nadat ze een week heeft doorgebracht in haar huis in België houdt Catherina het voor gezien. Normaal gesproken zit ze er langer, maar dit jaar bevalt het niet. Het is er te stil. Ze heeft behoefte aan mensen, afleiding. Dus pakt ze haar koffers, lokt kater Kitty zijn reismand in en belt een taxi. Dat kost iedere keer weer een lieve duit, maar ze heeft nu eenmaal geen rijbewijs en het openbaar vervoer vindt ze een verschrikking. Andere mensen kopen dure vliegtickets en huren dure vakantiehuizen, feitelijk is ze gewoon goedkoop uit.

'Het was verrukkelijk,' verzucht ze gelukzalig op de achterbank van de taxi tegen George, die aan de andere kant van de lijn opgewonden roept dat hij 'alles wil weten!'. Hij is als een verloren zoon voor haar. Ze laat de chauffeur haar straat in rijden, maar al na vijftig meter staan ze stil vanwege een lawaaiige betonwagen. Catherina kijkt naar de draaiende buik met groen-witte strepen. Een reuzenslang loopt naar een kale kelder waar hij kokhalzend zijn inhoud in braakt. 'Maar Amsterdam is ook zo héérlijk in de zomer!' roept Catherina in haar telefoon. 'En er is hier zoveel te doen, ik wilde dat allemaal niet missen!' Ze betaalt de chauffeur, wacht geduldig tot hij uitstapt om voor haar het portier te openen, pakt de poezenmand en begint richting haar huis te lopen.

'Mevrouw?!'

Verbaasd kijkt ze om en ziet de chauffeur naast haar koffer staan. Ze wenkt hem ongeduldig. 'Vooruit nou!' roept ze, want ja zeg, ze heeft niet de hele dag de tijd. Hoofdschuddend loopt hij om zijn auto heen, stapt in en rijdt achteruit naar het begin van de straat. Haar koffer blijft eenzaam achter op het asfalt.

Ze opent de ramen, laat Kitty los en bekijkt de post. Er zit een dikke envelop tussen, het logo van haar theaterproducent schittert in de linkerbenedenhoek: twee theatermaskertjes, een gouden en een zilveren. Dat zou dan wel de definitieve vertaling van het stuk zijn waar ze na de zomer mee beginnen zal: *Sit on it.* Meesterlijke titel. Groot succes op Broadway, met Annette Bening in de rol van Patricia. Meesterlijke figuur, meesterlijk vertolkt, meesterlijke recensies. En daar moet zij zich dan mee meten. Ze kan niet ontkennen dat ze een lichte spanning voelt. Maar ach, ze kan het gewoon, een beetje faalangst is gezond. Gretig scheurt ze de envelop aan flarden, draait het script om en staart beduusd naar de kaft. *Laat maar zitten*, leest ze. 'Nou, met zo'n titel zal het wel geen kaskraker worden,' schampert ze en begint vluchtig door de tekst te bladeren, totdat ze met toenemende ongerustheid op een stoel ploft en gehaast door de rest van het stuk heen gaat. Er zijn zo te zien een paar rollen gesneuveld, Patricia heeft nog meer tekst dan ze zich kan herinneren, sterker nog, het stuk lijkt meer op een negentig minuten durende monoloog dan op ensemblewerk. Gespannen blaast ze uit. 'Godallemachtig...' Het is maar goed dat ze eerder terug is gekomen uit België.

In de dagen die volgen stort ze zich vol overgave op haar werk. Zoals altijd begint ze bij iedere nieuwe scène waar ze in zit een paperclip boven aan de pagina te schuiven, wat straks een hoop geblader scheelt in het repetitielokaal. Hoewel het in dit geval niet veel zal uitmaken, want ze zit in praktisch iedere scène. Vervolgens markeert ze haar eigen tekst met een fluorescerende stift terwijl ze de woorden hardop voorleest. Bladzijde na bladzijde, lezen, markeren, lezen, markeren, totdat ze alle teksten heeft gehad en klaar is om te beginnen met het echte werk.

Er zijn toneelteksten die zich bijna vanzelf laten leren, zoals die van Tsjechov. De knappe Russische dokter had de gave om te schrijven vanuit de ziel. Als actrice stem je daar automatisch op af en de woorden stromen als vanzelf naar binnen. Een dialoog gaat natuurlijk sneller dan een monoloog: je tegenspeler dwingt nu eenmaal een bepaalde reactie af, tenminste wanneer de personages niet plat maar rond zijn en het stuk goed is geschreven. *Laat maar zitten* is een heel ander verhaal. Of het nou komt door de vertaling of dat in het originele stuk die organische wetmatigheden ook al ontbraken, kan ze niet met zekerheid zeggen, maar het leren gaat zo stroef dat ze er gek van wordt.

Vroeger, toen ze nog bij Het Stadstheater speelde, was er een acteur – ze is helaas zijn naam even kwijt – zo'n typische derdeplanacteur, iemand die je als regisseur graag achter de hand hebt om een brief op te brengen of met een zwaard op wacht te staan en die, naarmate hij ouder werd, steeds vaker zijn tekst vergat en een beetje doof werd bovendien. Samen met Marianne maakte ze daar de meest verrukkelijke grappen over. 'Kan die man niet naar een tehuis?' 'Wat zeg je? Zit er een panfluit in m'n kruis?' De tranen stroomden dan over hun wangen. Het was in de jaren zeventig, ze waren zo'n beetje de enige acteurs bij het gezelschap die geen littekens hadden overgehouden aan die verschrikkelijke schreeuwpartijen in de schouwburg, eind jaren zestig, waarbij totaal onbekwame toneelschoolstudenten met tomaten gingen gooien. Gelukkig was ze er zelf niet bij, ze zat thuis met een pasgeboren baby, maar afgezien daarvan voelde ze zich ook niet aangesproken. Dat gold zeker ook voor Marianne. Ze waren jong en veelbelovend en in tegenstelling tot die schreeuwende studenten stroomden ze juist over van het talent. De enige strijd die ze bereid waren te voeren ging over wie welke rol te spelen kreeg. Ze waren van hetzelfde kaliber, beiden even begiftigd, hoewel Marianne altijd iets behaagzieks heeft gehad. Zelf was ze serieuzer en alleenstaande moeder bovendien, ze had helemaal geen tijd om te koketteren. Om beurten werden ze beloond voor hun talent en om beurten leerden ze hun verlies te nemen. Marianne kreeg Ophelia, zij speelde Cordelia, Marianne Nora, zij Masja. In het begin was het mooi in evenwicht, maar Marianne kreeg steeds vaker rollen toebedeeld die eigenlijk voor háár waren. Verschrikkelijk was dat.

In de weken die volgen is het prachtig weer. Er is geen moment dat ze betreurt dat ze eerder terug is gekomen uit België. Ze bezoekt het Grachtenfestival, gaat naar de openluchtvoorstelling in het bos, zwerft rond op het Over het IJ-festival en kijkt naar flauwekul op De Parade. Het stuk met de monologen neemt ze overal mee naartoe. Zodra ze even een pauze heeft of ergens moet wachten, haalt ze het uit haar buideltas om haar tekst te leren. Iedere keer valt haar oog op de titel en zucht ze vanwege de ironie. God, wat zou ze het graag laten zitten.

Op Keti Koti loopt ze van het Kas di Kabra-podium dwars door het park richting de kramen aan de Oosterparkstraatkant, waar ze straks ook de tram moet nemen, wanneer ze een stokoude Surinaamse in een rolstoel ziet zitten. De vrouw kijkt een beetje wezenloos voor zich uit, Catherina voelt medelijden: is het je gelukt om zo oud te worden, parkeren ze je doodleuk tegen een boom. Moet ze niet een praatje gaan maken? Dan ziet ze een jongere maar ook zeker niet heel piepjonge Surinaamse met twee bekertjes schaafijs op de vrouw aflopen, vast haar dochter. Het gekreukelde koppie breekt meteen open, de stakige armen worden naar voren gestoken en de vrouwen knuffelen elkaar. Snel loopt Catherina verder, niet wetend waarom ze zich ineens zo ontdaan voelt. Van schrik vergeet ze helemaal langs de kraampjes te gaan en neemt meteen de tram op de halte Oosterparkstraat. De verkeerde kant op. Ze ontdekt het pas op Muiderpoort.

Bijna iedere dag neemt ze zich voor de theaterproducent te bellen om hem te vertellen dat ze moeite met de tekst heeft, maar telkens is er toch iets wat haar tegenhoudt. Zijn het de vijftien pagina's in Lochem? Steeds vaker twijfelt ze of ze die werkelijk overgeslagen heeft of dat Minca met haar reeënogen alles uit haar kleine duim gezogen heeft. Catherina heeft hoe dan ook de schijn tegen. Wanneer ze nu uitkomt voor de problemen die ze heeft met deze tekst denkt iedereen vast dat het met haar leeftijd te maken heeft en dat verdient ze niet. Ze heeft een zwaar seizoen achter de rug en tijd nodig om daarvan bij te komen. Meer is er niet aan de hand. En dan met die verbouwing in haar straat en dat warme weer... Met haar geheugen is in ieder geval niks mis, integendeel, zou ze bijna zeggen. Ze lijkt eerder op een wandelende encyclopedie waar te pas en te onpas hele gedichten en monologen uit tevoorschijn komen. Ze bedoelt maar, loopt ze over de Overtoom, klinkt in haar hoofd uit lang vervlogen tijden: 'De leeuw is op de Overtoom, we worden hoe langer hoe banger, en iedereen klimt in zijn eigen boom, de timmerman en de behanger.' Of ze staat bij de tramhalte en popt er zomaar een monoloog op die ze, zonder hem eerst af te hoeven stoffen, moeiteloos declameren kan: 'O, had ik maar de stem van Orpheus, dan zou ik rotsen kunnen verplaatsen, maar mijn tomeloze verdriet is alles waarmee ik spreken kan.' Iphigenia. Hoe oud was ze toen ze haar speelde? Vijfentwintig? Zesentwintig misschien? Hoe kan er iets mis zijn met haar geheugen wanneer ze zich teksten herinnert van bijna vijftig jaar geleden?

Ze breidt haar dagprogramma uit, gaat lunchen met vrienden en bekijkt alle films die draaien in haar favoriete bioscoop. Ze probeert meerdere keren een afspraak te maken met Puck, maar die heeft het blijkbaar te druk voor haar oma en neemt niet eens haar telefoon op. Ze koopt kaartjes voor de zomervoorstelling in DeLaMar, laat haar haren doen door George en gaat voor een kleine opknapbeurt langs Mijke, haar wonderdokter. Hectiek is voor haar altijd de beste manier geweest om bij te komen. Ze is een doener, een sociaal beest, een stadsmens, een cultuurvreter. Maar soms, wanneer ze niet kan slapen en probeert om niet te kijken naar het script dat opengevouwen op haar nachtkastje ligt, kan ze de muizen al horen knagen.

Laura

Ze heeft het adres van Puck opgezocht. Ze woont in Noord. Wie had dat kunnen bedenken? Catherina krijgt vast een hartverzakking als ze dat hoort. Zou ze het weten? Zouden zij en Puck elkaar nog wel gewoon zien? Ze mag toch hopen van niet. Ze heeft Catherina bij hun leven betrokken omdat ze vond dat Puck een oma nodig had, maar het is niet de bedoeling dat die twee het samen leuk hebben terwijl zij en Puck elkaar niet eens zien.

Vanuit de keuken kan ze Ruperts hoekige gestalte zien zitten in zijn studeerkamer, half afgeschermd door een onduidelijke plant die op hun binnenplaatsje staat dood te gaan. Ze beeldt zich in dat ze het gekras van zijn potlood kan horen terwijl hij in minutieus priegelhandschrift aantekeningen zet in de kantlijn van een manuscript en ontelbare d's in t's verandert, 'als' in 'dan', 'dat' in 'wat', of omgekeerd. Het maakt niet uit wat er in zijn leven gebeurt, hij zal altijd blijven werken. Zolang hij zijn correcties mag aanbrengen gaat het hem goed.

Zelf is ze stuurloos, alsof ze sinds Puck uit huis is continu misgrijpt. Ze heeft al zo lang niet voor zichzelf geleefd, ze mist het om voor Puck te zorgen. Om toch iets te kunnen doen heeft ze uitgezocht hoe het precies zit met Pucks studielening en hoe ze zich het best kan verzekeren. Ze heeft het allemaal in een documentje gezet en naar haar gemaild, maar nog geen reactie gekregen. Voor de zekerheid kijkt ze om het uur even op haar mobiel, ook nu weer, maar nog altijd geen bericht. Zal ze haar kamer opruimen? Ze is er nog niet binnen geweest sinds haar vertrek. Niet vanwege Puck, maar vanwege de spullen. Die krijgen iets akeligs wanneer ze niet langer met hun eigenaar verbonden zijn, zoals in kringloopwinkels. Op Koningsdag komt ze ook liever niet buiten.

Laatst droomde ze dat er vreemde geluiden uit Pucks slaapkamer kwamen. Ze probeerde er niet naar te luisteren, maar het klonk zo onheildspellend dat ze zich er niet voor af kon sluiten. De geluiden namen langzaam in volume toe en klonken steeds dreigender, alsof ieder moment iets weerzinwekkends naar buiten zou barsten. Ze zag de deurklink al naar beneden gaan. Het geluid zwol aan tot een afgrijselijk gekrijs en op dat moment schrok ze wakker.

Ze heeft ook een keer gedroomd dat Puck er zelf lag, sterk vermagerd en versuft omdat ze al die tijd niks te eten en te drinken had gekregen. Het wordt tijd om de kamer op te ruimen. Ze heeft vakantie. Er is geen excuus.

Ze wapent zich met vuilniszakken en huishoudhandschoenen en neemt ook de stofzuiger mee. Een beetje nerveus kijkt ze naar binnen. De kamer is helemaal leeg, op een kale kleding- en boekenkast na. De paar spulletjes die Puck niet mee heeft genomen staan netjes geordend op de grond tegen de muur gestapeld. Er is niks bedreigends te ontdekken. Er is ook niks om op te ruimen, alles is er netjes en schoon. Alleen de vlag hangt er nog. Snel haalt ze een krukje uit de keuken en peutert de punaises los. Wanneer ze zich omdraait, ziet ze Aap ineens liggen, neergekwakt in een hoek achter de kast, zijn lange ledematen in een onnatuurlijke pose.

Achter het Centraal Station neemt ze de pont naar Noord, met een mand vol levensmiddelen die ze in een impuls heeft aangeschaft. Spullen die een aankomend student vast niet kan betalen: gezouten boter, biologische olijfolie, goeie koffie, gemengde noten en dure chocola. Aap zit er pontificaal tussen met zijn kop in de wind en zijn lange armen om een zak '*platinum all in one*' vaatwasmachinetabletten geslagen.

Rupert was het er niet mee eens dat ze ging. Hij waarschuwde dat Puck misschien niet eens de deur voor haar open zou doen. Ze kan het zich niet voorstellen. Het lijkt haar aannemelijker dat Puck al een tijdje stiekem op haar komst zit te wachten, zoals zij dat vroeger zelf deed wanneer ze zogenaamd weggelopen was. Ze kende de buurt rondom het huis in België niet en durfde nooit verder dan het einde van de straat. Ze heeft er wel eens een hele middag op de rand van de stoep gezeten in de veronderstelling dat Catherina inmiddels gek was geworden van bezorgdheid, maar toen ze uiteindelijk vanwege de honger toch maar terug ging, bleek dat ze haar niet eens had gemist.

Met het gewicht van de mand zwaar in haar armen laat ze zich naar Noord varen, het stadsdeel waar ze op haar negende naartoe werd verbannen en tot haar achttiende heeft gewoond. Ze weet nog hoe een collega van Catherina reageerde toen ze hoorde dat ze voortaan daar woonde. 'Ach, kind, ik zou er nog niet dood gevonden willen worden!' riep ze en ze trok er een vies gezicht bij. Laura begreep het wel. Bij opa en oma Visser rook het naar boerenkool en sigaretten. Later kwamen daar nog andere luchtjes bij, waar haar opa over klaagde. 'God, wat stinkt het weer bij die pinda's,' zei hij dan, of: 'Als die zwartjoekels nog één keer shit roken in hun achtertuin, dan bel ik de pliesie.' Hij dacht werkelijk dat hij haar wijs kon maken dat bruine mensen bruin waren omdat ze hun eigen poep oprookten, maar ze wist wel beter. Bruine mensen waren bruin omdat ze zo geboren waren. En die zogenaamde pinda's vonden haar opa net zo goed stinken, namelijk naar kaas.

Vanaf de kade is het nog best een eind lopen, Laura heeft spijt dat ze niet met de auto is gegaan. Noord blijkt minder veranderd dan ze dacht. Achter de verhipte oever ligt nog steeds het wijkje met bakstenen huisjes in dezelfde sfeer van armoede en kleinburgerlijkheid als toen. Distelweg, Ridderspoorweg, Monnikskapstraat. Het zal wel geen toeval zijn dat de straten in Noord de namen van onkruid hebben gekregen.

Opa Visser had vroeger geen goed woord over voor de wijk, hij was tenslotte bij uitstek een onverdraagzaam mens. Er was weinig waar hij zich niet aan stoorde. Hij werd gek van de vliegtuigen die bij een bepaalde windrichting laag over hun piepkleine huisje vlogen, kreeg koppijn van kinderstemmen in huis, van kinderstemmen in de tuin en van kinderstemmen op straat. Hij kon er niet tegen wanneer het eten te laat op tafel kwam, te gaar was of te doorbakken. Hij ergerde zich aan mensen die op de stoep fietsten en had een 'tyfushekel' aan hondjes die tegen zijn heg aan piesten of, nog erger, tegen de wieldoppen van zijn auto, een keurige Daf 46, boswachtergroen. Hij vond dat iedereen in zijn winkel netjes 'alsjeblieft' en 'dank je wel' moest zeggen en dat als ze dat niet deden ze voortaan maar ergens anders hun saffies moesten gaan halen. 'Hartelijk dank en tot nooit weer ziens,' zei hij dan, waarop hij de zoveelste stomp van zijn vrouw kon verwachten.

Oma Visser kreeg hem uiteindelijk zover dat hij zich niet meer met de verkoop bemoeide, maar alleen nog de voorraden checkte en de administratie deed. Wanneer Laura uit school kwam, stond oma achter de toonbank terwijl opa in zijn leunstoel in de woonkamer naar *Studio Sport* luisterde en de ene sigaret aanstak met de andere, blijkbaar zijn opvatting van de voorraden checken. Meestal liep Laura meteen door naar haar kamertje op de bovenverdieping, waar ze bleef zitten totdat het zes uur was. Pas wanneer ze hoorde dat oma in de keuken aan de voorbereidingen voor het avondeten was begonnen, kwam ze naar beneden. Het was niet zozeer dat ze bang was voor opa, het was vooral dat ze in zijn bijzijn voelde dat ze er eigenlijk niet had mogen zijn.

Het adres van Puck blijkt een verwaarloosd huisje in een rommelige straat waar druk gerenoveerd wordt. Het is gaan regenen. Laura belt aan en staat secondelang te kijken naar een verveloze deur. Dan zet ze een paar stappen naar achteren om te zien of er iets van beweging is achter de kleine ramen, en botst tegen iemand op. Ze draait zich om en herkent het meisje meteen, het is een vriendin van Puck.

'Hi, Tessa.'

'Puck is er niet. Ze is bij haar vriendje.'

'Ah,' zegt Laura, alsof ze allang weet dat Puck een vriendje heeft.

'Maar ze kan ieder moment thuiskomen.' Ineens begint het veel harder te regenen. 'Kom mee naar binnen!' roept Tessa boven het gekletter uit. 'Dan kun je in haar kamer wachten!'

Binnen opent Tessa de kamerdeur van Puck en zegt: 'Ik ben alleen maar even hier om me om te kleden, leuk je gezien te hebben.' Ze verdwijnt haar eigen kamer in.

Schoorvoetend betreedt Laura de kamer. Ze weet niet wat ze verwacht had, misschien dat Puck ineens losgeslagen was, of dat ze toch niet goed voor zichzelf kon zorgen zonder haar moeder in de buurt, maar zo is het helemaal niet. Pucks kamer ziet er net zo netjes uit als ze van haar gewend is. Haar boeken en schriften liggen keurig gestapeld en haar kleren hangen gesorteerd op kleur aan een kledingrek. De kamer ruikt naar zeep. Je zou er van de grond kunnen eten.

Onwennig gaat ze op haar hurken op de grond zitten, met haar rug tegen de lauwwarme radiator aan. Haar kleren zijn nat en ze heeft het koud. Ze kijkt de kamer rond, hij is groter dan het kamertje waar zij vroeger sliep, maar er zijn best wat overeenkomsten, zoals de zachtboardplafondplaten, het goedkope zeil op de grond en de kleine ramen waar de wind dwars doorheen waait. De hele sfeer is zo ontegenzeggelijk Noord dat ze niet begrijpt waarom Puck er zou willen wonen. Waarschijnlijk wil ze dat ook al niet meer. Ze wist natuurlijk niet waar ze aan begon. Ze heeft zich vast bedacht. Een mens kan zich op deze plek zo verloren voelen.

Als kind dacht ze dat haar verblijf bij opa en oma Visser tijdelijk was, maar op een dag nam oma haar mee naar een nieuwe school en toen pas begreep ze dat ze moest blijven. Ze vond het verschrikkelijk. Ze wilde ook helemaal niet naar een nieuwe school, ze had het prima naar haar zin op haar schooltje in Oud-West. De school in Noord hoorde bij een wereld die ze eng vond. De kinderen waren er ruw en onaardig. Gelukkig bemoeiden ze zich niet met haar, blijkbaar was het sop de kool niet waard. Er waren twee meisjes die wel belangstelling toonden, een dikkerdje met een eeuwige snotneus en een bazig type dat altijd met iedereen ruzie had. Om beurten vroegen ze haar tussen de middag te komen spelen. Het was duidelijk de bedoeling dat ze hen terug moest vragen, maar Laura wist zeker dat haar opa dat niet wilde en verzon een smoes. Ze legde de meisjes uit dat ze niet in een huis woonde maar in hotels, omdat haar moeder een beroemd actrice was en iedere avond in een andere stad moest spelen. 's Ochtends werd ze door een chauffeur naar school gebracht, waar ze die nacht ook hadden geslapen, al was het helemaal in Groningen of Maastricht. 'En waarom zien wij die auto met die chauffeur dan nooit?' vroegen de meisjes wantrouwig en ze antwoordde dat haar moeder dat niet wilde omdat ze bang was dat ze dan kapsones kreeg. Ze had de chauffeur nadrukkelijk opdracht gegeven om Laura een eindje voor school af te zetten, namelijk op de Klaprozenweg. Toen de meisjes haar nog steeds niet geloofden, liet ze de foto zien die ze uit de krant had geknipt om boven haar bed te hangen. Daar stond ze heel duidelijk en herkenbaar op naast haar moeder na de première van een stuk dat *Zomergasten* heette. Onder de foto had ene Henk van der Meijden geschreven: 'Catherina, samen met haar zomerse dochtertje Lola.' 'Dus dat ben jij niet, want jij heet Laura,' zeiden de meisjes. Laura liet het natuurlijk wel uit haar hoofd om te zeggen dat Henk zich vergist had of het waarschijnlijk niet eens zo interessant vond hoe ze heette. In plaats daarvan legde ze uit dat ze in dat andere leven, dat jetsetleven dat ze samen met haar moeder leidde, de naam Lola droeg, maar dat haar moeder dat geen naam vond voor een meisje dat in Amsterdam-Noord naar school ging.

Op een dag kwam Catherina haar onverwachts ophalen bij een van de meisjes thuis waar ze op dat moment aan het spelen was. De moeder van het meisje stond erop dat mevrouw Pecheur nog even bleef om een glaasje sherry te drinken. Om conversatie te maken vroeg ze belangstellend in welk hotel ze die avond zouden overnachten. Catherina, die nota bene van de verbeelding haar werk had gemaakt en zich avond na avond uitsloofde om mensen dingen te laten geloven die een of andere toneelschrijver had verzonnen, lachte hard toen ze hoorde welk verhaal Laura de mensen in Noord al die tijd op de mouw had gespeld. 'Welnee!' riep ze uit. 'Laura woont gewoon bij haar grootouders op de Klaprozenweg, je weet wel, die mensen van de sigarenwinkel.'

Vanaf dat moment had Laura nog maar één vriendinnetje over, de dikkerd met de snotneus. Ze heeft nog wel eens contact gezocht via Facebook, maar daar heeft Laura nooit op gereageerd.

Het is inmiddels gestopt met regenen. Ze weet niet hoe lang ze al wacht, maar haar kleren zijn nog altijd nat. Naast haar ligt een stapel boeken. Ze pakt ze een voor een op en bekijkt ze: *Essential Cell Biology*, *The Analysis of Biological Data*, *Introduction to Genetic Analysis*. Grappig dat ze een kind heeft gekregen dat hier de inhoud van begrijpt. Het maakt haar trots en tegelijkertijd een beetje eenzaam. Tussen de boeken zit ook een dagboekje met een kaft van Chinese zijde. Het komt haar bekend voor, heeft zij er niet zelf ooit zo eentje gehad? Belangstellend bekijkt ze het. Ja inderdaad, zo'n boekje had zij vroeger ook. Ze woonde nog samen met Catherina in de Eerste Helmersstraat en die was de hele dag niet thuis geweest. Er was iets met een bezoek aan een vriendin op de Nieuwmarkt. Ze herinnert zich er niet meer het fijne van, maar ze weet nog wel dat ze verbaasd was omdat ze helemaal niet wist dat Catherina iemand kende die daar woonde. Catherina zag er bij thuiskomst slecht uit. Ze leek wel ziek. Het boekje zat heel eenvoudig ingepakt in roze krantenpapier met een elastiek eromheen, maar Catherina wachtte niet eens totdat ze het had uitgepakt en liep meteen naar boven.

Ze kijkt ernaar. Zou het een dagboek zijn? Ze stelt zich voor hoe de bladzijdes volgeschreven staan in Pucks gelijkmatige handschrift. Zou hierin staan wat er aan de hand is? Waarom ze haar niet meer wil zien? Ze kan zich niet bedwingen erdoorheen te bladeren, haar ogen scheren langs de regels op zoek naar een woord dat haar aandacht trekt en tegelijkertijd onwillig om iets te lezen wat ze niet wil weten, totdat ze voelt dat er naar haar gekeken wordt. Betrapt kijkt ze op. Daar staat Puck, leunend tegen de deurpost, haar borstkas gaat wild op en neer.

'Och, schatje, ik...'

'Wat doe je?' Pucks mond staat strak. Haar stem bibbert.

'Ik heb niks gelezen, hoor, echt niet, ik had alleen vroeger ook zo'n boekje en ik dacht...'

'Wat doe je in mijn kamer?' Het lijkt alsof Puck haar aankijkt, maar dat is niet zo, ze kijkt door haar heen. 'Wie heeft je binnengelaten?'

'Tessa. Het regende.'

'Het is nu droog.'

'Hè, Puck, toe nou...' Ze kijkt naar haar kind, huilt ze?

'Ik wil dat je weggaat.'

Ja, ze huilt.

'Puck...' Ze staat op, haar kind huilt, ze moet haar troosten, maar de kou heeft haar ledematen verstijfd, ze moet zich even aan de vensterbank vasthouden totdat haar bloedsomloop weer op gang gekomen is.

'Dan ga ík wel,' hoort ze Puck zeggen en wanneer ze opkijkt, is ze weg.

'Puck?' Ze hoort Puck de trap nemen. Snel gaat ze erachteraan. 'Lieverd, loop nou niet weg! Puck, toe nou, ik heb echt niks gelezen en ik kom juist om...' De voordeur valt met een klap dicht. De laatste treden neemt ze met een sprongetje, dan de smalle gang door en via de voordeur naar buiten.

Op de stoep aan de overkant haalt Puck haar fiets van het slot.

'Puckje. Alsjeblieft. We hebben je al die tijd met rust gelaten. Maar je kunt ons niet buitensluiten, we maken ons zorgen, dat begrijp je toch wel?'

Puck sjort ongeduldig aan het slot, haar gezicht is rood gevlekt, aan haar neus hangt een sliert snot. Ze krijgt haar slot niet open. 'Schatje toch...'

'Mama, niet doen.'

'Hè, lieverd, toe nou, we hebben misschien fouten gemaakt, dat zou heel goed kunnen, maar zeg alsjeblieft wat het is, want we hebben werkelijk geen idee, het is echt niet erg als je het vertelt. Of is het toch allemaal omdat ik je diploma-uitreiking heb gem...'

'Oh,' kreunt Puck dwars door haar heen en ze laat het slot uit haar handen vallen. 'Betrek nou niet alles op jezelf!'

Laura gaapt haar geschokt aan. Komt ze zo over? Als iemand die alles op zichzelf betrekt? Ze wil iets zeggen, maar ze kan niks bedenken. Het lijkt alsof haar hersenen vloeibaar zijn geworden. Dan ziet ze dat Puck eindelijk haar slot open heeft.

'Waar ga je naartoe? Alsjeblieft, blijf nou even...' Ze ziet hoe Puck haar tas op haar rug gooit. 'Puck, toe nou? We kunnen toch even praten, ik ben je moe... Puck?!'

In een gebaar van onbegrepen machteloosheid schudt Puck haar hoofd en fietst dan hard een zijstraat in, zo snel mogelijk bij haar vandaan, alsof Laura niet de moeder is die ze dacht dat ze was, maar toch weer degene die ze altijd al geweest is en dan is er meteen ook schaamte.

Catherina

Ze heeft de theaterproducent nog niet verteld dat de praatzieke Patricia haar zorgen baart, dat die lappen tekst haar misschien toch nét iets te hoog gegrepen lijken. Niet alleen voor haarzelf, ook voor haar publiek. De mensen in Terneuzen of Wanneperveen hebben vast geen boodschap aan dit verbale geweld, die willen gewoon een fijne avond hebben en als het kan iets beleven. Wanneer je theater wilt maken voor een groot publiek moet je daar rekening mee houden. Het is net alsof ze Edward hoort praten.

Ze staat op de pont naar Noord, waar vanmiddag de kickoffborrel plaatsvindt. Het is druk. Vroeger stond ze wel eens met anderhalve man en een paardenkop op deze pont, niemand die naar Noord wilde natuurlijk. Ze weet nog hoe verbaasd ze was dat Laura ervoor koos om er te gaan wonen en niet bij haar en Edward in België. Een gek gevoel was dat, om zo helemaal niks van haar eigen kind te begrijpen. Het bleek nog maar het begin.

Verderop tussen al het mensenvlees kijkt een jongeman naar haar. Zou hij haar herkennen? Ze vindt het leuk om herkend te worden, daar niet van, en hij heeft een leuke kop, alleen jammer van die baard, maar hij staat zo te loeren dat ze zich toch een beetje ongemakkelijk begint te voelen. Dan steekt hij ineens zijn hand op. Ach hemeltje, nou denkt hij ook nog dat ze elkaar kennen. Ze maakt dat wel vaker mee, dat mensen denken dat ze op dezelfde school hebben gezeten of in dezelfde straat hebben gewoond. Hoogst ongemakkelijk, maar ze begrijpt het wel. Zelf heeft ze ook wel eens uitbundig naar Fred Emmer staan zwaaien omdat ze zeker wist dat ze oude bekenden waren, terwijl zij hem natuurlijk alleen maar kende van het NOS-journaal.

Wanneer ze richting het etablissement wandelt waar de borrel gehouden wordt, ziet ze al van verre hoe druk het er is. Wonderlijk, normaal gesproken is zo'n borrel alleen voor cast en crew. Er moet bijna wel iets aan de hand zijn wat ze haar vergeten zijn te vertellen. Ze zucht. Eerlijk gezegd vindt ze zo'n kick-offborrel al meer dan genoeg gedoe. Alsof een lekker taartje tijdens de eerste lezing zoals ze dat vroeger deden niet genoeg is. Moet nou werkelijk van alles een gebeurtenis gemaakt worden? En waarom moet dat ook allemaal in het Engels tegenwoordig? Waarom mag het niet gewoon openingsborrel heten? Of moet ze over dat soort dingen haar mond houden? Spreekt ze dan bejaardentaal? Bejaardentaal is niet goed. Daar moet ze mee uitkijken.

Ze passeert een kluitje rokers dat een paar meter voor het terras enthousiast blauwe wolken staat uit te blazen. Het zijn mensen die ze kent: een schouwburgdirecteur, een theaterrecensent en een bekende filmregisseuse. Wat doen die nou op haar kick-off? Ze begroeten haar. Er worden handen geschud, ze krijgt zoenen. 'Het lijkt wel alsof ik jarig ben,' zegt ze met grote onschuldige ogen. Iedereen moet lachen. Koket loopt ze verder. Iemand trekt aan haar mouw, ze draait zich om.

'Marianne Maverick?' roept ze uit. 'Het is niet waar?!' Maar hé, ze is het echt, haar bloedzuster, toneelvriendin, aartsrivale, drinkebroer, favoriete roddeltrol en het aller-, aller-, allergrootste kutwijf ooit. Er bestaan zoveel verschillende Mariannes dat ze nooit weet met welke ze te maken heeft.

'Ach, lieverd, daar ben je dan!' Mariannes stem is nog altijd even donker als verleidelijk. 'We waren al bang dat je gesmolten was. Loop je mee? Ik heb je wat te vertellen... Of heb je het al gehoord? Nee toch?'

Catherina laat zich stomverbaasd meetrekken. Met een kind-wat-krijgen-we-nou-toch-blik kijkt ze naar de regisseuse en ze knipoogt naar de recensent. 'Wat is dit?! Ik begrijp er helemaal niks meer van! Wat doet iedereen hier?!' Ze kijkt naar Mariannes blond geverfde haren, die nog altijd tot haar billen reiken, en schaterlacht: 'Wat gebeurt hier toch allemaal?!' Ze heeft natuurlijk wel een vermoeden. Ze zag net in een flits hoe stampvol het binnen is. Ze is niet gek. Er staat haar iets te wachten. Iets groots. Vorig jaar hebben ze haar vijftigjarige jubileum al gevierd. Wat zou het dit keer zijn? Een oeuvreprijs? Misschien een lintje?

Marianne voert haar mee naar de zijkant van het terras waar een tafeltje verscholen staat tussen een paar plantenbakken. Daar wordt ze voorzichtig op een stoel gedrukt. Er wordt een glas witte wijn neergezet en Marianne neemt tegenover haar plaats. Een moment lang is ze zich bewust van hun knieën die elkaar raken, hun ogen die zich in elkaar vasthaken, hun vingers die zich in elkaar vouwen tot één grote vingerknoop.

'Ik overval je, lieverd, ik zie het aan je!' Marianne blaast het geëmotioneerd in haar gezicht. Ze ruikt naar lege maag. Dan buigt Marianne zich voorover, tuit haar lippen en drukt een kus op de vingerknoop. Op dat moment ziet Catherina hem zitten. De ring. De Pallas Athena-parelring. Veertig jaar geleden uitgereikt aan de verkeerde actrice. Hij zit om een van de vier pinken. Ze kijkt op naar Marianne en ziet dat haar ogen vochtig zijn. Ze hoort haar zeggen: 'Neem een slok, lieverd, even bijkomen, hè?' en ze kijkt snel weer naar beneden. Ze wil niet dat Marianne ziet dat ze is aangedaan. Ze bijt op haar lip, een beetje zoals Meryl Streep dat zou doen, neemt een slok en denkt: mijn god, laat de ring niet de reden zijn waarom we hier zitten.

Maar ze is te laat, haar wens kan al niet meer verhoord worden, Marianne beweegt haar lange slanke vingers speels voor haar gezicht, lacht een klaterende lach terwijl ze plagerig de ring onder haar neus duwt en zegt: 'Och, waag het niet te protesteren, lieverd. Je verdient hem gewoon!' Ze pakt haar vast en vouwt haar frêle lijfje om Catherina heen. Die voelt zich ineens meer dan honderdtachtig kilo. 'Och och, wat een schok,' hoort ze Marianne te dicht bij haar oor zeggen. 'Ik voel het gewoon aan je. Vrouwtje vrouwtje toch, je bent helemaal ontdaan...'

Gewillig laat ze zich wiegen en ze pijnigt haar hersenen. Waarom geeft Marianne haar de ring? Waarom nu? Veertig jaar na dato? Veertig jaar te laat? Om van haar schuldgevoel af te zijn? Om haar een trap na te geven?

Marianne richt zich weer op, steekt haar handen uit en vouwt ze om Catherina's kaaklijn, zo stevig dat ze haar huid voelt samenkreukelen in de buurt van haar neus. Ze krijgt bijna geen adem. Marianne zegt: 'Ik ben zo apetrots op jou. Zoals jij gewoon je eigen weg bent gegaan, dat vind ik toch zo'n grote klasse.'

Ja, denkt Catherina, terwijl ze met verbazing naar de tranen in Mariannes ogen kijkt, wat kon ik anders? Ze wacht geduldig tot ze losgelaten wordt, haalt diep adem en zegt met een stem die zo warm klinkt als gesmolten honing: 'Hoe kun jij nou mijn dag verpesten, terwijl je mij het allermooiste geeft wat een actrice haar kunstzuster maar geven kan?'

In de toiletruimte staart ze naar zichzelf in de spiegel. Het lef. Het gore lef. Ze schudt haar krullen los en denkt: blij zijn, dankbaar aannemen en er daarna met je hakken op stampen en er lekker overheen pissen. In één keer giet ze haar glas wijn naar binnen, ze loopt een wc-hokje binnen en schuift het slot erop.

Verrek, ze staat te trillen. Buiten adem sjort ze haar broek omlaag en neemt in één beweging haar corrigerende onderbroek mee. Dat uitgerekend op die ene avond dat ze genoeg moed verzameld had... Dat juist op dat moment toen ze helemaal achter in de zaal... Dat net toen ze het aandurfde om... Dat terwijl ze verdekt opgesteld als een toerist in haar eigen schouwburg zat te kijken naar de rol die zij had moeten spelen... die marteling... Cleopatra. Haar Cleopatra. En toen... Ze wipt met de punt van haar schoen de bril omhoog. Dat Marianne uitgerekend toen de ring kreeg. Zo pijnlijk. Ze buigt haar knieën, steekt haar kont naar achteren en wankelt. Ze moet zich aan de wanden vastgrijpen om niet om te vallen. Ze kijkt naar haar handen op de groezelige tegels en denkt: dat wordt goed wassen zo meteen. Ze zet haar ene voet op de rand van de wc en daarna de andere. Zo moet het dan maar: hurkend als een oude Indiër. Ze ontspant haar blaas. Als Marianne ook maar een beetje klasse had gehad, had ze haar toen meteen de ring gegeven.

Ze hoort de deur naar de gang openzwiepen. In een wolk van feestrumoer drijft een drietal meisjesstemmen de ruimte binnen. Haar naam valt. Geschrokken knijpt ze haar blaasspier af en spitst haar oren.

'Maar hoe kan ze dan weer gewoon voor een nieuw seizoen tekenen? Iemand moet haar toch tegen zichzelf beschermen?'

Er klinkt een gedempt 'ssjt', dan gerommel, het ruisen van textiel.

'Nee, niemand. Je moet altijd even onder de deurtjes kijken of je voeten ziet.'

'O shit. Stel je voor dat ze me gehoord had.' Minca. Catherina herkent de stem. 'Nou goed, er vielen echt de hele tijd van die absurde pauzes, gekke vertragingen en zo, alsof ze niet wist wat ze moest zeggen.'

'Tekst kwijt?' Rechts naast Catherina gaat een deurtje open en weer dicht, daarnaast weer een. Iemand rommelt aan haar deur. Catherina houdt haar adem in.

'Ja, tekst kwijt, of even helemaal alles kwijt, ik weet niet precies wat haar scheelt. Heel zielig eigenlijk, maar ook echt irritant, ze haalt op die manier al het ritme uit de voorstelling, waardoor we allemaal beginnen te kloten.' De deur links van haar wordt geopend. 'Het is zoiets als met je oma naar een festival gaan en alle goeie optredens missen.' Er wordt gelachen.

'Ik zeg: met zeventig jaar gewoon nokken!'

'Of allemaal een spuitje!'

'Hallo zeg?!' lacht degene aan haar linkerkant. Catherina's kuit begint gemeen te steken.

'Ja toch? Ben je meteen van een hele hoop ellende af. Uit de pan rijzende zorgkosten, ongelukken met elektrische fietsen!' (Gelach) 'Trage opa's en oma's bij pinautomaten!' (Gelach) 'Ouwe actrices die hun tekst niet kunnen onthouden!' (Nog meer gelach)

Papier wordt afgescheurd. Rechts en links klappen stringetjes terug op hun plek, worden jeans omhooggesjord en wc's doorgespoeld. Een voor een zwiepen de deurtjes open en vallen met een klap weer dicht. De steken in haar kuit zijn inmiddels tot aan haar aars getrokken. Ze moet grimassen maken om de pijn te verbijten. Haar andere been slaapt.

‘Je begrijpt toch niet waarom zo’n vrouw per se door wil blijven spelen? Ik bedoel, hoe moet dit eindigen?’

‘Weet je dat ze David daarnet op de pont niet herkende?’

‘Néé?! Jezus, dat gaat wel ver.’

‘Hij zwaaide naar haar, maar ze zwaaide nogal wazig terug en toen hij naar haar toe liep, dook ze in haar tas en ging heel *obvious* door haar script staan bladeren.’

‘Haha, wie gaat er nou op de pont door z’n script staan bladeren?’

‘Mijn oma zegt dat ze vroeger een geweldige actrice was.’ Minca weer.

‘O ja?’

‘Ja. Bij Het Stadstheater. Volgens haar was ze echt heel bijzonder.’

Ze mag die oma van Minca wel. Weer een pijnscheut, ze valt bijna van de pot, grijpt zich vast en laat haar hoofd naar achteren hangen. Zonder geluid te maken ademt ze het weg.

‘Ik vind eigenlijk dat je als actrice de verplichting hebt om het beeld van jezelf in ere te houden. Dat mag je niet kapotmaken alleen maar omdat je te laf of te ijdel bent om op tijd te stoppen.’

‘Mee eens. Niet doorgaan totdat je er dood bij neervalt, zoals Alice Cooper.’

‘Je bedoelt Tommy Cooper.’

‘Whatever.’

‘Ank van der Moer werd winderig op d’r oude dag.’

Gelach.

‘Ja, echt, als ze kwaad werd of moest lachen of om welke reden dan ook druk moest zetten, barstten er hele scheetconcerten los.’

‘Hahahahaha!’

‘Sorry, maar wie is Ank van der Moer?’

Laura

Ze lopen langs de vloedlijn tussen Bloemendaal en IJmuiden. Zij en Rupert. Zojuist heeft ze hem verteld hoe haar bezoek aan Puck is verlopen, maar hij heeft niks gedaan om haar gerust te stellen. Hij heeft haar niet naar zich toe getrokken, geen arm om haar heen geslagen, geen kus op haar hoofd gedrukt, niks. Ze begrijpt het niet. Ze begrijpt niet waarom hij met grote passen door blijft lopen, ineengedoken in de kraag van zijn jas vanwege de gure wind, en haar zo in de steek laat.

'Wat is er nou?!' Ze moet schreeuwen om boven de bulderende zee uit te komen. Wanneer hij omkijkt kan ze de ergernis duidelijk op zijn gezicht zien staan.

'Je had niet naar binnen moeten gaan! Je had gewoon buiten moeten wachten!' Achter hem stort een golf zich op het strand en spat uiteen. 'En je had zeker niet aan haar spullen moeten komen!'

Met grote stappen loopt hij verder, ze kan hem nauwelijks bijhouden. 'Nee, dat was ook stom, maar ik da...'

'Ik was in haar plaats ook ontploft!'

'Ja maar...' Ze duikt terug in haar sjaal. Het zand knarst tussen haar tanden. Toen ze van huis weggingen scheen de zon, nu voelt ze de eerste druppels vallen.

'Je had er überhaupt niet heen moeten gaan!' bijt Rupert haar over zijn schouder toe. 'Laat dat kind nou gewoon, het is haar leven, bemoei je er niet mee!' Hij beent stevig door.

Laura staat getroffen stil. Dan draait ze zich resoluut om en begint in de richting van de opgang te lopen.

'Lau?!' Hij brult het over de wind heen. Ze reageert niet. 'Lau, toe nou!' Met grote onhandige passen struint ze door het rulle zand het hele klote-eind weer terug. 'Voel je nou niet zo aangevallen!' roept hij haar na. Te laat ontdekt ze dat een vieze plastic tas klapwiekend op haar af komt gevlogen. Met een natte smak landt het ding op haar gezicht en kleeft zich eraan vast. Driftig begint ze haar hoofd te schudden, maar het plastic lijkt zich aan haar vast te zuigen. Het maakt haar woest, ze trekt het van zich af, stampvoet vanwege de wind, het zand, Rupert, zichzelf en... 'Aaaalles!' Ze gilt het met overslaande stem terwijl de zak zijn ongecontroleerde vlucht weer voortzet op zoek naar een volgend slachtoffer. In de verte kijkt Rupert vertwijfeld haar kant op. Ze voelt het zand in haar keel schuren.

Zwijgend stapt hij in. Ze heeft de motor al gestart, de blower blaast warme lucht door de auto. Met beide handen houdt hij de kraag van zijn jas gesloten. Hij ziet er verkleumd uit en de weinige haren die hij nog heeft staan recht overeind. Normaal gesproken zou ze die voor hem gladstrijken. Ze doet het niet. Ze staart naar het zand dat door de wind over het verlaten parkeerterrein wordt gejaagd en zegt: 'Ik weet het ook niet, Rupert. Ik doe ook maar wat.'

Hij zwijgt.

'Het is alsof iemand mijn rol heeft veranderd en mijn tekst heeft herschreven en ik helemaal niet meer weet hoe ik me gedragen moet.' Ze voelt Ruperts blik.

'Ik vind het ook moeilijk, hè?' zegt hij ten slotte.

Ze kijkt opzij.

'Om helemaal geen contact met haar te hebben. Dat vind ik ook moeilijk.'

Ze schrikt er een beetje van. Alsof het nu pas tot haar doordringt. Ja, natuurlijk is het voor Rupert ook moeilijk, hij is de vader, hij speelt in dit hele klotescenario ook een rol. Berouwvol steekt ze haar hand uit en strijkt zijn haren plat.

'We moeten haar de ruimte geven die ze nodig heeft, ze doet dit met een reden.'

'Maar welke reden dan? Ik begrijp het niet.'

'Misschien is dat ook de bedoeling. Ze moet los van ons komen, ze heeft niks aan ons begrip.'

Ze hoort hem iets wegslikken. 'Wat?' vraagt ze. Ze ziet dat hij het moeilijk vindt haar aan te kijken.

'Probeer haar wat meer los te laten, Lautje, ik ben bang dat ze anders...' Zijn ogen kijken haar bijna smekend aan. 'Ik wil haar ook niet kwijt, begrijp je?'

'Maar ik láát haar toch ook los?' En meteen is het oude gevoel er weer, alsof ze het allemaal verkeerd heeft gedaan, terwijl ze niet begrijpt waarom.

Rupert en zij voelden zich vanaf het eerste moment met elkaar verbonden. Hun zielen herkenden elkaar. Dat weet ze zeker. Net als zij is hij enig kind. Net als zij is hij al jong in de verdrukking geraakt door de persoonlijke ambities van zijn ouders. Zijn vader en moeder bestierden als kleine zelfstandigen een bowlingbaan met een frituur in Venray en waren altijd aan het werk. Vooral tijdens vakanties en op feestdagen moest er stevig aangepakt worden, ook door de jonge Rupert. Omdat hij motorisch nogal onhandig was en een keer was vast komen te zitten in de kegelmachine – wat een hoop gedoe had gegeven en veel geld had gekost – werd hij veroordeeld tot de keuken, waar hij vaak hele dagen stond af te wassen en schoon te maken. Zijn ouders waren niet van het halve werk en lieten hem gerust alles overdoen wanneer iets hun niet beviel. Op die manier werd 'de kantjes er niet af lopen' er al vroeg bij hem in geramd. En nog steeds wanneer Rupert de afwas heeft gedaan, glimt alles in de keuken, zelfs het afvoerputje.

De jonge Rupert droomde zich een ander leven door te lezen, ook daarin leken ze op elkaar. Hij leende aan de lopende band boeken uit de schoolbibliotheek, waar zijn ouders niks van begrepen. Ze waren doeners, geen denkers. Ze stoorden zich aan de nietsontziende overgave waarmee hij zich op het lezen stortte. Er kon bij wijze van spreken brand uitbreken in de frituur zonder dat hij het in de gaten had. Ze vroegen zelden wat het was waardoor hij zo gegrepen werd en wanneer hij er zelf iets over wilde vertellen, onderbraken ze hem al na een paar zinnen omdat er een klant binnenkwam of er glazen gespoeld moesten worden. Ze lachten ongemakkelijk wanneer hij nieuwe woorden gebruikte die hij in een van zijn boeken was tegengekomen. 'Met mooie woorden vullen we de kas niet,' zeiden ze dan, wat in het Limburgs vast vriendelijker klonk dan het door de jonge Rupert werd opgevat.

Op de dag na zijn laatste examen ging hij het huis uit en trok in bij zijn lerares Nederlands, wat een heus schandaal opleverde in het katholieke Venray. Een paar weken later stond zijn vader bij hem op de stoep om een paar spullen te brengen die Rupert was vergeten mee te nemen. Hij zei dat hij het jammer vond dat ze zo weinig van elkaar begrepen, schudde hem de hand, wenste hem het allerbeste en dat was dat. Rupert zag dat er tranen in zijn ogen stonden, hij dacht vanwege de schaamte en vanwege de teleurstelling. Het kwam niet in hem op dat zijn vader misschien wel van hem hield en hem miste.

Niet lang daarna reden zijn ouders midden in de nacht over de Duitse Autobahn. Ter hoogte van Weeze schatte zijn vader een bocht verkeerd in en knalden ze met honderdvijftig kilometer per uur tegen de vangrail op. Beiden op slag dood. Rupert was verdrietig. Natuurlijk was hij dat. Het betrof de twee mensen uit wie hij voortgekomen was en met wie hij de eerste achttien jaar van zijn leven had gedeeld, maar hij voelde zich ook schuldig. Hij wist zeker dat het ongeluk niet gebeurd zou zijn wanneer hij een betere zoon was geweest en het verzoeningsgebaar van zijn vader niet onbeantwoord had gelaten.

Jaren later bezocht hij de lerares Nederlands die hem destijds in huis had genomen. Toen ze hoorde hoe hij over zichzelf dacht, schudde ze bijna verwijtend haar hoofd. Heel Venray wist inmiddels dat zijn ouders die nacht op de terugweg waren van een parenclub waar ze wel vaker kwamen. Ze hadden waarschijnlijk een heerlijke avond achter de rug maar helaas net iets te veel gedronken.

In het begin maakte het Laura niet uit dat Rupert geen kinderen wilde. Het leek haar sowieso beter om niemand met haar genen te belasten. Ze had alleen geen rekening gehouden met haar lijf, dat allengs andere plannen bleek te hebben. Eerst was die onbewuste, bijna dierlijke roep er slechts eens per maand, maar gaandeweg klonk hij steeds vaker en op het laatst schreeuwde haar lichaam het zowat uit. Ze moest een kind. Het had geen zin zich daartegen te verzetten. Rupert liet zich met weinig moeite overhalen. Misschien hoopte hij wel dat met een kind een einde zou komen aan haar somberte.

Aanvankelijk was ze onzeker. Ze had werkelijk geen idee hoe het moest, moeder zijn. Gelukkig bleek Rupert een veel betere vader dan ze verwacht hadden. Verbaasd keek ze toe hoe hij zich met overgave op zijn nieuwe taak stortte, van enige scepsis of terughoudendheid was niks te merken.

Hij was zeker geen doorsneevader, wel een heel toegewijde. Toen Puck nog maar een baby'tje was las hij haar al dagelijks voor: *Kikker*, *Jip en Janneke*, maar ook Amoz Oz en Philip Roth. Met haar grote bruine ogen volgde Puck iedere beweging van zijn lippen en ze genoot zichtbaar van de geluiden die ze maakten. Toen Puck ouder werd en zelf kon kiezen wat ze wilde horen, maakte Rupert er een gewoonte van om na de voorleessessie nog een soort nabeschouwing te doen. 'Wat wilde de prins nou werkelijk behalve de draak verslaan?' vroeg hij dan. Of: 'Waarom was de grote beer eigenlijk zo moe?' Later maakte hij zijn vragen complexer. Hij wilde bijvoorbeeld weten waarom een schrijver voor een bepaalde setting had gekozen of welk einde ze zelf zou hebben geschreven wanneer zij de regie over het verhaal had gehad. Laura zat dikwijls te wachten totdat Puck in opstand zou komen, maar dat gebeurde niet. De vragen hoorden erbij, ze wist niet beter en ze leek het nog leuk te vinden ook.

Wanneer Rupert een deadline had, gaf hij Puck een potlood en een stapel A4'tjes en spoorde haar aan om hele pagina's vol te krabbelen met haar zelfverzonnen gekras. Na afloop las hij alles aandachtig, stelde er gewichtige vragen bij en deed net alsof er werkelijk iets leesbaars stond. Als hij moe was en op de bank wilde liggen, zette hij een opera of een symfonie op, trok Puck tegen zich aan en zei dat ze met haar ogen gesloten moest kijken naar de beelden die de muziek in haar hoofd maakte. Terwijl hij lag te rusten, gluurde hij zo nu en dan door zijn wimpers om te checken of ze erdoor geraakt werd of niet.

Op woensdagmiddag nam hij haar dikwijls mee naar de gratis concerten in het Concertgebouw. Ze was meestal het enige kind in de zaal, maar ze kende de etiquette en zat zonder mopperen de uitvoering uit. Laura wist zeker dat Puck het deed om haar vader een plezier te doen, maar volgens Rupert was dat niet zo. Hij zei dat ze altijd bloedserieus op het rode pluche van haar stoel zat, soms met haar aandacht gericht op de namen van de componisten, die in gouden letters op het balkon geschilderd waren, soms geboeid door de gelakte nagels van de dame naast haar of geamuseerd vanwege een vlieg die door de zaal vloog, maar vaker gewoon vanwege de muziek. Na afloop nam hij haar mee naar Keyzer voor een glas warme chocomel en een portie bitterballen. Vanzelfsprekend werd het concert dan uitvoerig geëvalueerd. Laura kon zich voorstellen hoe Puck daar braaf aan meedeed in de hoop op een extra portie bitterballen, maar Rupert moest hard lachen toen ze dat zei. 'Niet iedereen is zoals jij, Lau!' riep hij vrolijk.

Misschien behandelde hij Puck al te jong als een volwassene, misschien wilde hij te graag dat ze onderdeel van zijn wereld werd uit angst dat ze elkaar op een dag niet meer zouden begrijpen, zoals hem en zijn vader overkomen was. Maar was dat erg? Ze had geen idee, ze had ook geen vergelijkingsmateriaal. Dat Puck van meet af aan door Rupert heel serieus genomen werd leek haar eigenlijk alleen maar gunstig, dat had ze zelf ook best graag gewild. Maar had Puck wel voldoende kind kunnen zijn? Rupert kon er slecht tegen wanneer ze wezenloos op haar duim zuigend naar *Finding Nemo* zat te kijken of keer op keer wilde luisteren naar de liedjes van *Nijntje de musical*. Hij haatte die cd. Hij maakte hem met opzet kwijt omdat hij de onnozelheid ervan niet kon verdragen. Om hem te pesten zong Puck later nog dikwijls zijn favoriete passage, speciaal voor hem: 'Ik ben Dick Bruna en dat zie je aan mijn bril en aan mijn snor.'

’s Avonds wanneer Rupert zijn tanden staat te poetsen en zij ernaast op de wc zit, zegt ze: ‘Misschien denkt Puck wel dat het zo hoort. Jij hebt met je ouders gebroken, ik en Catherina hebben zo goed als geen contact. Misschien weet ze gewoon niet beter.’

Hij stopt met poetsen. ‘Dat lijkt me niet.’

‘Waarom dan niet?’

Hij spoelt zijn mond, droogt zijn gezicht af. ‘Laat het, Lau. We horen binnenkort wel hoe het zit. Tot die tijd moeten we het gewoon bij haar laten.’

Ze kijkt naar hem terwijl hij zijn handdoek ophangt en netjes rechttrekt. Het voelt alsof hij iets niet zegt wat hij wel denkt, maar ze durft er niet naar te vragen.

‘Ga iets doen. Iets wat je afleidt en waar je je tanden in kunt zetten. Een schrijfcursus. Of een taal. Of vraag Elske of je een project op mag zetten. Een literatuurklasje of zoiets.’

Ze knikt.

‘Beloofd?’

‘Beloofd,’ zegt ze.

‘Niet meer piekeren?’

‘Nee.’

Hij knipt het licht uit en laat haar alleen achter in het donker.

Catherina

Ze heeft de wereld zien veranderen vanaf haar zitplaats in lijn 1 en de wereld háár. Ze zouden er een documentaire over kunnen maken. Zij, zich ontwikkelend van bakvis tot debuterend talent bij Het Stadstheater, en al dat geweldigs dat daarna kwam. En de tram, van industrieel blauw naar signaalgeel naar wit met een blauw randje. De almaar groeiende zwerm fietsers, de exploderende reclame-uitingen, het gekrioel van mensen op straat, steeds meer mensen. Ze kijkt uit haar raampje, vroeger in haar fantasie zag Peking er zo uit, Beijing moet ze eigenlijk zeggen, nu is het een volkomen normaal straatbeeld geworden in haar eigen stad. Maar 'vroeger' is een woord waarmee ze moet uitkijken op haar leeftijd.

Vanochtend had ze moeite met aankleden. Heel gek. Die doodeenvoudige handeling, geleerd rond haar derde en sindsdien zonder enige moeite verricht, misschien wel zo'n dertigduizend keer in totaal en gezien haar beroep waarschijnlijk zelfs vaker, leek vanochtend ineens helemaal niet zo vanzelfsprekend meer. Die simpele opeenvolging van rechterarm door mouw, hoofd door hoofdgat, linkerarm door mouw was op een verwarrende manier ingewikkeld, alsof links niet meer wist wat links was en rechts alleen maar verdwaasd kon volgen, zoiets. Het kwam natuurlijk door de wijn, ze is het niet meer gewend, maar ach, wat was het leuk gisteravond. Ze heeft zelfs nog even staan swingen. Al die mensen die speciaal voor haar gekomen waren, hartverwarmend.

Misschien komt het door de warmte dat ze vanochtend zo traag op gang kwam. Het is echt bloedheet. Misschien wel dertig graden. Ze is een tijdje op de rand van haar bed blijven zitten, geduldig wachtend totdat het vreemde gevoel weer weggetrokken was, een beetje zoals je in een oude auto moet wachten totdat de condens van de voorruit is verdwenen. In haar hoofd zag ze ondertussen de lijst groeien van alle dingen die ze inmiddels heeft afgezworen: roken, chocolade-ijs, bitterballen, wat allemaal al lastig genoeg was want ze is in de hongerwinter geboren en daar word je nu eenmaal gulzig van. Ze troostte zichzelf met de gedachte dat ze al het lekkers dat ze zich ontzegde – geroosterde boterhammen met roomboter en suiker, restjes op andermans bord, zonder tandenpoetsen gaan slapen – ruimschoots zou inhalen op haar oude dag, maar nu het zover is, kan ze nergens meer tegen.

Achter het paleis stroomt de tram vol met toeristen, sommige met een rolkoffertje, andere met een handzaam rugzakje, flesje water in de aanslag. De incheckpaal bliebt een staccato compositie die maar geen melodie worden wil. Een paar Aziatische toeristen dragen een mondkapje. Een oudere heer krijgt een plekje tegenover haar aangeboden en kijkt nieuwsgierig naar haar. Het is geen sjans, maar bekijks. Met de jaren heeft ze geleerd dat onderscheid te maken. Ze kan ook bijna altijd raden waarvan ze precies herkend wordt. Deze man bijvoorbeeld kent haar van *Medisch Gasthuis Gooi*, dat weet ze bijna zeker. Geheimzinnig lacht ze naar hem, alsof ze zeggen wil: niet verder vertellen dat dokter Van Dongelen hier zit, ons geheimpje. Hij vindt het leuk. Natuurlijk vindt hij het leuk. Ze kent haar pappenheimers.

De tram zet zich weer in beweging en snerpt over de Nieuwezijds. Ze zou er niet aan moeten denken om beroemd te zijn in Amerika, dat is echt *something else*, maar in Nederland is het leuk. Laatst zag ze Katja. Ook in lijn 1. Ze stapte uit op het Koningsplein. God, hoe heet ze ook alweer verder? Schattig mens. Katja zwaaide toen ze langs haar raampje liep. Ze zwaaide terug. Niet omdat ze elkaar kennen, ze hebben elkaar zelfs nooit ontmoet, maar omdat ze weten dat ze van elkaar weten wie ze zijn. Zo doen zij dat, BN'ers. Net zoals mensen met een bootje, die zwaaien ook naar elkaar.

De tram kruipt voort, voortdurend klingelend vanwege verdwaasd overstekende toeristen. Niet al haar honderd vrienden waren er trouwens bij gisteravond. Het zijn er ook allang geen honderd meer. Een groot deel is dood: aids, hartstilstand, kanker, voornamelijk kanker. In de afgelopen tijd heeft ze ook een paar levende vrienden van haar lijstje geschrapt. Die gingen haar betuttelen. Daar houdt ze niet van. Je moet haar niet behandelen als een bejaarde baby.

Edward was allergisch voor bezorgde blikken. Maar hij had kanker. Toch praat ze nog regelmatig met hem. Ze kan hem zo weer voor zich zien, achteroverleunend in zijn Engelse oorfauteuil met het gecapitonneerde leer. Zo zit hij vast ook in de hemel, anderen te vertellen hoe het moet. Het beeld bevalt haar.

Volgens Laura kan een mens onmogelijk honderd vrienden hebben, hooguit twee, misschien drie. De rest is leuk voor op de koffie, zegt ze, daar deel je niet je leven mee, hooguit een gebakje. Ze was er trouwens weer niet bij gisteravond. Ze is er nooit bij. Ze was zelfs niet op haar jubileumfeest. Wekenlang belden er bezorgers aan met bloemen, de telefoon ging onafgebroken, maar van Laura geen teken: geen bloemetje, geen kaartje, geen appje, niks. Dat zou je onattent kunnen noemen en dat is het natuurlijk ook, maar eigenlijk is het vooral verdrietig.

Puck was er wel gistermiddag. Gek is ze op die meid. Zoals ze daar stond met dat oergezellige hoofd van d'r, helemaal vooraan zodat ze niks hoefde te missen, zo trots op haar oma omdat ze die ring overhandigd kreeg. Na afloop wilde ze hem zelf ook even om en ze wilde natuurlijk aan het doosje voelen, oud vooroorlogs fluweel, ze streek er met haar vinger over en vond toen het briefje dat eronder zat: *Ter gelegenheid van* blabla *jubileum* zus en zo *in den Stadsschouwburg te Amsterdam, is namens de Amsterdamsche burgerij een ring overhandigd, welk kleinood genoemd wordende: De Pallas Athena-parelring,* blabla enzovoort en zo verder. En toen keek Puck op en zei: 'Oma, je weet het, al draagt een aap een gouden ring...' God wat moesten ze lachen! Maar nooit geweten dat het zo'n piepklein gevalletje was. Marianne wilde hem per se over haar pink schuiven, maar ze zag het meteen al, hij paste daar met de beste wil van de wereld niet overheen. Dus nam ze hem haar snel uit handen, toonde hem vol trots aan de zaal en keek daar met opzet zo plechtig mogelijk bij terwijl ze met het nodige pathos zei: 'Het. Werd. Tijd.' Ach, wat een bak was dat. Ze wist echt wel dat het grootste deel van het publiek dacht: Hoezo moet dat oude wijf nu nog die prijs krijgen? Zijn er niet tientallen actrices veel jonger dan zij die met recht nog 'pareltjes' genoemd kunnen worden? Natuurlijk werd er zo gedacht. Daarom beloofde ze plechtig dat ze de ring zeker niet zo lang zou blijven dragen als Marianne Maverick dat had gedaan en voegde daar nog een beetje vilein aan toe dat het misschien niet zo lang leek omdat Marianne nog van die mooie 'blonde' haren had, maar dat ze echt al een behoorlijke tijd meeging.

Hahahaha. Ja, dat was wel een beetje vals, maar ze heeft er geen spijt van. Welnee.

Ze kijkt om zich heen. De tram staat stil. Alle banken zijn leeg. Via de spiegel ziet ze de trambestuurster haar kant op kijken: met een diepe frons schudt ze haar hoofd, net alsof Catherina stout is geweest. Dan hijst ze zich overeind. Ze is groot, aan alle kanten, en er staat een enorme gevlochten haartoeter op haar hoofd. Ze wurmt haar gigantische kont het bestuurdershokje uit en loopt naar Catherina terwijl van alles aan haar hobbelt en bobbelt: 'Mevrouw, dit is de eindhalte, hoor. Moet u d'r niet uit?' Haar Surinaamse accent geeft haar iets snauwerigs, maar ze bedoelt het vast minder onaardig dan ze klinkt.

'O jee, zijn we al bij Centraal? Dan heb ik zitten dromen.'

'Waar moet u naartoe?'

Catherina zou willen dat ze het wist: 'Centraal. Ik moet er hier uit.' Snel staat ze op en loopt naar de uitgang.

'Vergeet u niet uit te checken?'

'Och ja.' Ze begint in haar buideltas te graaien.

'U hebt uw ov-kaart in uw hand, hoor.'

'Ach ja.' Ze houdt de kaart bij de paal. Bliep, zegt het ding: Ingecheckt. Betrapt kijkt ze om naar de bestuurster, maar die doet alsof ze niks doorheeft en schommelt terug naar haar plek. Snel stapt Catherina de tram uit.

Daar staat ze dan. Ingecheckt en al in de brandende zon bij de halte van het Centraal zonder een flauw benul van haar eindbestemming. Mooie boel. Verdwaasd kijkt ze om zich heen. De stad voelt groter, alsof ze zelf gekrompen is. Een horde Italiaanse toeristen rolt voorbij als de binnenbaners op de Jaap Edenbaan, een van de kofferwieltjes raakt de knokkel van haar enkel. 'Au!' Ze verbijt de pijn, fronst haar wenkbrauwen en richt gelijktijdig haar blik omhoog, alsof ze op die manier in haar eigen brein kan kijken. Wat doet ze hier? Moet ze vanavond spelen? Is ze op weg naar het strand misschien? Ze kan het zich niet herinneren. Een tijdje staat ze besluiteloos. Dan bedenkt ze dat het misschien beter is om de tram weer terug te nemen en onderweg naar buiten te kijken. Wie weet schiet haar vanzelf te binnen waar ze naar op weg was. Ze ziet de volgende al aankomen.

Mijke vindt het niet erg dat ze te laat is. Ze begrijpt het wel. Het is ook zo warm. Waarom neemt Catherina eigenlijk geen taxi? Die luxe gunt ze zichzelf toch wel? Ze geeft haar assistente de opdracht voor Catherina een groot glas water in te schenken en zegt dat ze na de volgende klant even tijd voor haar maakt. Catherina vindt het best. Het is nou ook weer niet zo dat ze van alles te doen heeft.

Toen ze in de tram zat en het houten huisje op de Nieuwezijds voorbij zag komen, wist ze het weer. De praktijk van Mijke zit aan het Singel, net om de hoek van de Raadhuisstraat, en na afloop gaat ze vaak iets halen in dat houten lunchgevalletje. Het is er allemaal biologisch en ze hebben van die heerlijke *juices*. Grappig plekje vindt ze dat. Maar goed, één en één is nog altijd twee, dus toen ze dat huisje zag, schoot haar ineens haar reisdoel weer te binnen.

Mijke legt vriendelijk haar koele droge vingers op Catherina's gelaat. Ze hoeft niet uit te leggen wat ze wil, want Mijke weet het precies. Geen fratsen. Ouderdom mag nooit verborgen worden, in iedere rimpel zit een verhaal. Tobberigheid en vermoeidheid daarentegen moeten te vuur en te zwaard worden bestreden. Je aard kan nog zo vrolijk en optimistisch zijn, maar de treurigheid trekt onherroepelijk in je gelaat, zoals het grauwe grijs in je tuinmeubilair wanneer je het te lang buiten laat staan. Het grootste gevaar is dat je er zelf in gaat geloven, dat je mee gaat hangen met je oogleden of vanbinnen net zo zuur wordt als de lijnen langs je mond. Voordat je het weet zie je er niet alleen uit als een oud wijf maar ben je dat ook. En daarom is er niks mis met een spuitje hier en een opvullertje daar. Als anderen maar niks doorhebben. Dat is een absolute must. Nooit laten zien dat je geen vrede hebt met je leeftijd. Mijke zegt: 'Meer heb jij ook niet nodig, jij wordt prachtig oud van jezelf.'

Wanneer ze een luttele twintig minuten later weer buiten staat, voelt ze zich vijftien jaar lichter. Ze huppelt bijna als ze naar de tramhalte loopt. Pas wanneer ze thuis is, bedenkt ze dat ze vergeten is om in het houten huisje nog een broodje te eten.

Laura

De afgelopen dagen heeft ze samen met Rupert gebrainstormd over een mogelijk project op school. Hij zei: 'Je zult zien dat er ook voordelen aan Pucks vertrek zitten, je bent weer beschikbaar, je leven is niet voorbij, het gaat gewoon weer opnieuw beginnen.' Ze deed haar best te glimlachen en hoopte dat het waar was. Het razen in haar lijf is zenuwslopend. Ze zou willen dat het stopt.

Ze stuurt Elske, haar directrice, een mail dat ze graag over een nieuw plan wil praten en krijgt binnen het uur antwoord: 'Wat leuk! Ben benieuwd! Morgen einde middag?' Meteen slaat de onzekerheid toe en twijfelt ze of wat ze bedacht heeft wel goed genoeg is.

Volgens Rupert heeft ze nooit leren vertrouwen op haar eigen creatieve talenten omdat haar moeder zich die allemaal al toegeëigend had. Het zou kunnen. Waarschijnlijk heeft ze het gewoon niet in huis. Ze is sowieso niet zo'n uitblinker. Het lijkt misschien een cliché, maar ze is het onderwijs in gegaan omdat ze niet wist wat ze anders moest worden. Het is een wonder dat het zo goed heeft uitgepakt. Het komt door de kinderen. Ze vindt het fijn als ze iets voor hen betekenen kan.

Ze kende het Achilles niet voordat ze erover las in de krant.

Ze had nog nooit stilgestaan bij het fenomeen 'zwarte school'. Ze werkte toen nog op een uitgesproken witte school, maar dat wist ze niet totdat ze over het Achilles las. Ze was geschokt. Op het Achilles waren detectiepoortjes, er liepen ratten rond en het stonk er naar pis op de gang. Het ging zo slecht met de school dat de gemeente zich ertegenaan moest bemoeien. Laura was vooral geïntrigeerd door de verhalen over de leerlingen zelf. Ze wist niet dat op nog geen drie kilometer afstand van haar eigen huis kinderen opgroeiden in omstandigheden die extreem veel slechter waren dan de veilige leefwereld van haar eigen kind. 11 september lag achter hen, Theo van Gogh was vermoord, ze voelde de noodzaak iets te doen wat dwars tegen de angst en de haat inging. Maar bovenal voelde ze de behoefte om deze kinderen iets te geven wat zo duidelijk ontbrak in hun leven.

Toen ze op het Achilles kwam werken hadden de detectiepoortjes al plaatsgemaakt voor surveillerende ouders en de pislucht was verdwenen. Leerlingen die zich niet aan de regels hielden kregen schoonmaakcorvee, waardoor uiteindelijk ook de ratten een ander heenkomen zochten. Laura vond het leuk om mee te helpen bouwen aan een betere school. Ze veranderde van een juf met een baan in een juf met een missie.

Na een tijdje kregen ze een nieuwe directrice, Elske de Zwaan. Laura's collega's waren sceptisch. Elske was een jonge, aantrekkelijke vrouw uit het bedrijfsleven, wat wist zo'n type van het onderwijs? Maar Laura was vooral onder de indruk en ook een beetje geïntimideerd. Elske blaakte niet alleen van zelfvertrouwen, ze bleek ook nog te beschikken over een onuitputtelijke bron van energie. Ze was het soort vrouw waarnaast Laura verbleekte.

Elske implementeerde ogenblikkelijk tal van nieuwe ideeën in het schoolcurriculum, zoals een gemeenschappelijk ontbijt en leerlingenstages bij gerenommeerde bedrijven. Onder haar leiding groeide het Achilles uit tot de meest mediagenieke zwarte school van het land. Iedere keer wanneer in de pers de problematiek rond jongeren met een niet-westerse achtergrond werd besproken, werden zij erbij gehaald. Ze werden de verzinnebeelding van de hoop, het bewijs dat er werd gewerkt aan een oplossing.

Wanneer Laura haar klas rondkijkt, ziet ze dat er in feite maar weinig is veranderd. Nog steeds lopen haar leerlingen wat kansen betreft mijlenver op haar eigen kind achter. Generaliserend gezegd zijn leerlingen van het Achilles niet lid van een club, ze gaan nooit naar het museum of het theater, voeren thuis geen maatschappelijke discussies waarbinnen ze veilig hun mening kunnen geven, gaan niet op vakantie behalve naar het land van herkomst van hun ouders, hebben thuis geen krant, geen boeken en geen speelgoed en hebben meestal van Nederland niet meer gezien dan het stadsdeel waar ze opgroeien. Ze heeft zich wel eens proberen voor te stellen hoe deze kinderen later tijdens een sollicitatie met Puck moeten concurreren. Ze zijn kansloos. Puck staat nu al met 20-0 voor.

'Vertel!'

'Nou, ik' Gelukkig heeft ze gisteravond met Rupert geoefend, ze vindt het doodeng. 'Ik dacht' Ze schraapt haar keel. 'We maken uiteraard geweldige vorderingen met onze leerlingen, alleen' Ze schraapt opnieuw haar keel. 'De achterstand die ze hebben is natuurlijk niet iets wat ze zomaar inhalen.'

'Hm hm.' Elske knikt zonder werkelijk prijs te geven of ze wel of niet benieuwd is wat er komt.

'Dus toen moest ik denken aan eh de kracht van verbeelding.'

'De kracht van verbeelding?'

'Ja.' Er zit een hinderlijke kikker in haar keel, ze durft hem niet opnieuw te schrapen. 'Stel, je wilt de wereld zien, maar je hebt geen geld en bovendien heb je vliegangst, wat doe je dan?'

'Naar reisprogramma's kijken?'

'Inderdaad, of reisverhalen lezen, door de atlas bladeren, naar foto's kijken die gemaakt zijn in verre landen...'

'Glaasje water?'

'Graag.' Ze wacht tot Elske een glas voor haar ingeschonken heeft, neemt een slok en zet het glas weer neer. 'Op die manier maak je misschien niet fysiek een reis, maar wel eentje in je hoofd.'

'Met behulp van een beetje fantasie, bedoel je.'

'Precies, met behulp van een beetje fantasie. Maar dat gaat natuurlijk niet vanzelf. Je kunt niet over palmstranden fantaseren als je niet weet hoe die eruitzien en je kunt je pas een voorstelling maken van een busreis door India wanneer je op z'n minst over dat soort ontberingen gelezen hebt of er iets over op televisie hebt gezien.'

'Hm.' Elske kijkt ernstig. 'Maar ik begrijp geloof ik nog niet helemaal waar je naartoe wilt.'

'Ieder mens is beperkt, jij en ik evengoed, maar door verhalen van anderen zien we beelden voor ons die we anders nooit gezien hadden en ervaren we dingen die we anders nooit hadden ervaren. Kortom, verhalen maken ons rijker, ze maken van ons zogezegd een completer mens.'

'Ah ja. Op die manier. Oké. Interessant. Vertel verder.'

'Nou, ik weet nog niet precies hoe, maar het liefst zou ik alle mogelijke soorten verhalen de school binnenhalen. Misschien in de vorm van tafelgesprekken tijdens het schoolontbijt? Of interviews? Of voorleesmiddagen? Of misschien door oude mensen uit te nodigen die hun levensverhaal komen vertellen in de klas? En dat dan bijvoorbeeld in combinatie met een fototentoonstelling? Of een kunstproject? Zodat de leerlingen er ook beelden bij krijgen?' Ze weet niet waarom ze ineens overal een vraagteken achter zet, misschien komt het door Elskes kritische blik waardoor ze is gaan twijfelen.

'En waarom niet gewoon toneel?' vraagt Elske.

'Toneel?'

'Ja, toneel. Dat is verhaal, beeld en ervaring ineen. Lijkt me een stuk minder omslachtig.'

'Mm, dat is zo, maar toneel is meteen zo... toneel. Ik bedoel, ik denk eigenlijk dat authentieke verhalen beter op hun plaats zijn.'

'Toneel over authentieke verhalen dan?'

'Ja, dat kan. Dat kan zeker. Maar het lijkt me toch beter wanneer de verhalen verteld worden door echte mensen, ik bedoel, mensen die het echt zelf hebben meegemaakt. Omdat nou ja, omdat het op die manier toch meer indruk maakt, begrijp je?'

'Niet helemaal. Maar misschien kun je een voorbeeld geven?'

'Het kan eigenlijk van alles zijn, mensen die de oorlog hebben overleefd of een bijzondere reis hebben gemaakt, die een dierbaar persoon hebben verloren of een belangrijke prijs hebben gewonnen. Als het maar het verhaal is van mensen die uit een heel ander soort wereld komen dan de leefwereld van onze leerlingen.'

'Zoals jouw moeder die een verhaal komt vertellen over haar bestaan als actrice?'

Laura's hart slaat een slag over. 'Mijn moeder?'

'Ja. Haar wereld kennen ze hier niet.'

'Nou, eh... ik denk niet dat mijn moeder daarvoor te porren is, maar bij wijze van spreken ja, dat zou inderdaad kunnen.'

Het is irritant zoals Elske iedere keer rustig de tijd neemt om na te denken terwijl ze haar onafgebroken blijft aankijken. Laura doet haar best zo neutraal mogelijk terug te kijken. Dan schuift Elske haar nog lege blocnoteje van zich af en zegt: 'Tja, ik zeg het maar eerlijk, ik ben niet helemaal overtuigd, maar ik schiet het ook nog niet af. Misschien als je het iets beter uitwerkt?'

'Eh ja, dat zou ik kunnen doen.'

'Dan lees ik dat eerst en dan hebben we het er later opnieuw over.'

'Oké.' Elske staat op en Laura pakt snel haar spullen bij elkaar. Ze voelt zich dom en waardeloos, toch krijgt ze bij de deur drie zoenen in plaats van de gebruikelijke hand.

'En misschien moet je er ook eens met je moeder over praten, het kan zijn dat zij nog leuke ideeën heeft.'

Laura schiet nerveus in de lach. 'Nou, ik denk niet dat...'

'Ik ben een groot fan, wist je dat? Het zou geweldig zijn als ze iets op het Achilles kwam doen. Het lijkt me echt te gek als jij zoiets kunt regelen.'

'Ja, wie weet,' zegt Laura en ze loopt met bonkend hoofd zo snel mogelijk de kamer uit.

Catherina

'Ritalin?' Haar huisarts kijkt haar verbaasd aan.

'Ja, zo heet dat toch?' Catherina diept uit haar tas haar opschrijfboekje op om het te controleren. 'Ja, precies, zo heet het. Ritalin.' Ze glimlacht er innemend bij.

De huisarts, keurige jonge vent, soms een beetje te formeel naar Catherina's smaak, glimlacht. Mm, dat is leuk, dat heeft ze hem nog niet eerder zien doen.

'Ritalin is een middel dat we voorschrijven aan kinderen met ADHD en een enkele keer aan volwassenen...' Hij laat met opzet een pauze vallen en kijkt haar veelbetekenend aan.

'Dat heb ik gehoord, ja.' Ze ziet het ongemak in zijn ogen. Hij heeft duidelijk geen idee waar dit naartoe gaat.

'Is er reden om aan te nemen dat u ADHD hebt?'

'Ik?' Ze schiet in de lach. 'Nou, nee.' Ze kijkt hem afwachtend aan. Vóór hem ligt zijn receptenboekje, daarnaast een bordeauxrode Parker-pen. Ze glijdt er even met haar blik overheen en daarna weer terug naar zijn ogen. Ze is het gewend om haar zin te krijgen.

'Maar als u niet denkt dat u ADHD hebt, waarom zou ik u dan Ritalin voorschrijven?'

'Eh, omdat ik het vraag?'

De huisarts gaat verzitten. 'Mevrouw Pecheur...'

'Catherina.'

'U kunt mij in principe natuurlijk alles vragen, maar ik ben arts, geen drogist. Ik verdien niet aan de verkoop van medicijnen, maar aan mensen beter maken. Dat is mijn opdracht, daar heb ik voor gestudeerd en daar ben ik goed in.'

Catherina knikt, dat begrijpt ze.

'Dus als u...'

'Jij.'

'Dus als u mij vertelt wat er scheelt, dan kan ik kijken wat mijn bevindingen zijn en dan zal ik aan de hand daarvan beslissen wat ik u wel of niet kan voorschrijven.'

'Fair enough.'

'Dus?'

'Concentratieproblemen.'

Ze ziet de radertjes in zijn hoofd draaien, alsof daar de gehele medische encyclopedie wordt doorgespit.

'U voelt zich afwezig?'

'Nee, dat niet.'

Hij kijkt haar vragend aan. 'Wat dan wel?'

'Ik heb een zwaar seizoen achter de rug, veel gedubbeld. Dat ben ik wel gewend, maar ik denk dat hier toch ook de jaren gaan tellen.'

'Gedubbeld?'

'Overdag draaien, 's avonds spelen.'

'Hm,' doet de dokter.

'Normaal gesproken is het zomerreces genoeg om bij te komen, een paar weken in mijn villa in België en ik ben weer tiptop, maar dit jaar... Nogmaals, ik ben helaas de jongste niet meer en ik ben nu eenmaal een veelgevraagd actrice.'

'Ik begrijp het.'

'O ja?' Ze kijkt hem aandachtig aan, alsof ze wil zeggen: Is dat wel zo?

Hij doet alsof hij het niet merkt. ‘Hebt u moeite uw teksten te onthouden?’

Wat een vraag! Ze lacht afwerend. ‘Nou nee, dat is juist een van mijn allersterkste punten, maar door de vermoeidheid, de leeftijd... ik ben gewoon even niet zo scherp als ik gewend ben van mezelf, begrijp je?’

‘En waarom denkt u dat Ritalin u daarbij kan helpen?’

‘Studenten gebruiken het in tentamenperiodes.’ Ze zegt het uitdagend, alsof ze niet gelooft dat de dokter dat niet weet. Of doet hij alleen maar alsof? Ze kan het van zijn gelaatsuitdrukking niet aflezen. Hij knippert zelfs niet met zijn ogen. Taai ventje. ‘Ik werk veel met jonge mensen en zij vertellen mij dit soort dingen. Heel de UvA studeert tegenwoordig af op Ritalin, heb ik begrepen.’

Hij reageert niet.

‘Jonge mensen gebruiken het zelfs tijdens het uitgaan. Het maakt hen scherper, ze worden minder snel moe, ze houden het langer vol.’

‘Bent u moe?’

‘Welnee!’ Ze zegt het iets te snel. ‘Nou ja, niet op een gekke manier tenminste. Gewoon moe. Van het werken. Het was een zwaar seizoen. Maar dat heb ik geloof ik al gezegd.’

‘Eetlust?’

‘Prima.’

‘Nachtrust?’

‘Goed. Ik ben gestopt met de slaappillen die je me hebt voorgeschreven, ik had het gevoel dat ze me suffig maakten. Maar ik slaap eigenlijk ook prima zonder.’

‘En het suffige?’

‘Huh?’

‘U zegt dat u dacht dat de slaapmiddelen u suffig maakten? Nu u bent gestopt, merkt u het verschil?’

'Ehm nou...' Ze weet niet waarom, maar het voelt als een strikvraag. '... een beetje misschien? Ja, ik denk het toch eigenlijk wel.'

De arts tikt iets op zijn toetsenbord. Dus toch een strikvraag?

'Drankgebruik?'

'Pardon?'

'Drinkt u veel? Ik bedoel bovengemiddeld?'

'Haha, ik weet toch niet wat bovengemiddeld is? Maar nee, ik drink niet veel, een litertje per dag of zo. Haha, nee hoor, dat is een grapje. Ik drink nog nauwelijks. Ik kan er niet meer tegen...'

'Vergeetachtig?'

'Nee.'

'Ook niet een beetje?'

'Nee.'

'U kunt zich alles prima herinneren? Waar uw sleutels liggen? Uw auto geparkeerd staat?'

'Ik heb geen auto.'

'Geen momenten dat u even niet weet waar u naar op weg was?'

'Nooit.'

'Andere klachten?'

Ze denkt na. Schudt haar hoofd. Nee, ze kan echt niks verzinnen. 'Of wil je misschien nog weten hoe mijn stoelgang is?' Ze kijkt hem plagend aan.

'Hoe is uw stoelgang?' Hij geeft werkelijk geen krimp.

'Ferme bruine jongens, niet te hard, niet te zacht.' Ze lacht er verleidelijk bij. Hij trekt beleefd zijn mondhoeken op. Dat is ten minste iets.

'Samengevat zijn uw klachten dus dat u een beetje moe bent en dat u daardoor niet helemaal meer scherp op het toneel staat?'

'Precies.'

'Nou. Dat lijkt me wel begrijpelijk in uw vak en gezien uw leeftijd is het denk ik ook niet helemaal onvermijdelijk.'

'Niet onvermijdelijk?'

'Hoeveel voorstellingen speelt u dit seizoen?'

Ze denkt na. Het is niet zozeer dat ze het zich niet kan herinneren, ze weet het gewoon echt niet meer. Dat wordt gokken dus. 'Zestig.' Ze zegt het zonder blikken of blozen.

'Ah, dat lijkt me wel overzichtelijk.'

'Het zijn er nog altijd zestig.'

'En daarnaast doet u niks? Geen film? Geen televisie?'

'Nee, maar die zestig moet ik dus wel gewoon spelen.'

'Dat begrijp ik, maar als u daarnaast niks anders doet, gezond eet en genoeg slaapt...'

'Dus? Je gaat me niet helpen? Is dat wat je zegt?'

'Ik denk niet dat u hulp nodig hebt.'

'Ik denk dat het publiek daar helaas anders over denkt, dokter.'

'Die hebben vast niks in de gaten.'

'O, en wat weet jij daarvan?' Ze begint er een beetje genoeg van te krijgen.

'Dat denk ik. Door wat u me vertelt.'

'Ik geloof dat je het toch niet helemaal begrijpt, jongeman. Ik heb te maken met collega's, schouwburgdirecteuren, een theaterproducent die financieel risico loopt... Toneel is topsport, maar daar weet jij blijkbaar niks van.' Nu lijkt hij toch een beetje aangedaan. Voor het eerst ziet ze iets menselijks in zijn blik. 'Het enige wat ik vraag is een onschuldig pilletje.'

'Er bestaan geen onschuldige pilletjes.'

Ze gnuift, pakt haar omslagdoek en haar tas.

'Als ik me goed herinner hebt u mij daarop uitgezocht, mevrouw Pecheur.'

‘Catherina! Ik heet Catherina! Jezus man, hou nou toch eens op met dat gevousvoyeer!’ Giftig staat ze op.

‘Als ik u citeren mag?’ probeert de dokter nog. ‘Geen pillendokter. Dat zijn uw eigen woorden. U wilde nadrukkelijk geen pillendokter en daarom kwam u bij mij.’

Catherina kijkt hem laatdunkend aan. ‘Ik zal ze dit seizoen overal in het land de groeten van je doen. Hartelijk dank. Je ziet mij niet meer terug. Ik ga wel op zoek naar een andere dokter.’

Laura

Sinds Puck het huis uit ging, is er nog steeds nauwelijks contact. Ze is twee keer langsgekomen om iets op te halen, haar paspoort en haar winterjas. De eerste keer was Laura niet thuis, de tweede keer wel. Laura deed haar best zo ontspannen mogelijk te blijven en merkte dat Puck dat ook probeerde. Bij het weggaan kreeg ze zelfs een knuffel van haar. Dat was lang geleden. Dankbaar sloeg ze haar armen om haar heen in de hoop iets terug te voelen van wat altijd zo warm was en zo vertrouwd, maar Puck gaf niet mee, ze wurmde zich los en zei: 'Zorg goed voor jezelf, mam', en vertrok.

Nu is Laura weer alleen met haar verzenuwde lijf. Ze reageert het af op Rupert. Ze begrijpt soms niks meer van hem. Hoe langer dit duurt, des te onverschilliger hij lijkt. 'Zeg nou eens wat je denkt!' riep ze op een gegeven moment uit, maar hij antwoordde irritant gelaten: 'Wat kan ik er nou van denken, Lau? Puck heeft ruimte nodig, laat haar.' Het kwetst haar. Het klinkt alsof zij degene is die Puck verstikt. Is dat hoe er over haar gedacht wordt?

Laatst moest ze hem beloven geen contact te zoeken met Pucks vrienden. Waar kwam dat nou ineens vandaan? Ze vond het vervelend dat hij haar niet vertrouwde en was beledigd vanwege de toon waarop hij tegen haar sprak. Alsof ze Pucks privacy niet respecteert. De rest van de dag ging ze hem uit de weg, te geraakt om met hem te praten. Toch kon ze tegenover zichzelf niet helemaal ontkennen dat ze wel met de gedachte had gespeeld. Het had niet veel gescheeld of ze had inderdaad contact gezocht met Pucks vrienden.

Ze bedwingt haar zenuwen door hard te werken. 'Verhalen voor de klas', zo heeft ze haar project voor school genoemd. Ieder vrij moment is ze ermee bezig. Vijfenveertig pagina's heeft ze nu, gerangschikt in vier hoofdstukken: achtergronden, doelstellingen, leerlijnen en lesprogramma's. Voor het eerst begrijpt ze waarom Rupert zo verslingerd is aan zijn werk. Gedachteordening in Courier, 1,15 regelafstand, *size* 12. Het geeft zo'n bevredigend gevoel dat het soms bijna lijkt alsof ze haar leven onder controle heeft.

Volgens Rupert zal Elske vasthouden aan haar idee om Catherina bij Laura's plannen te betrekken. Laura hoopt van niet. Ze kan zich ook niet voorstellen dat Catherina zit te springen om een baan op het vmbo, zo'n vaart zal het wel niet lopen.

Het blijft wonderlijk hoeveel mensen weten dat Catherina haar moeder is; zelf begint ze er nooit over, dan hoeft ze ook geen antwoord te geven op de vraag hoe het is om 'de dochter van' te zijn. Iedereen wil toch alleen maar horen hoe geweldig dat is en 'geweldig' is een woord dat ze zelf nooit zou gebruiken. 'Ongemakkelijk' komt meer in de buurt. Als kind had ze meer gehad aan een moeder die moederdingen deed, zoals de juf helpen op school of boterhammen smeren. Ze wilde een moeder die getrouwd was met een vader, niet met het toneel, daar heb je namelijk niks aan.

Toen ze begin twintig was en in de horeca werkte, zat er op een avond een actrice bij haar aan de bar die, toen ze eenmaal ontdekt had dat ze de dochter was van Catherina Pecheur, meteen door het café begon te gillen hoe onafscheidelijk ze vroeger waren: 'Kind, jij en je moeder, dat waren twee handen op één buik!' Ze hoorde het beleefd glimlachend aan, ze wist namelijk zeker dat het niet waar was. Catherina is gewoon nooit een moedermoeder geweest, meer een sprookjesfiguur. Een feeërieke verschijning waaraan alles ruiste en rinkelde, gehuld in wolken poeder en parfum, betoverend maar onbereikbaar. Gek, ze moet haar toch ook in pyjama gezien hebben, of uitgeblust op de bank. Ze kan het zich niet herinneren. Ze heeft ook maar heel kort bij haar gewoond. Ze moet een jaar of negen zijn geweest toen het stopte. Van alles wat daarvóór gebeurde weet ze nauwelijks nog iets, bijna alsof het nooit bestaan heeft. Heel soms is er een sensatie bij iets wat ze ziet, zoals het spotlicht waar stofdeeltjes in ronddwarrelen of slijtageplekken op de fluwelen zitting van een stoel, waardoor ze even meent zich iets te herinneren, maar ze heeft het nog niet gedacht of het is alweer weg, als een kriebel in je neus die maar geen nies wil worden. Soms wordt ze totaal onverwachts door iets overvallen, zoals toen ze die uitnodiging kreeg. Ze wist zeker dat ze de ring die aan Catherina zou worden uitgereikt niet kende, maar de naam tikte iets open en ineens zag ze een jonge Catherina voor zich, radeloos overstuur, en voelde ze de angst weer omdat ze er niks van begreep en als de dood was dat ze Catherina kwijt zou raken.

Er zit ook een beeld in haar hoofd van Catherina die samen met Edward de trap op loopt van hun huis in de Eerste Helmersstraat terwijl zij beneden staat met haar opa en oma. Ze wilde niet naar Noord, ze wilde mee naar België, maar dat mocht niet.

In het begin zocht ze Catherina in de weekenden op, maar ook daar weet ze nauwelijks nog iets van, blijkbaar allemaal verdrongen. De treinreis ernaartoe en weer terug staat haar nog wel helder voor de geest. Het donkerrood van de nepleren bekleding, de klepperende asbakjes in de armleuningen, het koffertje dat onder haar voeten stond met Grobbel erin en de angst dat iemand haar iets zou vragen en zou merken hoe jong ze nog was. Bij iedere stop kreeg ze het benauwder, bang dat ze niet op tijd uit zou stappen. Tegen de tijd dat ze zeker wist dat ze haar bestemming allang voorbij was en op een onbekend station een trein terug zou moeten nemen (hoe dan?), zag ze op het perron eindelijk Catherina staan samen met die hoogtezongebrande griezel van haar.

Edward mocht haar niet. Wanneer ze op zondagmiddag naar het station werd gebracht zag ze de inspanning op zijn gezicht staan. 'Ze hoeft toch niet íédere week te komen?' hoorde ze hem een keer zeggen terwijl ze met haar koffertje instapte. Hij nam niet eens de moeite te wachten totdat de deuren zich achter haar hadden gesloten. De hele weg naar huis perste ze haar tranen terug. Ze mocht niet huilen. Niet lastig zijn. Ze moest beter haar best doen. Ze begon smoezen te verzinnen en sloeg steeds vaker een weekend over en op haar vijftiende verzamelde ze ten slotte al haar moed en zei dat ze te vaak feestjes moest missen en dat ze voortaan in de weekenden liever in Amsterdam wilde blijven. Ze kan zich niet herinneren dat iemand heeft geprobeerd haar op andere gedachten te brengen. Op dat moment eindigt haar herinnering aan Catherina als haar moeder en werd ze gewoon alleen maar Catherina. Of dokter Van Dongelen, zoals het grootste deel van Nederland haar kende. 'O echt? Is dokter Van Dongelen jouw moeder?' Hoe vaak ze dat wel niet gehoord heeft. Leraren die midden in de les ineens zeiden: 'Wat een mooie recensie kreeg jouw moeder toch weer, je zult wel apetrots zijn.' Het ongemak dat ze dan voelde, vooral natuurlijk vanwege het gezucht van haar verveelde klasgenoten: zoveel aandacht krijgen voor iets waar ze zelf helemaal niks voor gedaan had. En terecht natuurlijk.

Ze buigt zich weer over haar laptop. Ze moet beter haar best doen. Harder werken. Laten zien dat ze nodig is. Ze is nodig. Ook al zien ze dat niet. Ze zien haar niet. Maar als ze harder werkt zal dat veranderen. Dan zal er van haar gehouden worden en hoeft ze nooit meer bang te zijn.

Catherina

Aan het begin van de eerste repetitiedag van *Laat maar zitten*, nu alweer weken geleden, kon ze wel huilen van geluk. Het beeld van haar collega's aan de leestafel, cappuccino's en flesjes water onder handbereik, druk pratend en gesticulerend, de ene nog uitbundiger dan de andere, dit alles was haar zo vertrouwd dat ze dacht: laat mij nou maar gewoon mijn werk doen, dan komt het met de rest vanzelf wel goed.

Iemand reikte haar iets aan en vroeg: 'Gaat het?' Ze keek op, recht in de poppenogen van, aha, haar grote vriendin Minca. Ze voelde een traan over haar wang glijden. Waar die nou ineens vandaan kwam? Een beetje beschaamd nam ze het zakdoekje van Minca aan en grapte: 'Ach ja, het zal de geurrr van schmink wel zijn.' Ze lachte, maar Minca lachte niet mee, die keek alsof Catherina volslagen onzin zat uit te kramen. Natuurlijk, schoot het door haar heen, dit meisje is van een andere generatie, die kent deze belegen toneelgrap niet. Daarom zei ze snel: 'Ik ben natuurlijk ook maar gewoon een sentimentele ouwe dweil, hahaha.' En nog bleef dat kind haar wezenloos aanstaren. 'En ik heb last van een allergietje.' Maar het leed was al geschied, ze zag het aan de frons op Minca's voorhoofd.

Iedere morgen voordat ze naar de schouwburg gaat om te repeteren doorloopt ze haar programma. Ze staat op om acht uur, drinkt in de badkamer een groot glas ijskoud water en kijkt naar de vrouw in de spiegel die naar haar kijkt, de ene dag met een heldere blik in haar ogen, de volgende dag met een blik die een stuk minder helder is. Ze trekt haar mondhoeken omhoog, lacht vriendelijk en zegt: 'Dag hondje popje', ze weet eigenlijk niet waarom, maar het klinkt vertrouwd. Op haar blote voeten loopt ze terug naar haar slaapkamer terwijl ze stemoefeningen doet: 'Mimimimi, momomomo, mumumumu, moemoemoemoe.' Ze opent het dakraam, ademt diep in en uit en positioneert zichzelf op de witte schapenvacht op de grond naast haar bed voor de... Om te... Ze weet het niet meer.

In de badkamer haalt ze het haarnetje van haar hoofd en brengt met haar vingertoppen de krullen in model terwijl ze zichzelf opnieuw monstert in de spiegel. Dan trekt ze een haarnetje over haar krullen, ach nee, dat moet natuurlijk haar douchemuts zijn, herstelt haar fout en draait de kraan van de douche open: 'Mimimimi, momomomo, mumumumu, moemoemoemoe.' Ze stapt uit haar slip, pakt haar tandenborstel en de tube tandpasta en gaat onder de warme straal staan.

Hèhè. Even niks. Ze voelt de zwaarte van haar hersenen die nog verstopt zitten met slaap. Geeft niet. Overgave. Waterstralen. Niks.

Na een poosje komt ze weer bij en doucht vanuit een automatisme ijskoud af – 'Mimimieieieie!' Ze dept zichzelf droog en wordt geplaagd door een onbestemd gevoel alsof ze iets vergeten is. Haar blik valt op haar tandenborstel en ze denkt: heb ik nou wel of niet mijn tanden gepoetst? Ze poetst ze voor de zekerheid toch maar, want dat kun je maar beter een keer te veel doen dan helemaal niet.

Ze brengt een scrubmasker aan, wast haar handen en smeert haar lijf in. Wanneer ze opkijkt, schrikt ze van het spookje in de spiegel dat met grote ogen terugkijkt omdat het op zijn beurt ook weer van haar geschrokken is. Ze moet erom lachen. Het spookje ook. Dan wast ze het masker af en bedenkt te laat dat ze het af had moeten scrubben in plaats van wassen omdat het tenslotte een scrubmasker heet en niet een afwasmasker.

Iedere ochtend is het alsof de nacht meer gaten in haar bewustzijn heeft geslagen en elke keer moet ze harder werken om de boel weer dicht te timmeren met knoestige oude planken en verroeste spijkers. Vandaag sijpelt het eerste straaltje moed weer binnen vanaf het moment dat ze haar gezicht dept met een liftend serum. 'Ik mag er zijn, ik mag er zijn, ik mag er zijn.' Ze herhaalt het als een mantra. Zolang ze lief is voor de buitenkant komt de binnenkant vanzelf mee.

Eerst concealer, vervolgens foundation, dan rouge en ten slotte een matterende poeder die ze aanbrengt met een ouderwetse zwanendons. Zo bouwt ze laag voor laag aan haar masker. Omdat haar handen trillen, steunt ze met beide ellebogen op haar kaptafel en houdt met haar linkerhand haar rechterpols vast terwijl ze gestaag doorwerkt. Zo nu en dan stopt ze even, visualiseert vanaf haar stuitje tot aan het puntje van haar kruin een denkbeeldige draad die haar recht naar boven trekt en ademt diep in, helemaal tot aan haar gat, zet haar flanken uit en laat dan met korte stootjes de lucht weer ontsnappen, terwijl ze haar flanken op spanning probeert te houden. Soms ontsnapt haar van onderen ook iets. 'Sorry,' zegt ze dan, zonder te weten tegenover wie ze zich excuseren moet. Kitty spitst alleen maar even een oor en slaapt weer verder.

Ze valt pas weer samen met zichzelf zodra ze in de 'riptitieruimte' zit. Een vierkante doos waar de buitenwereld geweerd wordt met zwarte stopdoeken. Alles klinkt er verrukkelijk droog, alsof ieder geluid van alle nutteloosheid ontdaan is. Dat gevoel, om even helemaal afgeschermd te zijn van het leven van alledag, zal haar helpen om de bungelende eindjes van haar zijn weer aan elkaar te knopen. Op sommige dagen lukt dat. En op sommige dagen lukt dat minder.

De afgelopen week zat ze met de hele troupe te lunchen, iedereen om haar heen zat gezellig te kletsen, maar zij had niemand. Naast haar zat Twan, de acteur van die énige Gazelle-reclame, met zijn rug naar haar toegekeerd grappen te maken met een collega. Toen die collega opstond, greep ze haar kans, legde haar hand in Twans nek, kneep erin en gaf haar beste imitatie van zijn reclamesucces weer: 'Effu lekku met me fietsbel bellu op mu nieuwu sport-Gazellu.' Toen hij zich verbaasd naar haar omdraaide, zag ze dat het helemaal Twan niet was. 'Derek Davids!' riep ze trefzeker, want hoe had ze zich zo kunnen vergissen? Leuke kop, prettige ogen, wel een beetje jammer van die baard.

'David Dieriks,' mompelde de baard.

'Bedoel ik.'

Hij keerde zich weer om en knoopte snel een gesprek aan met iemand anders.

Ze was ontdaan. Het voelde alsof ze aan de kant werd gezet als een lastig oud wijf. En ze werkt nog wel zo graag met hen samen, de jonge honden. Zo lekker wild en onbesuisd en tegelijkertijd vol ambities. Zíj wilden ook altijd maar al te graag met háár werken, maar de laatste tijd lijken de rollen omgedraaid, alsof zij ineens haar best moet doen om hún goedkeuring te krijgen. Soms lijkt het alsof er vals wordt gespeeld. Als dat zo is, wil ze er dan nog wel mee doorgaan?

'Stop.' 'Af!' 'Koest.' 'ZIT!' Streng bekijkt ze zichzelf in de spiegel en begint dan haar lippen te stiften. Een zachte kleur, dan lijken ze voller. Hoe kunnen anderen in haar blijven geloven wanneer ze dat zelf niet meer doet? Ze dept haar lippen met een tissue, poedert ze af en kijkt naar de lijntjes erboven. Haar *love scars*, zoals Mijke ze vleiend noemt. Maar ze zitten daar natuurlijk niet vanwege het zoenen, ze komen van het roken. Dat heeft ze altijd met ontzettend veel meer plezier gedaan. Maar ze is gestopt. Met zoenen ook trouwens. Op het toneel zie je er niks van. De afstand is te groot, het licht te hard en George is een meester in zijn vak. Ze sjouwt haar lievelingsvisagist al jaren met zich mee. 'Als een handtasje', zegt George zodra ze erover begint. 'Als een kroonjuweel', verbetert ze hem dan liefkozend.

Op de eerste repetitiedag deden ze een voorstelrondje. Iedereen was er, de producent, alle jongens en meisjes van kantoor, de ontwerper, de componist, George, de dame van de kleding, de regisseur, zijn assistente en natuurlijk alle acteurs en actrices. Ze vindt het goed dat iedereen de kans krijgt zich voor te stellen, bij het toneel zijn ze één grote familie, nietwaar, maar ze haat voorstelrondjes. Ze speelt liever voor een vol Carré dan dat ze in een kring iets over zichzelf vertelt.

Ergens tijdens dat slopende wachten op haar beurt besloot ze om zich straks bij wijze van grapje zo voor te stellen: 'Hi, ik ben de publiekstrekker.' Gewoon, om het ijs te breken. Straks zijn ze op tournee en dan moeten al die jongens en meisjes weer geduldig wachten totdat het publiek eindelijk klaar is met klappen voor háár. Ze dacht: als ik daar nu alvast een grap over maak, zijn ze er later misschien niet zo chagrijnig over.

Terwijl ze haar beurt steeds dichterbij zag komen oefende ze in haar hoofd nog een paar keer het praatje dat ze wilde maken en schaafde dat hier en daar nog een beetje bij, totdat ze uiteindelijk alle ogen op haar gericht zag en precies wist wat ze wilde zeggen. Ze opende haar mond en zei: 'Hallo, ik ben de kurkentrekker.'

Eerst begreep ze niet waarom er niet gelachen werd, maar uit de blik van George kon ze opmaken dat het aan haar lag. Ze had blijkbaar iets vreemds gezegd.

'Huh, wat zeg ik nou?' stamelde ze.

'Kurkentrekker?' souffleerde George voorzichtig.

'Kurkentrekker?!' Ze barstte in lachen uit. God o god! Werkelijk? Had ze dat gezegd? Wat een grap! Bijna vijftig jaar aan het toneel en dan zich voorstellen als kurkentrekker? Hoe verzint ze het? Niemand lachte. Hadden ze dat maar gedaan, dan was het niet zo gênant geweest.

Jaloers kijkt ze naar Kitty, haar witte langharige pers die al lang en breed aan zijn naam gewend was toen ze ontdekte dat hij helemaal geen poes was, maar een kater. Prinsheerlijk ligt hij op haar roze beddensprei te doezelen in de zon. Ze zou er zo naast kunnen gaan liggen, maar ze moet repeteren, of ze nu wil of niet. Altijd blijven vertrouwen op een goede afloop, ook al moeten daar wonderen voor verricht worden. Heel het theater is een wonder, of niet dan? Ze heeft het al zo vaak zien gebeuren, in die halo van wit licht, en een enkele keer heeft ze het ook zelf ervaren; zodra op het toneel de creativiteit begint te stromen en het onderbewustzijn het roer overneemt, kan de geest tot grote hoogtes reiken en soms zelfs verder dan dat, dan grenst de gave van een acteur aan het bovenmenselijke, het goddelijke, het geniale. Zelfs als alle wonderen de wereld uit zijn, worden ze in het theater nog geboren.

Ze staat op en trekt haar kleren recht. Het wordt weer een mooie dag, ze voelt het. De mist begint op te trekken, het tij is gekeerd. Een actrice heeft rollen nodig om in te leven, zonder dat is er geen beweging, dan staat haar treintje stil. Maar je zult zien, als ze straks weer rijdt, zullen er geen rare vertragingen meer op het traject zijn en geen onduidelijke omleidingen, dan dieselt ze gewoon lekker verder op haar oude vertrouwde route van A naar B.

Laura

Wekenlang heeft Elske geen tijd voor haar gehad en nu ze dan eindelijk met haar in bespreking zit, wordt Laura gebeld. Door Catherina nog wel. Laura wordt nooit gebeld door Catherina. Vertwijfeld kijkt ze naar de display. Zou er iets zijn? Dan drukt ze haar weg.

Elske heeft zojuist haar vijfenveertig pagina's laconiek van tafel geveegd. 'Je maakt het allemaal veel te ingewikkeld.' Laura's hoofd gloeit. Het is maar werk, ze moet het zich niet zo persoonlijk aantrekken, maar het voelt alsof zijzelf van tafel wordt geveegd. En ondertussen praat Elske maar door. Eerlijk gezegd hoort ze niet meer wat ze zegt, haar punt is allang duidelijk: Laura's opzet mag de prullenbak in. Onderzoeksgegevens over de functionaliteit van verhalen in het onderwijs, lijsten van potentiële verhalenvertellers, mogelijke onderwerpen, allemaal lood om oud ijzer. Elske zegt: 'We hebben projecten nodig die sexy zijn, leerlingen én investeerders moeten geprikkeld worden, en het spijt me, Laura, maar met jouw voorstel lukt dat niet.' Ze wist het wel. Ze wist allang dat ze niet creatief was. 'Ik begrijp niet waarom je het jezelf zo moeilijk maakt,' gaat Elske verder. 'Er bestaan toch mooie verhalen genoeg? Je hoeft ze alleen maar van het internet af te halen. Het enige wat we nodig hebben zijn een paar acteurs. Jouw moeder heeft vast een heel netwerk en als zij het spits afbijt zijn we verzekerd van aandacht.' Opnieuw gaat Laura's telefoon, weer Catherina. Misschien belt ze omdat er iets met Puck aan de hand is. Ze excuseert zich, draait zich af en neemt bezorgd op.

'Hé, zeg het eens?'

'Ik kan er niet in.'

'Sorry?'

'Mijn sleutel past niet, of ik heb de verkeerde, ik weet het niet, maar ik krijg hem alleen tot halverwege en...'

'Hoho, wacht even.' Ze kijkt over haar schouder naar Elske, die door haar opzet bladert alsof het een werkstuk over patchwork is dat vol spelfouten staat. 'Het spijt me Elske, dit moet heel even.' Ze loopt de gang op.

'Jezus, Catherina, ik zit midden in een bespreking!' Achter haar trekt snaterend een zwerm leerlingen voorbij. Met haar linkerhand tegen haar vrije oor duikt ze een hoek in.

'Luister, Laura, ik heb een groot probleem,' hoort ze Catherina in haar donkerste timbre zeggen.

'Ja, je kunt je huis niet in, maar waarom bel je mij?'

'Wat moet ik anders?'

'Een van je honderd vrienden bellen misschien?'

'Pff, die zien me al aankomen.'

'Maar wat kan ik doen? Ik heb niet eens een sleutel.'

'Nee?'

'Nee, natuurlijk niet.'

'En die aan dat koordje om je nek dan?'

'Heel grappig.' Laura fronst. 'Hebben de buren geen sleutel?'

'Jawel, ik heb al aangebeld, maar ze zijn niet thuis.'

'O.'

'En ik wil echt heel graag mijn huis in.'

'Ja, dat begrijp ik. Daar kun je geloof ik gewoon een bedrijf voor bellen, zoek maar op, ik moet nu weer verder. Sterkte.' Ze hangt op. Catherina heeft haar nog nooit om hulp gevraagd. Waarom nu ineens wel? Laura wil terug naar binnen gaan, maar Catherina belt opnieuw.

'Sorry, ik weet niet wat je bedoelt?'

'Catherina, ik...'

'Wat zei je nou precies? Een bedrijf? Kun je het nog een keer uitleggen, alsjeblieft?'

Geduldig zegt ze: 'Er zijn bedrijven die komen wanneer je jezelf buitengesloten hebt. Die fiksen dat voor je. Je betaalt ze en dan... nou ja, dan sta je zo weer binnen.'

'O?' Ze hoort Catherina aan de andere kant van de lijn stomverbaasd uitblazen.

'Je hoeft de NASA niet te bellen, hè? Gewoon in de googlebar typen: "ik heb mezelf buitengesloten" en dan krijg je een lijst.'

'Ah ja, zo makkelijk. Nou, dat moet zeker lukken. Dank je, schat. Heel lief van je.' Ze klinkt helemaal niet cynisch, eerder monter, ze heeft er zo te horen weer helemaal vertrouwen in. Dan hangt ze op. Heel even voelt Laura zich schuldig, maar dan herinnert ze zich weer dat ze zelf veel grotere problemen heeft, haalt diep adem en gaat Elskes kamer in.

Elske kijkt op. 'Had jij je moeder nu al gevraagd?'

Op dat moment gaat haar telefoon alweer. 'Sorry, nog heel even...' kreunt ze en ze verdwijnt de gang weer op.

'Wat?'

'Ik zie alleen maar dingen staan over eenzaamheid en pesten.'

'Wat bedoel je? Ik begrijp niet wat je zegt.'

'Nou, ik heb "buitengesloten" ingetypt, maar ik krijg allemaal verhalen over pesten en eenzame mensen, niks over sleutels.'

'Catherina, ik kan je echt niet... Oké, ga even ergens zitten, ik rond het hier af en dan kom ik naar je toe.'

Terwijl ze door het drukke verkeer in de richting van Catherina's huis rijdt, belt ze met de eerste de beste hit die ze van Google krijgt, een bedrijf dat belooft voor belachelijk veel geld binnen een uur langs te komen. Het gesprek met Elske heeft haar uitgeput. Alles waar ze de afgelopen tijd energie van heeft gekregen, trekt haar nu naar beneden een diepe put in.

Opnieuw gaat haar telefoon. Het is Elske, ziet ze. De ringtone werkt op haar zenuwen, haar hoofd gloeit. Ze laat hem gaan. Het duurt eindeloos voordat Elske het opgeeft.

Ze staat stil voor het rode licht bij de Rhijnvis Feithstraat, recht haar rug en zegt streng: 'Bijt van je af, verdomme. Laat je niet zo uit het veld slaan.' Maar ze weet dat ze zich alleen maar groot maakt om niet te voelen hoe klein ze eigenlijk is.

Catherina staat haar voor de deur op te wachten. Ze ziet er moe en een beetje verslagen uit, zo heel anders dan Laura van haar gewend is. 'Ik heb alle sleutels geprobeerd, misschien wel dertig keer achter elkaar, maar ik weet zeker dat het de blauwe is en die past gek genoeg nog het minst,' verzucht ze. 'Ik denk dat iemand het slot heeft veranderd.'

Laura neemt de bos over en fronst. Waar moeten ze het in godsnaam over hebben terwijl ze wachten op de slotenmaker?

Voor de vorm gaat ze zelf ook nog een keer de hele bos langs. Ondertussen is het stil. Waar hebben andere moeders en dochters het in zo'n geval over? Welk gesprek zou ze nu met Puck voeren wanneer zij het zelf was die zich had buitengesloten en Puck haar te hulp was geschoten? Voorheen had ze zich daar totaal geen zorgen over gemaakt, Puck had gewoon iedere seconde gevuld met haar vrolijke gebabbel. Zou Puck inmiddels net zo onthand met haar zijn als Laura met Catherina is?

'Heb jij Puck onlangs nog gezien?'

'Puck?'

'Je kleindochter.'

'Jaja, ik weet echt wel wie Puck is, hoor.'

'Nou?'

'Wat?'

'Heb je haar nog gezien?'

'Ach kind, iedereen heeft het zo druk tegenwoordig.'

'Dus je hebt haar niet gezien?'

'Moet dat dan?' Het klinkt aanvallend, alsof ze zich betrapt voelt omdat ze uiteindelijk net zo weinig geïnteresseerd is in haar kleindochter als ze altijd in Laura is geweest. Het is bijna een opluchting.

Nadat Laura de hele bos heeft gehad, probeert ze nogmaals de blauwe, maar die komt inderdaad het minst ver. Verbaasd kijkt ze ernaar. Dan weer naar de deur. En dan naar de gevel. Er valt haar iets op. Ongelovig doet ze een paar stappen naar achteren. 'Maar dit is toch helemaal niet jouw voordeur, of wel dan?'

Even later opent Catherina zonder enig probleem de voordeur van haar eigen huis. Op hetzelfde moment komen net haar onderburen naar beneden, Frans en Marijke. Ze stellen zich aan Laura voor. Ze woonden er nog niet toen Laura hier woonde en ja, ze hebben een sleutel van Catherina's appartement voor het geval ze hem een keertje vergeten is.

Catherina is al zonder iets te zeggen de trap op geklommen. Laura merkt het pas nadat ze Frans en Marijke gedag heeft gezegd. Veertig jaar geleden liep ze precies zo naar boven, over deze zelfde trap, aan de arm van Edward, in beslag genomen door god weet wat op dat moment belangrijk voor haar was, Laura was het zeer zeker niet. Ze was nog zo klein. Haar oma stond vlak achter haar en hield haar vast alsof ze wilde voorkomen dat ze achter Catherina aan zou rennen. Ze weet nog hoe ze hoopte dat Catherina achterom zou kijken en spijt zou krijgen. Maar dat gebeurde niet. Ze liep naar boven alsof het leven vóór haar lag, niet achter haar, alsof ze Laura nu al was vergeten.

Boven aan de trap slaat Catherina de hoek om zonder nog te groeten, niet eens met een simpel handgebaar. Laura schudt ongelovig haar hoofd. Niet vanwege dat onverschrokken egocentrisme, welnee, dat is ze zo langzamerhand wel van haar gewend, maar vanwege zichzelf; hoe is het mogelijk dat ze er na al die jaren nog steeds zo door geraakt wordt?

Catherina

Er is een meisje aangesteld om haar met haar tekst te helpen. Ze schaamt zich er niet voor. Welnee. Vroeger was een souffleur de normaalste zaak van de wereld en ook zeker geen overbodige luxe. Je speelde soms wel zeven, acht voorstellingen per seizoen. Overdag repeteerde je een Euripides of een Shakespeare en dan stond je 's avonds doodleuk in een Strindberg of een Tsjechov, terwijl de nieuwe vertaling van een Ibsen alweer klaarlag. Als iets niet aansloeg bij het publiek werd er snel iets anders op het repertoire genomen, me dunkt dat je dan wel eens je tekst vergat. Of dat erg was? Natuurlijk niet. Op de souffleur spelen werd gezien als een grote kwaliteit. Maar dat was natuurlijk allemaal ver voor haar tijd, ze heeft het alleen van horen zeggen. Ze weet niet meer of er bij Het Stadstheater, waar ze de eerste tien jaar van haar carrière werkte, nog een souffleur aanwezig was, maar tegenwoordig zijn ze in ieder geval zo goed als uitgestorven. In het vrije circuit waren ze überhaupt overbodig, daar speelde je een voorstelling zo vaak dat je niet alleen je eigen tekst, maar ook die van al je medespelers kende, daar souffleerde iedereen gewoon elkaar.

Het viel natuurlijk te verwachten dat het lastig zou worden

met al die lappen tekst in *Laat maar zitten*. Prima dat er een meisje voor is aangesteld. Ze vindt het ook een prima meisje. Maar als souffleur is ze een ramp. Verschrikkelijk gewoon. Fout op fout op fout. Laatst vroeg Catherina haar of ze eigenlijk wel wist waar het woord 'souffleur' vandaan kwam. Maar nee, hoor, dat wist ze niet. Nou, van het Franse woord 'souffle', legde ze haar geduldig uit, dat 'adem' betekent: een goede souffleur ademt namelijk als het ware de tekst bij je in. Maar het meisje pakte de hint niet op. Ach, het is verschrikkelijk, zo slordig als ze is. Ze laat zich afleiden, leest niet mee, zit geregeld in de verkeerde alinea of zelfs in de verkeerde akte, komt met woorden die de toneelschrijver echt niet heeft geschreven en de vertaler zeker niet zo heeft vertaald en reageert zó onsportief wanneer Catherina daar uiteindelijk heel voorzichtig iets van zegt. En toen beweerde dat kind ook ineens dat ze helemaal niet is aangesteld om Catherina met haar tekst te helpen, maar dat ze de regieassistente is. Je zou zo'n wicht toch? Dat hebben die jonge mensen nou allemaal, dat ze zich interessanter voordoen dan ze zijn. En dan maken ze er een foto van en sturen die rond zodat iedereen kan zien hoe succesvol ze zijn. Ergerlijk gewoon. Wordt er ergens nog geploeterd? Welnee, joh, er mag alleen nog maar geschitterd worden!

'Mannie, als jij nou iets vaker naar je moeder geluisterd had...'

'Wat zeg je nou?'

'Mannie, als jij nou iets vaker naar je...'

'Ja, ik hoor je wel, maar daar zijn we niet.'

'Eerste akte, tweede scène? Mannie, als jij...'

'Goed, je kunt nou wel als een Duracell-konijntje die tekst blijven herhalen, maar ik zeg je dat we daar niet zijn. Dus?'

'Dus wat?'

'Dus? Even door je script bladeren? O gottegot.' Zuchtend

draait ze zich om naar haar tegenspeler. 'Geef haar even jouw laatste tekst, schat.'

'Eh...?'

'Hahaha, zie je nou? Je maakt zelfs Derek in de war.'

'David. En mijn laatste tekst was: "Mama, ik ben failliet, ik heb niks meer, alles kwijt, mijn baan, mijn huis..."'

'Precies en dan zeg ik...' Ze keert zich weer naar het tekstmeisje. 'Nou? Wat zeg ik dan?'

'Mannie, als jij nou iets vaker naar je moeder geluisterd had en iets minder...'

O, dát bedoelt ze nou! Daar valt toch niet mee te werken?!

En nu is het dus uitgemond in een felle woordenstrijd, vrijdagmiddag tien over half drie: een enorme ruzie. Zij boos. Tekstmeisje boos. Tekstmeisje huilen. Zij geïrriteerd. Tekstmeisje opstandig, zij nog bozer: 'Ik eruit of zij eruit!' hoort ze zichzelf op een gegeven moment roepen, wat natuurlijk afgrijselijk is om te zeggen, zeker tegen zo'n jong geval, want waar moet die van leven als ze ontslagen wordt? Helaas kan ze niet anders, er ligt een première in het verschiet, er staat te veel op het spel. Straks is zij het die op het toneel staat, niet het tekstmeisje.

Ging het te goed? Ze vraagt het zich af wanneer ze 's avonds voor de spiegel van haar kaptafel zit. Nou? Zit er weer iemand op haar plek te azen? Is het weer zover? Ze brengt haar nachtcrème aan. Moet ze weer buigen voor de kinnesinne, de kinderachtige jaloezie? Is dat allemaal weer aan de hand? Cleopatra, ach nee, ze bedoelt natuurlijk Patricia, is haar op het lijf geschreven. Daar blijven ze met hun poten van af. De Mariannes en de hoe heten ze ook alweer, de Inca's, nee, de Minca's.

Ze smeert haar handen in en maant zichzelf tot kalmte. Ze zou spiekbriefjes met steekwoorden kunnen maken die ze kan verstoppen op het parcours van de mise-en-scène die ze loopt. Onder de zitting van een stoel, in een kier van de vloer, onder het tafelblad, tussen de deurscharnieren. Overal papiertjes geduwd in spleten en gaten, zoals de wensbriefjes in de grafzerken op de Joodse begraafplaats in Praag. Maar ze loopt niet eens een mise-en-scène. Ze zit de hele voorstelling lang boven op een enorme zak geld. *Sit on it.* Meesterlijke titel.

Er komen 'oortjes'. Ze zijn minuscuul en zullen niemand opvallen, zegt de regisseur. De producent komt ook nog even langs om dat te bevestigen. Ze gaat akkoord. Welja. Waarom niet? Ze hebben tegenwoordig allemaal ook al zo'n malle voelspriet over hun wang lopen alsof ze live donateurs aan het werven zijn voor een humanitaire ramp, dus wat maakt het uit, een beetje meer of minder techniek zal niemand opvallen.

Er wordt een nieuw meisje aangesteld dat iets in haar oor kan fluisteren zodra ze het even niet meer weet. Een allerliefst meisje, daar niet van, ze heeft alleen de ergerlijke neiging om overal dwars doorheen te fluisteren. Catherina kan totaal niet verstaan wat er wordt gezegd, niet door het meisje en niet door haar collega's op scène. Daardoor loopt ze continu achter de feiten aan. 'Mens, hou je waffel nou eens!' roept ze op een zeker moment gefrustreerd uit, maar ze vindt het rot voor dat meisje. Hulpeloos keert ze zich naar de regisseur en kreunt: 'Het spijt me, maar zo kan ik toch niet werken? Dat kind tettert werkelijk overal doorheen.'

Aan het einde van iedere repetitiedag branden haar ogen en voelen haar hersenen beurs, alsof ze uppercut na uppercut te verwerken hebben gekregen. Ze kan geen pap meer zeggen, temeer omdat ze 's nachts ook al niet goed slaapt. Regelmatig wordt ze wakker met het gevoel dat de dag al lang en breed is begonnen terwijl het buiten nog aardedonker is en de maan hoog aan de hemel staat.

Aan het einde van weer zo'n vermoeiende repetitiedag krijgen ze te horen dat ze allemaal nog even moeten blijven. De vormgever komt foto's laten zien van het decor dat volgende week in Veenendaal zal worden opgebouwd. Ondertussen kunnen er ook alvast wat kostuums gepast worden. De dame van de kleding rijdt een rek de ruimte binnen. Mens, waar blijft de tijd? Wat gaat dit krankzinnig snel allemaal, het voelt alsof ze nog maar een week bezig zijn!

'Hahaha, jouw maten zullen wel kloppen,' lacht de kledingdame terwijl ze op angstaanjagende wijze haar enorme voortanden ontbloot. Catherina probeert vriendelijk terug te lachen, hoewel ze geen idee heeft wat er zo grappig is, maar ze is gewoon te moe om het te vragen, ze zou wel eventjes willen gaan liggen. Heel eventjes maar.

Er worden grote taartdozen binnengebracht met daarin overdadig belegde broodjes en fruit. Iemand zet flessen wijn op tafel, spa, vruchtensap en bier. Normaal gesproken kan ze enorm genieten van de luxe waarmee hun producent hen overlaadt, maar vandaag is ze daar te moe voor. Ze is zelfs te moe om te eten.

'Wijntje, Catherina?' Dat is Twan, de acteur van die énige Gazelle-reclame. 'Heerlijk, schat,' zegt ze en ze laat zich een flinke bel inschenken. Sommige collega's hebben hun script nog op schoot. 'Doe maar weg,' zegt de regisseur. De kledingdame houdt wat kostuums omhoog. Catherina neemt een grote slok van haar wijn en tuurt ernaar: broekje, jackje, niks bijzonders, maar iedereen zegt: 'Oooh' en daarom zegt zij ook: 'Oooh', of nee, ze gaapt, want, god, wat is ze moe. Ze is zo moe.

'... en staat dus feitelijk ook qua lichaamsgewicht op eenzame hoogte,' hoort ze de regisseur zeggen en dan kijkt iedereen haar kant op. Betrapt klapt ze haar mond dicht, neemt snel een slok, negeert de blik van Minca aan de andere kant van de tafel en probeert te luisteren naar het verhaal van de regisseur, maar ze is te moe, ze kan het gewoon niet allemaal volgen.

'... kolossale vrouw... vet... enorme berg... symbool... familiekapitaal... macht... niet uit handen geven... oude generatie... onmogelijk... jonge mensen... ontplooien... blablabla.'

Ze kijkt naar de manier waarop de regisseur zijn handen kneedt, alsof hij ter plekke het beeld dat hij voor zich ziet uit de lucht kan boetseren. Ze is blij wanneer ze aan zijn stem kan horen dat er een einde komt aan zijn verhaal, hij zegt nog zoiets als '... gevangen in een lijf dat te groot is om te leven' en sluit dan eindelijk zijn mond. Catherina zucht. Iets te hard misschien. Er wordt gelachen.

'Een soort orakelende vetbult dus,' zegt Twan naast haar. Een ander zegt: 'Of een jengelend vleesorgel.' Gegiechel alom.

Dan ziet ze de kledingdame op zich afkomen met grote vleeskleurige kussens in haar handen, een soort uit de kluiten gewassen ijshockybeschermers lijken het wel. Paddings. Het woord schiet haar ineens te binnen. Dikmaakkussens. Zijn ze voor haar? Ze staat automatisch op. De kledingdame begint de kussens voor te binden. 'Caatjekarbonaadje,' glimlacht Twan. Bij wijze van dank maakt het karbonaadje een dansje.

'Krijgt deze rolmops nog een jurkje aan of hoe zit dat?' hoort ze zichzelf zeggen. En weer wordt er gelachen. Ach, wat hoort ze toch graag dat er om haar gelachen wordt. Maar ze is moe, zo moe, te moe om mee te lachen. Glimlachen dan maar, naar Twan en naar de kledingdame, naar haar eigen handen en naar de foto's van het decor. Maar wacht, die zak geld, wordt dat het? Waar zijn de gaten en de spleten, de kieren en de barsten? Waar moet ze straks haar spiekbriefjes verstoppen? Dan wordt ze vanuit de diepte van haar geest ineens een snerpend geluid gewaar dat langzaam lijkt op te stijgen, alsof een ijzeren lift uit een diepe schacht omhoog wordt gezogen langs ijzeren geleiders. Haar trommelvliezen trillen, het krassen wordt harder en scherper totdat het al het andere geluid overstemt. Ze kijkt om zich heen, is ze de enige die het hoort? Hoe kan dat? De vleeskleurige kussens knellen om haar armen en benen, ze sjort aan de linten waarmee ze vastgebonden zijn, trekt per ongeluk knopen in de strikken, probeert haar vingers uit de knopen te wurmen, zoekt geërgerd naar een andere manier om zich uit haar michelinpak te bevrijden totdat de kledingdame geschrokken komt aandraven en het nerveus van haar overneemt.

'Nou nou, dat werd tijd,' zucht ze uitgeput wanneer alle kussens afgeknoopt zijn en dat verschrikkelijke geluid eindelijk is gestopt. Tot haar verbazing merkt ze dat niemand naar haar kijkt. De regisseur is gewoon weer aan een nieuw verhaal begonnen. Tjongejonge, zeg, hoe belangrijk kan een man zichzelf vinden? Haar ogen zoeken spottend naar medestanders, maar iedereen doet alsof ze niet bestaat. 'Zo,' mompelt ze, 'effe pissen, hoor.'

Doof van moeheid loopt ze door gangen met klapdeuren op zoek naar het toilet, trappetje op, trappetje af, een gang door en dan is links... Hé, dat is gek. Verbaasd kijkt ze naar een blinde muur, loert om zich heen. Jee, zeg, hebben ze nou het toilet verplaatst?

Ze loopt weer terug, klapdeuren door, trappetje op, trappetje af, rondkijken. Hm. Andere route dan maar. Drie trappen af, weer door een klapdeur, links, nee, eh, rechts natuurlijk, de gang op, lopen tot aan de kruising, daar naar links en dan zijn daar... Ah ja eindelijk, *les toilettes!* Deur open. Ach nee, dat is de schoonmaakkast. Andere deur dan. Op slot. Verward kijkt ze om zich heen. Wat gebeurt hier? Is dit een grap of zo? En verder gaat haar zoektocht weer. Mopperend, want waarom heeft niemand haar gezegd dat ze de toiletpotten verplaatst hebben? Ze loopt weer trappen op, trappen af, duwt een klapdeur open. Artiestenfoyer? Onrustig draait ze zich om. Wie doet dit? Andere weg dan maar. Weer klapdeuren. Kleedkamers. Andere klapdeuren. Backstage. Ze haast zich opnieuw een gang in, ze krijgt het benauwd. Klapdeuren. Weer de artiestenfoyer? Ze rent nu. Klapdeuren door. Kleedkamers?! Klapdeuren. Backstage?! Klapdeuren. Portier?! Klapdeuren. Godzijdank. Buiten.

Laura

Soms lijkt het alsof ze misleid is, alsof alle liefde en bewondering die Puck voor haar had, alle vrachtwagenladingen vol met 'jij bent de liefste mama van de hele wereld', alle gekleide kaarsenhouders, gepunnikte broekriemen en tekeningen vol hartjes en al die snotterige kusjes voor het slapengaan er alleen maar waren om haar moedermotortje draaiende te houden, maar dat het verder niks betekende. Of dat ze nooit werkelijk een kind hebben gehad, dat zij en Rupert haar aanwezigheid alleen maar gefantaseerd hebben, zoals Martha en George dat doen in *Who is Afraid of Virginia Woolf?*, een toneelstuk waarin ze Catherina vroeger heeft zien spelen. Het zijn verontrustende gedachten.

Als tegengif haalt ze herinneringen op aan momenten die ze samen met Puck heeft beleefd. Ze weet nog dat ze hulpouder was op het kamp in groep acht. Het was geweldig om van dichtbij mee te maken hoe lief en gezellig Puck was in de groep. Apetrots was ze op haar kind, dat vaak als enige meehielp wanneer er opgeruimd moest worden of dingen moesten worden klaargezet. De juf zei het ook: 'Puck is de spil in de klas, een drijvende kracht, heel bijzonder hoe ze met haar enthousiasme steeds opnieuw alles en iedereen bij elkaar weet te houden.' Het klopte. Wanneer het regende, was het Puck die een alternatief programma verzon, en toen er een kind heimwee had, was Puck degene die zich over haar ontfermde. Daarom was het ook zo ontzettend oneerlijk dat ze niet de eerste prijs won op de bonte avond. Natuurlijk, ze zong niet bijzonder mooi, het was zelfs hier en daar een beetje vals, maar na al haar inspanningen om het kamp te laten slagen verdiende ze de prijs als geen ander. Laura was er zo door aangeslagen dat ze haar tranen niet kon tegenhouden. Uit schaamte vluchtte ze het toilet in. Maar die lieve Puck had altijd alles in de gaten en zag meteen dat ze had gehuild. Ze zei: 'Geeft niks, hoor mama. Ik begrijp best dat je teleurgesteld bent.' Ach ja, want zo'n lieverd was het.

Catherina

Haar producent vindt dat ze toe is aan vakantie. 'Catherina, lieverd,' zei hij, 'neem het er nou gewoon van, je hebt hard genoeg gewerkt in je leven, ga lekker naar je huis in België, geniet daar van de natuur en de frisse lucht, je zult zien dat het je goeddoet.' Ja, wat denkt die vent nou? Dat ze helemaal stapelkrankjorum is geworden? Welke actrice stapt nou vlak voor de montageweek in een taxi en laat zich naar haar buitenhuis net over de grens in België rijden alleen maar omdat ze toe is aan vakantie? Ach, kom op nou toch. Het decor staat nota bene al opgebouwd in Veenendaal! Binnenkort drie weken try-outs en dan tsjakka, première! Ze gaat dat toch niet allemaal lopen frustreren omdat ze een beetje moe is? Wat een flauwekul, zeg! Bovendien, het ligt helemaal niet aan haar. Het ligt aan die tekstmeisjes. Als die nou gewoon hun werk goed hadden gedaan, zaten ze nu niet met de gebakken peren. Laten ze die lekker in een taxi zetten en over de grens naar België bonjouren, ja toch?

Ze ziet dat haar spiegelbeeld het helemaal met haar eens is en ze laat haar blik over de bonte verzameling memorabilia glijden die ze in de loop der jaren achter de lijst van haar spiegel geschoven heeft. Pauwenveren, vergeelde corsages, een paar briefjes met *toitoi* en heel veel foto's. Ze kijkt naar die van haar debuut in *Glazen speelgoed*, Laura Wingfield, mens, wat was ze jong. Daarnaast een van Edward tijdens... tja, wanneer was dat? Kregen ze toen niet die prijs voor *Medisch Gasthuis Gooi*? Edward verzon die serie speciaal voor haar. Het deed haar ster herrijzen. En kijk, daar liggen ze naast elkaar op stretchers te zonnebakken in hun achtertuin. Poepiebruin. Net twee gebraden kippetjes. Het kon er soms ook heerlijk zijn in die groene hel, maar wat had ze er een heimwee naar het culturele leven, de gezelligheid en het gedoe. Haar oog valt op een piepklein zwart-witfotootje uit een pasfotoautomaat. Ze staat er op met Puck. Of nee, het is Lautje. Wat een heerlijk hummeltje was dat toch. Ze mist haar zoete adem, de warmte van haar mollige huid. Ze is haar kwijtgeraakt. Waarom weet ze niet. Nooit geweten ook. Misschien kwam het door Edward. Misschien door het huis. Laura hield niet van dat huis. Ze had er heimwee. Later is ze nog speciaal voor Laura een tijdje terug naar Amsterdam verhuisd. Maar hun contact wilde niet van de grond komen. Laura was onbenaderbaar, reageerde op alles afwijzend. Ze had steeds minder geduld met haar. Ze begreep niet waarom Laura haar tijd verdeed met stomme baantjes in de horeca terwijl ze zoveel talent had. Ze had schrijfster kunnen worden, maar ze leek totaal geen ambitie te hebben en ook geen doorzettingsvermogen, zo jammer allemaal.

Er was een tijd dat ze onafscheidelijk waren, zij en Laura, twee handen op één buik. Wat wás ze een makkelijk kind. Je kon haar overal mee naartoe nemen, want ze paste zich altijd aan. Iedereen was gek met haar. Ook bij Het Stadstheater. De grimeurs, de inspiciënten, ze liepen allemaal met haar weg. Soms lijkt het net alsof die kleine Laura nog ergens rondwandelt op deze aardbol, alsof ze los van de volwassen Laura groot is geworden en monter haar eigenwijze weg is gegaan, vrolijk en onbezorgd, en ze haar zomaar ergens zou kunnen tegenkomen. Zou dat niet heerlijk zijn? Ze steekt het fotootje terug. Waarom was ze toch alweer zo boos daarnet? Ze kan het zich niet herinneren.

Haar vingers gaan naar het houten juwelendoosje met het ingelegde parelmoer. Edward kocht het voor haar tijdens hun reis naar Marokko. Heerlijke tijd was dat. Opeens zat ze weer in de lift. Wat een opluchting. Duizend doden was ze gestorven, maar haar carrière was helemaal niet voorbij, hij moest zelfs nog beginnen. Haar ogen dwalen over de ontelbare potjes op haar kaptafel, de rieten mandjes, de laatjes gevuld met make-up. Tussen dat alles liggen twee vleeskleurige voorwerpen. Merkwaardige dingen zijn het, ze doen haar denken aan geplukte kippen zoals die bij de poelier hingen waar ze vroeger kippenvet moest halen voor haar moeder. Die maakte er soep van, zo onsmakelijk. Ze haatte het, zoals ze alles in haar jeugd haatte, de kleinburgerlijkheid, de zwakte van haar moeder, die nooit in opstand kwam tegen haar vader en zich bijna doodwerkte, was het niet voor het sigarenwinkeltje dan was het wel in het huishouden. Maar voor wie? Waarom? Opnieuw wordt haar blik getrokken naar de gerimpelde klauwen die op haar kaptafel liggen. Ze bewegen! Van schrik valt ze bijna van haar krukje af en ziet dan dat het haar eigen handen zijn. Mijn god, het moet niet veel gekker worden! Wat een stupiditeit! Het kan niet anders dan dat ze echt heel moe is. De producent heeft gelijk. Ze is toe aan vakantie.

Meteen is de onrust er weer. Ze kan er toch niet de brui aan geven, zo kort voor de première? Dat kan toch helemaal niet? Je stapt niet uit een voorstelling. Dat doe je niet. Ze is nooit meer uit een voorstelling gestapt sinds... sinds... God, het lijkt wel alsof er nooit een einde komt aan de schaamte. Verschrikkelijk. Zomaar midden in een repetitie het toneel af gelopen. Wat een blamage. Maar het lukte gewoon niet om verder te spelen. En eigenlijk lag het ook niet aan haar, het was de schuld van Marianne. Marianne had Irias moeten spelen, niet Cleopatra. Cleopatra was háár beloofd. Er klopte helemaal niks meer van. En ze was er nog wel voor naar die verschrikkelijke arts op de Nieuwmarkt gegaan, terwijl ze Lautje zó een broertje of zusje had gegund, want dan hoefde ze niet meer alleen te zijn. En ineens weet ze ook weer waarom ze daarnet zo boos was. Het tekstmeisje! Dat zij uitgerekend moest worden opgezadeld met dit drama van een kind. Ongelooflijk. Geen enkele dramaturgische kennis, geen flauw benul van het menselijk apparaat, geen gevoel voor het woord of voor de geladenheid van de stiltes, zich totaal niet bewust van de rijke traditie waaruit het huidige theater voortgekomen is, de kostbare erfenis die niemand zich zomaar kan toe-eigenen, maar die verdiend moet worden met bloed, zweet en tomaten. Wat een misverstand om haar, Catherina Pecheur, op te zadelen met zo'n dilettante. Alsof ze zelf niet allang ingewikkelde alexandrijnen stond te declameren toen dat wicht nog niet eens geboren was! *Gedenk eens, welk een schrik mijn slaaprig hart beving. Mijn haar dat rees te berge, en aan een ieder hing een druppel nats: het zweet begon mij uit te breken.* Niet dat ze ooit in de *Gijsbrecht* gespeeld heeft, welnee, die drakerige traditie werd gelukkig afgeschaft lang voordat zij de leeftijd had om Badeloch te spelen, maar het was een leraar op de toneelschool die vond dat ze een monoloog uit dat versteende stuk moest doen: *Het hemelsche gerecht heeft zich ten lange lesten erbarmd over mij en mijn benauwde truien, winterjassen, sjaals, mutsen én vesten.* Ja hoor, grappen maken kan ze. Laat dat maar aan haar over. Ze zou een advocaat op de producent af moeten sturen in plaats van zich aan te laten praten dat ze zo nodig op vakantie moet.

'Misschien wil hij van je af omdat je niet goed genoeg bent,' zegt een stemmetje in haar hoofd. 'Wat een onzin!' roept ze tegen wie het in haar slaapkamer maar horen wil. Ze laat zich potdomme niet onzeker maken en al helemaal niet door haar eigen gedachten. Iedere acteur denkt dat hij vroeg of laat door de mand zal vallen, dat is doodnormaal. Als acteur kun je immers nooit helemaal begrijpen waarop je succes is gebaseerd, je bent je eigen instrument. Maar haar carrière is geen farce, zoals de kleren van de keizer, de een zegt alleen maar dat je goed bent omdat de ander dat heeft gezegd. Welnee joh, dikke vette kul. Ze moet hier gewoon doorheen, het hoort er nu eenmaal bij.

Vroeger was ze bang om jong te sterven, maar oud worden is ook geen pretje. Oud worden is de lastigste rol die ze ooit heeft gespeeld.

Laura

Puck belt. Laura neemt met bonkend hart op en luistert naar haar stem. Even lijkt het alsof er nooit afstand is geweest en ze vanavond bij wijze van spreken gewoon weer samen aan tafel zitten. Maar Puck belt niet voor haar. Ze belt om te zeggen dat ze zich zorgen maakt over oma. Ze hoopt dat Laura binnenkort even bij haar langs wil gaan. Wil ze dat? 'Natuurlijk, lieverd,' zegt ze en dan hangt Puck weer op. Dus Puck en Catherina zien elkaar wel nog steeds. Zij wel. Dat doet pijn.

Buiten regent het aan één stuk. Laura stort zich weer op haar werk en surft onafgebroken over het internet op zoek naar verhalen die ze kan gebruiken voor haar project. Haar vingers typen termen in zoekbalken en opeens zit ze op een site die gaat over gebroken gezinnen. Ze leest verhalen over ouders die niet welkom zijn op verjaardagen en bruiloften, die nog nooit hun kleinkinderen hebben gezien terwijl ze echt niet begrijpen wat ze verkeerd hebben gedaan. Ze verliest even helemaal de moed, drinkt meer dan een halve fles wijn en zwabbert aan het einde van de avond naar bed voordat Rupert uit zijn werkkamer komt en kan zien dat ze dronken is.

Het is vreemd te bedenken dat zij en Puck nog maar zo kort geleden verstrengeld met elkaar op de bank zaten te kijken naar de meest verschrikkelijke televisieprogramma's, waarnaar Laura zelf nooit zou hebben gekeken. 'Jullie zaten te dicht op elkaars huid,' zegt Rupert. Zij denkt van niet. Waarom zou iets wat zo prettig en vertrouwd voelt verkeerd zijn? En trouwens, hoe zit het dan met hem? Heeft hij geen schuld? Probeerde hij niet van Puck een volwassene te maken lang voordat ze wist hoe ze dat woord moest spellen? Of komt het door hen beiden? Waren ze zo bang om Puck te verliezen dat het wel gebeuren moest?

De regen blijft met bakken uit de hemel vallen. De rioleringen kunnen het allemaal niet meer aan en de straten staan blank. Ze appt naar Puck: 'Gaat het wel? Niet te veel last van de regen? Geen problemen met het dak?' Er komt geen antwoord. Dan appt ze: 'Papa is volgende week jarig. Je komt toch wel een hapje eten?' Na veertien uur en drieëntwintig minuten stuurt Puck eindelijk een berichtje terug. Een emoji van een *thumbs-up*. Meer niet.

Op Ruperts verjaardag valt er meer regen uit de lucht dan normaal gesproken in een hele maand. Terwijl ze doorweekt bij de traiteur in de rij staat, appt Puck dat ze toch niet komt, iedereen in huis heeft schurft, ze moeten alles wassen en zichzelf met een speciale crème behandelen. 'Get heukt Zo! Dat wol il jullie evht niet aandon!' Laura moet haar best doen om het te geloven. En dat is misschien nog wel het ergste, dat ze haar eigen kind niet meer gelooft.

Ze blijft maar doorwerken. Het leidt af en de tijd gaat vanzelf voorbij. Ze kiest het mooiste verhaal uit dat ze kan vinden, schrijft het om naar een monoloog en perfectioneert de tekst net zo lang totdat ze er zeker genoeg van is om het op te sturen naar Elske. 'Top!' krijgt ze als antwoord terug. 'Maar wacht nog even voordat je verdergaat. Eerst zeker weten of we de financiering wel rondkrijgen.' Het is fijn dat Elske positief is, maar ze is niet van plan haar raad op te volgen. Ze gaat gewoon door met schrijven. Het is beter te leven in het verhaal van een ander dan in dat van zichzelf. Ze kan niet meer anders.

Op school probeert ze Elske te ontwijken uit angst dat ze met weer heel andere ideeën komt waardoor haar schrijven niet meer nodig is, of dat ze opnieuw over Catherina zal beginnen. Uit voorzorg kiest ze haar routes door de schoolgangen zo strategisch dat de kans op een ontmoeting nihil is. Maar wanneer ze op een dag de wc uit komt, ziet ze haar staan.

'Goed nieuws,' zegt Elske. 'We hebben een sponsor.'

'O, wat fijn! Wie is het?'

'Jacobijne Korteweg. Ze is trouwens erg enthousiast over je monoloog.'

'Echt?' Jacobijne Korteweg is directeur van de Stadsschouwburg, dus die zal het wel weten.

'Heb jij jouw moeder nou al gevraagd?'

'Catherina?' Ze laat haar stem met opzet verbaasd klinken. 'Nee. Ik wist niet dat... ik dacht eigenlijk niet dat je serieus was.'

'Ja hoor. Heel serieus.'

'Ah, dat had ik dan niet goed begrepen, sorry, maar ik weet eigenlijk wel bijna zeker dat ze het niet doet.'

'En waarom dan niet?'

'Omdat ze..'

'Je kunt het toch op z'n minst vragen?'

'Jawel, maar...'

'Jacobijne ziet het ook helemaal zitten. Het zou jammer zijn als het niet door kon gaan.'

'Tuurlijk. Ik bel haar vanmiddag nog.'

Met een onwezenlijk gevoel loopt ze even later naar buiten, zonder jas en zonder tas. Ze merkt het pas wanneer ze thuis voor de deur staat en niet naar binnen kan. Omdat Rupert er niet is, moet ze het hele eind weer terug, komt terecht in de zoveelste hoosbui van die maand en denkt: Waarom gedraag ik me zo? Waarom zeg ik niet gewoon wat ik wil? Waar ben ik toch altijd zo bang voor?

Catherina

Ze heeft het gedaan. Ze heeft gisteren de repetitie stilgelegd en gezegd: 'Sorry, lieve mensen, ik had even nodig om het te accepteren, maar jullie hebben gelijk en het wordt tijd dat ik dat zelf ook onder ogen zie. Ik ben niet meer het tekstkanon van weleer. Voilà.' En ze heeft ook gezegd dat ze zich heel goed kan voorstellen dat iedereen daar behoorlijk mee in zijn maag heeft gezeten, want ze moet toch een beetje geleken hebben op een hartchirurg die midden in een operatie de medische encyclopedie erbij moet halen omdat hij vergeten is waar precies hij in het lichaam wezen moet. 'Maar,' heeft ze daaraan toegevoegd, 'we zijn allemaal theatermensen, we deinzen nergens voor terug en zeker niet voor een paar rafelrandjes en onvolkomenheden, want dat is nou juist waar het in ons vak allemaal om draait, nietwaar?'

Ze keek naar haar kinderen en realiseerde zich ineens hoeveel ze voor hen betekent. Ze zijn allemaal met haar opgegroeid, ze is hun schoolvoorbeeld, ze hebben ongelooflijk veel respect voor haar. De afgelopen weken moeten zeker ook voor hen niet gemakkelijk zijn geweest. Al dat gedoe met die tekstmeisjes, de oortjes, de spiekbriefjes. Ja, dat was pijnlijk. En niet alleen voor haar, maar ook voor hen. 'Jongens, het is gewoon niet anders,' zei ze. 'We zullen eraan moeten geloven, ik kan het niet meer bolwerken zonder kunst- en vliegwerk, mijn geheugen laat me in de steek.'

Ze zag aan hun koppies hoezeer het hen raakte en daarom riep ze meteen: 'Ach, lieve schatten! Er zijn veel ergere dingen in het leven! Mensen gaan dood van de honger, ze verliezen hun huis in modderstromen en komen om tijdens terreuraanvallen. Wat ben ik nou daarbij vergeleken? Een ouder wordende actrice die zo nu en dan even haar tekst niet meer weet. Hoe erg is dat nou helemaal?'

Ze begreep ook ineens waarom haar geworstel hen zo raakte, want ach, ze zijn nog zo jong, nog zo vol plannen en ambities, ze geloven werkelijk dat als ze maar hard genoeg wíllen, ze de wereld de andere kant op kunnen laten draaien. En zij laat hun het tegenovergestelde zien, namelijk dat het 'kunnen blijven meedraaien' op zichzelf al ingewikkeld genoeg is, zeker wanneer je ouder wordt.

'Vertel mij eens,' vroeg ze, 'hoe gelukkig denken jullie eigenlijk dat ik mijzelf prijs omdat ik mag samenspelen met zoveel prachtig jong talent? Nou?' Ze zag dat ze ontroerd waren. Ze was het zelf ook. 'Laten we alsjeblieft niet vergeten dat er tegenwoordig geweldige hulpmiddelen zijn, de techniek staat voor niets, dus wat maakt het uit dat ik zo heel af en toe een zinnetje vergeet? Dan ben ik maar de chef-kok die met een kookboek in de keuken staat, of dan moet ik maar een kunstlul voorbinden omdat mijn eigen pielewiep het soms even niet meer doet.' En daar moesten ze toen met z'n allen weer zo onbedaarlijk hard om lachen, die doldwaze tekst die haar zomaar ineens te binnen schoot en die ze er zonder erbij na te denken uit geflapt had. Dankbaar was ze omdat ze haar fantasie nog had, haar creatieve ingevingen en haar impulsen. Ze keek naar haar kinderen en genoot. Het was lang geleden dat ze zo met elkaar hadden gelachen.

Laura

Ze is als een puzzel die uit elkaar gevallen is en het lukt maar niet om de stukjes weer aan elkaar te leggen. Ze heeft geen referentie, geen voorbeeld, geen duidelijk uitgetekend doel. Het veroorzaakt paniek en daardoor kan ze niet meer helder nadenken, maar ze moet helder nadenken. Dat moet. Alles wat spanning oproept moet weg. Ze heeft rust nodig. Ze moet zorgen dat ze haar leven weer voor zich ziet. Er is alleen steeds opnieuw iets wat haar afleidt. Ze verzet zich, maar dat helpt niet, dus beweegt ze mee, past zich aan, glimlacht, knikt, beaamt en duikt weg, alles om maar rust te krijgen en weer bij zichzelf te komen.

Ze dacht dat ze het allemaal gehad had, de verlammende angst en de existentiële twijfel, maar het begint weer van voren af aan. Blijkbaar is het de bedoeling dat ze zichzelf opnieuw definieert nu haar rol als moeder is uitgespeeld. Of is dit maar tijdelijk en gaat het vanzelf voorbij, zoals een wee, de hik en zin in kroketten? Ze hoopt het maar, want hoe kan ze zichzelf weer in elkaar leggen nu ze aan alles twijfelt?

Een man aan de andere kant van de lijn stelt zich voor als een collega en groot bewonderaar van haar moeder en sinds jaar en dag ook haar theaterproducent. God, gaat er nu alweer een prijs uitgereikt worden? Hij vraagt of ze even tijd heeft omdat er iets is waar hij haar dringend over moet spreken en ineens valt haar op hoe zorgelijk hij klinkt.

Nog voordat ze heeft kunnen antwoorden dat het eigenlijk niet uitkomt en dat ze eerlijk gezegd ook niet de aangewezen persoon is om zijn zorgen mee te delen, is hij al begonnen aan een verontrustend verslag over iets wat blijkbaar al maanden speelt. Eerst lijkt het nog mee te vallen, hij vertelt over tekstproblemen en soms een kleine woordentwist met een regieassistent, maar gaandeweg dringt tot Laura door dat het allemaal best alarmerend is.

Dan vertelt de theaterproducent dat Catherina de vorige dag een groot deel van de repetitietijd heeft gegijzeld met een onsamenhangend verhaal over een hartchirurg met een kunstlul in zijn hand.

'Toe maar,' zegt ze, omdat ze even niks anders kan bedenken.

'Zeg dat wel.'

Een kort moment is het stil, dan gaat hij verder: 'Ik ben een groot bewonderaar van uw moeder.'

'Ja, dat zei u al.'

'Ze is een begenadigd actrice.'

'Dat is ze zeker.'

'Maar zo kunnen we niet met haar werken.'

Catherina

Ze zit aan haar kaptafel en speelt patience. Ze weet niet hoe lang, misschien al de hele dag, misschien zelfs langer, haar slaapkamer staat blauw van de rook. Het kan haar niet schelen. Ze is boos. Vanwege al dat valse gedoe. Het hangt haar zo de keel uit. Dat gefleem, die draaikonterij. 'Hé? Ben je daar nú alweer?' Ze zegt het met een zeikerig stemmetje. 'We hadden toch afgesproken dat je vanaf nu thuis mocht blijven? Of was je dat alweer vergeten? Getverderrie, ben je nou opnieuw helemaal voor niks gekomen? Wat vervelend toch weer voor jou.' Ze dachten zeker dat ze haar van alles wijs konden maken alleen maar omdat ze af en toe haar tekst vergeet. Gisteren was ze er ineens helemaal klaar mee. '*Laat maar zitten*,' zei ze en ze pakte haar spullen.

'Wat?' vroeg de een of andere baardaap verbaasd.

'Zo heet het stuk waar je in staat, lul.'

De jongen keek haar geschrokken aan. Ze had er eigenlijk wel om kunnen lachen, zo onnozel als hij eruitzag, maar dat deed ze niet, want het was niet grappig. Het was een drama. Een regelrechte ramp. Sindsdien speelt ze patience.

'Ik heb nu niet alleen een zwarte bladzijde in mijn geschiedenis, maar ook nog eens een agenda vol lege pagina's,' zei ze tegen Edward. Ze weet het nog goed. Ze bracht het expres als een grap om niet te voelen wat een ramp het was. Wie had ooit gedacht dat zij haar vaste aanstelling bij Het Stadstheater zou kwijtraken? Ze ging er bijna aan onderdoor. Een actrice zonder werk is als een stofzuiger zonder stroom. Ja, zo is het. Een hond moet zijn erf bewaken, een koe geeft melk en een actrice speelt. Het is niet zomaar een beroep, het is een roeping. Als een been geen bloed krijgt, sterft het ook af. Als antwoord kreeg ze van hem een kaartspel cadeau. 'Om je zinnen te verzetten. Jouw tijd komt nog wel.'

Hij kreeg gelijk. Cleopatra zou de laatste rol zijn die ze zich ooit heeft laten afnemen. Wat volgde was louter succes. Haar wraak was zoet. Ze kan het zich allemaal nog prima herinneren, er is namelijk niks mis met haar geheugen, ze zegt het de hele tijd al. Het duurde alleen wel eindeloos voordat ze haar speelkaarten gevonden had. Dat lag niet aan haar. Iemand had ze in de magnetron gelegd.

Patience is natuurlijk drie keer niks, maar het ordenen van die stomme speelkaarten geeft haar het gevoel alsof ze zichzelf weer op orde heeft. En ondertussen tikt de klok vrolijk verder en voordat ze het weet mag ze weer naar bed.

Opgeruimd schudt ze de kaarten. Zolang er maar structuur is. Ze heeft duidelijke patronen nodig waarlangs ze zich kan bewegen, als een tekening die ontstaat door met een potlood de cijfertjes met elkaar te verbinden. Het liefst kreeg ze iedere dag een *call sheet* met de mail, zoals ze bij de film doen, waar precies op staat waar en wanneer ze verwacht wordt en welke scènes ze moet spelen. Van improviseren heeft ze sowieso nooit veel begrepen. Dat stuurloze gerommel van door elkaar heen pratende acteurs, ze heeft er een bloedhekel aan. Nee, hulde aan de tekstschrijver. Als je gedoe wilt, kun je beter een stoeltje voor het woonkamerraam van je buren zetten, zo is het toch?

Soms lijken haar dagen in nevelen gehuld. Het komt door haar nachten. Ze slaapt zo slecht dat het niet gek is dat ze zich overdag soms afwezig voelt. Meer dan ooit hecht ze aan haar dagelijkse rituelen. 's Ochtends dwingt ze zichzelf om alles precies zo te doen als ze altijd heeft gedaan, van het insmeren van haar lichaam tot aan haar zonnegroet voor het geopende raam. Daarna smeert ze crème op haar raam en groet ze haar lichaam. Haha, nee hoor, gekkigheid. Maar de blouse en de pantalon die ze gisteravond heeft klaargelegd trekt ze deze morgen niet aan, want daar zitten allemaal vreemde vlekken op. Bovendien voelt de versleten badstof van haar huispak zo heerlijk zacht en vertrouwd dat ze denkt: Kind, wat kan het je schelen? Er is toch niemand die het ziet.

Op het blad van haar kaptafel ligt een antieke ring die ze niet kent. Hoe komt ze daar nou aan? Hij is van goud en er zit een opvallend grote parel in. Ze pakt hem op en probeert hem om haar ringvinger te schuiven, maar hij is te klein. Ze probeert haar pink, ze krijgt hem niet verder dan het eerste kootje. Zijn haar vingers dikker geworden? Ze strekt haar hand voor zich uit en bekijkt hem tevreden: zo'n ring halverwege is eigenlijk best mooi, beetje oosters, beetje Cleopatra. Ze kan zich niet herinneren hoe ze eraan gekomen is, maar er zit een vergeeld papiertje bij waarop met sierlijke krulletters een heel verhaal geschreven staat. '*... namens de Amsterdamsche burgerij aan haar overhandigd heeft...*' Toe maar, de gehele Amsterdamse burgerij nog wel.

Maar als ze zo'n belangrijke actrice is, waarom zit ze dan thuis patience te spelen? Waarom staat ze dan niet ergens in het land op het toneel?

Ze schudt de kaarten en spreidt ze voor zich uit, één kaart open, zes dicht, weer een kaart open, vijf dicht, net zolang tot er zeven stapels liggen. Dan klinkt er ineens een hard en schel geluid. Ze schrikt op. Haar hart klopt in haar keel. Wat was dat? Er valt iets. Ze kijkt en ziet dat het de ring is. Hij stuitert over het tapijt, raakt iets en schiet onder haar bed. Ze laat zich op de grond zakken, bukt zich en tuurt tussen de beddenpoten door het donker in. Ze zou een zaklamp moeten pakken. Ze ziet geen hol. Op dat moment klinkt het schelle geluid opnieuw. Van schrik veert ze op en stoot haar hoofd. 'Godallemachtig,' mompelt ze, en ze krabbelt gehaast terug en kijkt om zich heen. Wat is het? Wat hoort ze nou toch steeds? Ach ja, het komt natuurlijk uit haar keuken, alles piept en rinkelt daar tegenwoordig. Terwijl ze omhoog komt hoort ze haar knieën knakken.

In de keuken legt ze haar hand op de oven om te voelen of hij aanstaat, ze legt haar oor tegen het deurtje van de magnetron en controleert of haar ijskast wel goed dichtzit. Ze schrikt zich een hoedje wanneer Kitty ineens uit de trommel van de wasmachine springt en wegrent. 'O, rotkat!' roept ze hem na. 'Hoe vaak moet ik je nog zeggen dat je daar niet in mag slapen?' Dan kijkt ze haar keuken rond. Wat doet ze hier eigenlijk? Wilde ze iets pakken? Ze kan het zich niet herinneren. Een paar tellen blijft ze staan, wachtend tot het haar weer te binnen schiet. 'Tiktak,' zegt de klok boven het aanrecht, zo hard dat het lijkt alsof hij met iedere seconde de aarde een stukje verder rond haar as duwt.

Ze gaat in de woonkamer zitten, steekt een sigaret op en bekijkt zichzelf in de weerspiegeling van het raam. Daarachter kijkt de wereld terug. Het begint al donker te worden. Het waait hard. Zo nu en dan slaat een roffel waterdruppels tegen het venster, ze ziet hoe ze door de wind uiteen worden geblazen en grillige patronen trekken over het donkere glas. Een klein moment voelt ze zich nietig en onbelangrijk, dan klinkt van buiten haar naam: 'Catherina!'

Krijg nou wat! Ze staat op, loopt naar de vensterbank en kijkt naar buiten. Beneden haar ligt de straat, pikzwart. Alles glimt er van de nattigheid. Verder niks bijzonders. Ze knijpt haar ogen tot spleetjes. Staat daar op de stoep iemand naar haar te zwaaien? Beleefd zwaait ze terug, ze moet wel, zonder publiek geen theater. Dan trekt ze de gordijnen dicht en neemt weer plaats bij haar salontafel. Waar zijn haar kaarten nou gebleven? Verbaasd kijkt ze om zich heen. De boze buitenwereld raast stormachtig rond haar huis, drukt op haar bel, roept haar naam. Binnen verdwijnen haar kaarten.

Beneden in de gang klinkt rumoer. Wat is er toch aan de hand? Ze staat op, loopt naar haar voordeur en legt haar oor ertegenaan. Er klinken voetstappen, ze komen de trap op. Ze verstijft. Er is iets goed mis. Angstig kijkt ze om zich heen, ze moet zich verstoppen, maar waar? Iemand bonst op de deur. Ze slaat een hand voor haar mond, ze mag niet gillen. 'Catherina?!' hoort ze een vrouwenstem roepen. Ze weten wie ze is! Ze kennen haar naam! Ze opent haar mond, ze wil zeggen dat ze weg moeten gaan, maar haar keel zit dicht, er komt geen geluid uit. Er wordt een sleutel in het slot gestoken. Haar ledematen bevriezen. De deurklink beweegt naar beneden, de scharnieren kraken. Ze wil roepen, maar de woorden zitten vast. Zachtjes gaat de deur open. Een vreemde vrouw kijkt haar bezorgd aan. Daarachter staat haar moeder, ze zegt: 'Catherina?' Maar het is niet haar moeder, ze lijkt alleen maar op haar.

'Ach, het spijt me zo,' stamelt de onbekende, 'we konden geen contact met je krijgen en ik ...'

'Doet je bel het niet? En wat is er met je telefoon?' zegt de vrouw die haar moeder niet is. Ze loopt meteen door naar de achtergevel, schuift daar het raam omhoog en steekt de pin erin. 'Sinds wanneer rook jij weer?'

'Was ik gestopt dan?'

'We waren bang dat er iets was,' zegt de onbekende vrouw. De wind blaast gemeen naar binnen.

'Moet dat?' vraagt ze en ze rilt.

'Wat is er allemaal aan de hand? Ik hoor allerlei verhalen, je reageert niet op je bel?'

'Laura?' Nu ziet ze het ineens. Het is haar eigen dochter. 'Wat doe jij nou hier?'

'Iedereen maakt zich zorgen, George zegt dat je verward bent.'

George? Ze weet niet wat ze hoort. 'George zegt dat ik verward ben? Pff, moet hij zeggen.'

'Hij belde me en je producent ook, ze...'

'En George zegt dat ik verward ben?' Ze schudt ongelovig haar hoofd. Van je vrienden moet je het hebben. 'Nou, die hoef ik voorlopig niet meer te zien.'

'Wat is er met je aan de hand? Waarom heb je je niet aangekleed? Waarom rook je weer?'

'Wacht eens even?' Ineens ziet ze waarom Laura haar zo enorm aan haar moeder deed denken.

'Wat?'

'Kijk me eens aan?'

Laura kijkt verbaasd naar haar. Ze pakt haar dochter bij de schouders en bekijkt haar gezicht.

'Wat is er?' vraagt Laura. Ze klinkt onzeker.

'Het zijn je ogen.'

'Pardon?'

'Je ogen, precies mijn moeder.'

'Jezus, ik kom hier helemaal naartoe omdat iedereen zich...'

Ze onderbreekt haar. 'Niet de vorm of de kleur, maar hoe je kijkt.'

'Zoals ik kijk? Je vindt dat ik zoals oma kijk?' Laura lacht schamper. 'Nou, lekker dan...'

'Vind jij van niet?'

'Ik vond dat oma altijd heel ongelukkig uit haar ogen keek, maar luister...'

'Precies! Jij hebt dat ook. Alsof je niet begrijpt waarom het leven zo gemeen is terwijl je toch zo ontzettend hard je best doet.' Laura's gezicht verstrakt. 'En nou ben je weer beledigd.'

'Welnee, ik b...'

'Jawel. Je bent beledigd. Ik zie het aan je. Waarom komt alles wat ik zeg altijd zo verkeerd over bij jou?'

Laura

'Met mij is niks aan de hand.'

De huisarts bekijkt Catherina met professionele belangstelling en zegt: 'Dus u hebt nergens last van?'

Grote onschuldige ogen. 'Waar zou ik last van moeten hebben?' Ze geeft Laura een knipoog.

'Maar ú maakt zich wel zorgen,' zegt de dokter tegen haar.

'Ja,' antwoordt Laura.

'En waarom dan precies, als ik vragen mag?'

'Ik vind haar... eh... verward' Ze durft Catherina er niet bij aan te kijken.

'Maar u herkent zich daar niet in?' Hij richt zich weer tot Catherina.

'Pardon?'

'U herkent zich niet in wat uw dochter zegt, dat u verward bent?'

'Nee, natuurlijk herken ik me daar niet in.'

Laura krijgt het er warm van. Ze trekt haar sjaal af en doet haar jas uit.

'Mag ik vragen waarom u dan toch hiernaartoe gekomen bent?'

'Dat zei ik toch, lieve man, omdat mijn dochter dat zo graag wilde.'

‘Nou, Catherina, we waren het erover eens dat...’

‘Een moment graag,’ onderbreekt de dokter haar, ‘ik wil het van uw moeder zelf horen.’ Hij richt zich weer tot Catherina. ‘Ik heb de indruk dat er wel degelijk iets met u aan de hand is, klopt dat?’

Catherina steekt hulpeloos haar armen in de lucht en schiet in de lach. ‘Ik heb echt geen idee, jongeman!’

‘Hè, toe nou!’ valt Laura ineens uit. Ze kan zich niet langer inhouden. ‘Je weet toch nog wel hoe je vorige week was? We vonden alle twee dat je naar de dokter moest!’

‘Ja ja ja...’ Catherina kijkt schuldbewust. ‘Dat is ook zo.’

‘Dus vorige week was er wel iets aan de hand?’ vraagt de dokter.

‘Pfff...’ Catherina wimpelt zijn vraag weg. Gaan ze nou op alle slakken zout leggen?

‘Catherina had...’ begint Laura, maar de dokter onderbreekt haar alweer.

‘Mag ik het alstublieft van uw moeder zelf horen? Mevrouw Pecheur?’

Catherina glimlacht charmant. ‘Zeg het eens, dokter?’

‘Wat was er vorige week aan de hand waardoor u vond dat u bij me moest komen?’

‘Ach, ja.’ Catherina glimlacht verlegen, buigt haar hoofd en zucht. Nu gaat ze iets spelen, denkt Laura. ‘Ik heb een lastige tijd achter de rug en ik heb een moeilijke beslissing moeten nemen.’ Ze ademt diep in en recht haar schouders. ‘Ik ben uit een stuk gestapt.’ Het klinkt alsof paukenslagen haar moeten ondersteunen, het licht zou moeten flikkeren, de donder zou moeten klinken en haar publiek zou moeten sidderen. Maar de dokter knikt alleen maar en schrijft iets op.

‘En waarom bent u precies uit dat stuk gestapt?’ wil hij weten.

'Ach, wat zal ik daar nou op zeggen?' Ze plukt pluisjes van haar sjaal. 'Weet je, ik speel al meer dan vijftig jaar, vijf-tig jaar, dat is een hele tijd, hoor, je kunt het zo gek niet bedenken of ik heb het gespeeld.' Ze kijkt getroffen in de verte, alsof ze daar de hele optocht voorbij kan zien komen van personages in wier huid ze ooit gekropen is.

'Maar waarom?'

'Waarom wat?'

'Waarom bent u eruit gestapt?' vraagt de dokter.

'Nou, wat denk je?' Laura ziet dat haar ogen rood worden 'Vanwege al die tekst natuurlijk.' Catherina klinkt schor. 'Lappen tekst en ik...' Ze fluistert onmachtig: 'Ik kan dat niet meer. Ik kan dat gewoon niet meer.' Ze klemt haar lippen op elkaar en verzamelt moed om verder te praten. 'Het is de leeftijd, ik moet daar gewoon eerlijk over zijn, maar ik schaam me dood, o god, wat schaam ik me.' Laura houdt haar adem in. 'Weet je, dokter,' gaat Catherina verder, 'het kan de beste overkomen. Ik ken zo veel echt goeie acteurs die moeite kregen met hun tekst. Henk van... God, hoe heet-ie nou? En de oude Kraaij... Ach, de oude Kraaij. Van hem was toch algemeen bekend dat hij op het laatst meer contact maakte met z'n oortje dan met zijn tegenspelers? Ver-schrik-ke-lijk gewoon, want echt, dat is niks, hoor, zo'n oortje. Je ziet iemands blik naar binnen keren, alle timing is weg, alle ritme ook, robots worden het, tekstmachines waar alle bezieling uit is verdwenen. Dan kun je maar beter op tijd stoppen, hoe moeilijk dat ook is.' Ze zucht. 'Ellen stopte pas op haar vijfentachtigste. Daarbij vergeleken ben ik natuurlijk maar een jonkie, ik weet het, maar als je eenmaal problemen krijgt met je tekst...' Ze schudt haar hoofd in een diep tragisch gebaar en slaat dan haar ogen neer. Laura voelt tot haar eigen verbazing echt medelijden met haar. 'Ik voel me zo afgeschreven,' hoort ze haar piepen. 'Ik bedoel, wat moet een actrice nou als ze niet meer kan spelen? Joop wilde op het laatst niet eens meer op vakantie, zo verknocht was die man aan het toneel, en Ko, ach nog zo eentje, in het harnas gestorven. Iets anders dan "speulen" bestond er gewoon niet voor die man! Ja, vrouwen, hahaha, daar lustte die ouwe snoeperd wel pap van, maar...' Tranen rollen over haar wangen. 'Ik bedoel, wat blijft er over zonder de verbeelding?'

De dokter haalt een glaasje water. Laura wrijft onhandig over Catherina's arm. Zo intiem zijn ze nog nooit geweest. Ze ziet Catherina onwennig naar haar kijken. De dokter stelt voor om een test te doen: hij zal een paar vragen stellen en dan moet Catherina antwoord geven. Ze droogt haar wangen af en gaat er eens goed voor zitten. Een testje, leuk!

'Ik noem drie woorden: appel, sleutel, tafel.'

'Ah mooi. Zal ik er nu ook drie noemen?'

'Nee, zegt u mij maar na: appel, sleutel, tafel.'

'Die heb je net ook al genoemd.'

'Hoe laat is het?'

Catherina kijkt op de klok. 'Bijna twee uur?'

'Welke drie woorden noemde ik net?'

'Appel, sss-strüdel! Nee, het was iets anders, hè? O god, ik weet het niet meer! O, wat errug!'

'In welke provincie zijn we?'

'Amsterdam?'

'Provincie?'

'Och, provincie, tuurlijk.' Ze giechelt een beetje ongemakkelijk. 'Noord-Holland?'

'En stad?'

'Enstad. Ken ik niet. Waar ligt dat?'

'Wat is mijn naam?'

'Dokter... Bibber?' Ze kijkt als een stout kind. 'Sorry, dat is echt flauw!'

‘Wat waren de drie woorden die ik net noemde?’

‘O ja, wacht even, ik weet het wel, dat was eh... god, wat was dat nou? Jezus...’ Ze kijkt op. ‘Nee, hè? Het was niet Jezus toch? Nee, zie je, dát wist ik wel.’

‘Wilt u van honderd zeven aftrekken?’

‘Aftrekken?’

‘Ja.’

Ze kijkt naar Laura.

‘Van honderd?’

‘Ja.’

‘Hoeveel zei je ook alweer?’

‘Zeven.’

‘Van honderd? Dat is... drieënnegentig?’

‘Min zeven?’

‘O, daar ben ik niet zo goed in, hoor, maar dat is... zesentachtig?’

‘Min zeven?’

‘Mijn god...’

‘Lukt dat niet?’

‘Jawel, hoor, aftrekken lukt altijd.’ Pretoogjes. ‘Waar waren we ook alweer gebleven?’ Er zit een lichte trilling in haar stem.

‘Maakt niet uit. Wilt u de volgende zin herhalen: Nu eens dit en dan weer dat.’

‘Hm, te makkelijk. Wat dacht je van: Knappe kappers kappen knap, maar de knecht van de knappe kapper kapt nog knapper dan de knappe kapper kappen kan?’

‘En wilt u dan nu dit papiertje aanpakken met uw rechterhand, het dubbelvouwen en neerleggen op uw linkerknie?’

‘Hoho! Eerst jij! Of wacht, nee, doe anders deze maar: Als vliegen vliegen en bijen vrijen, vliegen de vliegen de vrijende bijen vliegensvlug voorbij.’ En als de dokter weer niet reageert: ‘De kat krabt de krullen van de trap? Die ken je toch wel?’

Het is niet om aan te zien. Laura wil opstaan en weglopen. Ze wil opstaan en zeggen: 'Wat doe ik hier als er toch zogenaamd niks aan de hand is?' En dan weglopen. Ze wil opstaan, weglopen en Catherina nooit meer hoeven zien. Maar ze blijft zitten en ze houdt haar mond. Zoals altijd.

Niet veel later schudt Catherina de hand van de dokter. Laura helpt haar in haar jas en geeft haar de buideltas aan.

'Geen spijt dat u toch niet naar een andere dokter bent gegaan?'

Ze ziet Catherina verbaasd naar hem kijken, duidelijk geen idee waar hij het over heeft.

'Weet u het niet meer?'

'Nee, hiermee moet je mij toch echt even helpen.'

'U was boos op mij.'

'O ja, denk je dat?'

'Nee, dat was zo.'

'Ah ja.'

'En weet u ook nog waarom?'

Catherina kijkt onzeker naar Laura.

'Weet u het echt niet meer?'

Ze kijkt hem aan, vertwijfeld.

'Omdat ik u geen Ritalin wilde geven.'

'Och...'

'Waar heb jij Ritalin voor nodig?' vraagt Laura.

'Weet u het nu weer?'

'Ja ja.' Het is duidelijk dat ze liegt.

De dokter gaat weer zitten. 'Mevrouw Pecheur, met uw welnemen zie ik u graag over een maand of twee weer terug.' Dan kijkt hij naar Laura en knijpt even vaderlijk zijn ogen samen.

Die nacht lukt het Laura niet om te slapen. Urenlang staart ze naar de vlekken in het donker, en voelt zich meer dan ooit verlaten. Ineens is daar die geur weer, de geur van. Het lukt niet om het te benoemen, het is alsof de betekenis zich voor haar verstopt. Ze ziet zichzelf als kind in het grote bed in de Eerste Helmersstraat. Naast haar lag Catherina met haar rug naar haar toe, haar lichaam schokte. Ze huilde. Er hing een vreemde geur in de kamer, niet zoals het er normaal gesproken rook. Het was de nacht na die verschrikkelijke repetitie waarbij Catherina zomaar ineens het toneel af was gerend. De dame van de grime had Laura ten slotte naar huis gebracht. Met de sleutel aan het koordje om haar nek was ze binnengekomen en in het donker was ze naast Catherina in bed gekropen. Ze begreep niet wat er aan de hand was, ze wist niet waarom Catherina de repetitie had verstoord. Ze weet het nog steeds niet, maar de geur die toen in hun slaapkamer hing, is wat ze nu opnieuw ruikt: een niet te definiëren weeë lucht. Het ruikt naar... Ineens heeft ze het juiste woord te pakken, het is angst, doodsangst. Ze moest Catherina weer gelukkig maken, daar hing alles van af. Ze poetste het huis en deed de afwas, smeerde toastjes, schonk wijn in en stak de kaarsjes aan, ze rende twintig keer per dag de trap op naar zolder om iets te gaan halen wat Catherina nodig had en was vooral niet lastig, nooit lastig.

Maar ze moest iets over het hoofd hebben gezien, want op een zekere dag kwam er iemand in hun leven die Catherina beter kon helpen dan zij. Hij heette Edward. Hij nam Catherina mee naar zijn huis in België en liet Laura bij haar opa en oma achter. En het ergste was dat ze dat allemaal aan zichzelf te danken had. Ongewild had ze het uiteindelijk toch verpest en daar kon ze niemand de schuld van geven, behalve zichzelf.

Catherina

'Mevrouw Pecheur?'

'Zeg het eens?'

'Kunde mij verstaan?'

'Ja hoor.'

'Allo?'

'Hallo?'

'Kunt. Ge. Mij. Verstaan?'

' Ja. Ik. Kan. U. Heel. Goed. Verstaan.'

'Ah perfect!'

'Fijn. Kunt. U. Mij. Ook. Goed. Verstaan?'

'Jaja, heel goe, heel goe. Mevrouw Pecheur?'

'Ja, dat ben ik. En met wie heb ik de eer te spreken?'

'Dominique, Dominique Van Den Berg.'

'Ah, Dominiquevandenberg.'

'Uwen buur.'

'Je bedoelt Frans?'

'Nee, Belgisch.'

'Hahaha, nee, ik bedoel, Frans, van Frans en Marijke?'

'Nee, Dominique, van Pascal en Dominique. Uit Voort.'

'Noord?'

'Nee, Voort. In België. Waar dat uw huis staat.'

Een Belg? Uit Voort? Wat doet een Belg uit Voort in haar telefoon?

'Mevrouw?'

'Ja ja, zeg het eens?'

'D'r is... eh... d'r is een accident gebeurd.'

'Hè gets, wat vervelend nou. Met je auto?'

'Nee, met het huis.'

'Met je huis?'

'Nee, met uw huis.'

'Ben je gaan rijden met mijn huis?' Ze lacht. Dolkomisch dit.

'Mevrouw Pecheur?'

Geen humor, die Belgen. 'Ja ja?' Ze gaapt.

'Kunde mij verstaan?'

'Ja, Dominiquevandenberg, ik kan u heel goed verstaan.' Ach, ineens zo moe, zo moe.

''t Is in verband met uw huis, ik vrees dat ge de laatste keer dat ge d'r waart, dat ge toen, waarschijnlijk zonder d'r bij na te denken natuurlijk, dat ge...'

Och och och, wat komt die man lastig uit zijn woorden. 'Dominiquevandenberg?'

'Ja?'

'Kan ik u later terugbellen? Het komt even helemaal niet uit.'

'O, da's zeker, maar...?'

'Wat is uw nummer?'

'Hetzelfde als altijd.'

'Mooi zo.'

'Dus dan belde mij rap terug?'

'Ja ja.'

'Oké dan, goeiendag, mevrouw Pecheur.'

'Dag, hoor.'

Laura

Het regent nog steeds. Zelfs op de spaarzame momenten dat het heel even droog is, regent het door omdat de wereld zo doorweekt is dat alles nog uren nadruppelt. Om de moed erin te houden koopt Laura op internet een vrolijke regenjas in de kleur van de ondergaande zon. De jas doet haar aan Puck denken. 'Vergeet je spiegelei niet,' merkt Rupert op wanneer ze de deur uit gaat. Ze begrijpt niet wat hij bedoelt en haast zich naar buiten.

'Verhalen in de klas' heeft inmiddels vaste vorm gekregen, maar ze voelt zich er nauwelijks nog mee verbonden. Bijna plichtmatig voert ze haar taken uit. Ze kijkt reikhalzend uit naar het moment dat het allemaal loopt en ze zich uit het project kan terugtrekken. De enige grote klus die haar nog te wachten staat is de lancering, maar daar heeft Elske zulke uitgesproken ideeën over dat ze haar alleen maar hoeft te volgen.

Wanneer ze natgeregend het Achilles binnenkomt en in het donkere glas van de conciërgekamer een klaar-over voorbij ziet komen, snapt ze Ruperts opmerking ineens. Snel trekt ze het oranje geval uit en duwt het beschaamd tussen de andere jassen aan de kapstok. Hopelijk is hij straks gestolen.

Soppend in haar schoenen loopt ze richting Elskes kamer

en spreekt zichzelf moed in. Nog even en het is voorbij. Ze weet niet wat ze daarna moet, maar er komt vast wel iets. Alles is beter dan dit. Aan het einde van de gang hoort ze stemmen. Er wordt gelachen. Er klopt iets niet. Of ze heeft zich in het tijdstip vergist, of Elske heeft iets georganiseerd wat ze vergeten is tegen haar te zeggen. Opnieuw wordt er gelachen. Er klinkt iets in door wat haar bekend voorkomt. Vertwijfeld loopt ze verder en opent de deur, misschien had ze toch eerst even haar mascara moeten checken, maar dan is het al te laat, drie paar vrouwenogen kijken haar aan. Elske zit er, daarnaast Jacobijne Korteweg, de directeur van de Stadsschouwburg, en daar weer naast Catherina Pecheur, haar bloedeigen moeder.

'Sorry, we waren uit enthousiasme al begonnen' zegt Elske. 'Kom snel zitten.'

Laura zou nu iets moeten zeggen, maar er schiet haar niks te binnen. Elske en Jacobijne wisselen een steelse blik, Catherina lacht een beetje afwezig.

'Ik ben zo vrij geweest om zelf je moeder te bellen.'

Ik zie het, wil Laura zeggen, maar Catherina is haar voor: 'Och kind, ik vind het geweldig!' lacht ze.

Laura gaat zitten. Ze heeft het ineens verschrikkelijk warm en trekt haar vest uit.

'Je moeder vindt het een eer en ze heeft er ontzettend veel zin in, zo is het toch, mevrouw Pecheur?'

'Zeg maar Catherina, schat, en ik vind het geweldig!'

'We zijn je zeer erkentelijk,' vleit Jacobijne.

'Alles voor de goede zaak, zeg ik altijd maar.' Catherina legt bescheiden een hand op haar borst. 'Maar jullie begrijpen dat mijn tijd beperkt is. Dus zullen we verder?'

'Moet je weg?' vraagt Laura.

'Ja, maar ik heb nog wel even, hoor.'

'Waar moet je naartoe?'

'Winterswijk.'

'Wat ga je doen in Winterswijk?'

Catherina kijkt uitdagend terug. 'Spelen.'

'In Winterswijk?'

'Niet zo uit de hoogte, lieverd, de mensen in de provincie hebben net zoveel recht op cultuur als jij.'

'Ben je toch weer gaan spelen? Ik dacht dat...'

Catherina wappert met haar hand in de lucht, niet belangrijk.

'In welke voorstelling speel je dan?'

'Zullen we het familiegebabbel tot na de vergadering bewaren, Laura? Er is nog een hoop te bespreken en je hoort het, je moeders tijd is beperkt.'

Elske schenkt voor iedereen een glas water in. Jacobijne lacht vriendelijk. Op hetzelfde moment klinkt er een langgerekte, harde piep in Laura's rechteroor, alsof er een geluidskabel wordt aangesloten. Het is bijna onmogelijk om zich te concentreren op wat er wordt gezegd. Het gaat over de lancering, dat kan ze nog wel begrijpen, want daarvoor zijn ze hier. Er blijkt al van alles te zijn bedacht. Ze vangt iets op over YouTube. Een soort clip.

'Geweldig,' hoort ze Catherina zeggen.

'... en terwijl jullie door de schouwburg lopen komen we ze allemaal tegen,' vervolgt Elske, 'de grimeurs, de toneelmeesters, maar ook de leerlingen en de leraren...'

'Geweldig,' zegt Catherina weer.

'... de schoonmakers, de kantinemedewerkers, de technici, en iedereen rapt met jullie mee.'

'Rapt?' vraagt Laura verbaasd.

'Don't worry, tell me your story,' rapt Elske met twee vingers in de lucht en een gespeelde frons tussen haar wenkbrauwen.

'Right on,' lacht Jacobijne.

'Enig!' roept Catherina.

'Is dat echt een nummer? Ik ken dat niet.' Ze praat te hard. Het komt door de piep.

'We hebben het laten maken.'

'Door El Zaad.'

'El Zaad?' Ze roept het bijna.

'Je weet toch wel wie El Zaad is?'

Ja, natuurlijk weet ze wie El Zaad is.

'Gaaf, hè?' zegt Elske.

'Geweldig!' roept Catherina voor de zoveelste keer.

Laura staart haar aan. Ze kijkt het kringetje rond. Ze probeert naar zichzelf te kijken zoals ze daar zit. Wat doet ze eigenlijk nog in deze flipperkast? Waarom stapt ze niet op? Ook in haar linkeroor begint het te piepen. 'Wat wordt het allemaal leuk!' hoort ze Catherina in de verte roepen en ze ziet hoe ze verrukt in haar handen klapt. 'Ik heb er helemaal zin an! En wanneer is de première?'

'Opening,' verbetert Elske.

Catherina kijkt haar een moment wezensvreemd aan. Elske gaat weer verder, want er zijn meer plannen, er zijn interviews met Catherina, misschien zelfs op tv. De burgemeester van Amsterdam heeft toegezegd dat ze aanwezig zal zijn bij de opening.

'En wat is mijn rol?'

'Je bedoelt bij de opening?'

'Ja, bij de... opening. Wat speel ik precies?'

'Jij mag alles aan elkaar praten.'

'Aha, als een soort verteller dus?'

'Zo zou je het kunnen noemen.'

'Met of zonder vierde wand?'

Elske kijkt haar niet-begrijpend aan, dan zoekt ze steun bij Jacobijne.

Laura denkt: ik heb Elske nooit eerder zien twijfelen.

'Spreek ik het publiek toe of ben ik onderdeel van de verbeelding?'

'Je spreekt ze toe.'

'Dus geen vierde wand. Mooi, heel mooi.'

'Goed, de opening...' gaat Elske verder, maar Catherina heeft alweer iets bedacht wat ze weten wil: 'Als mezelluf of speel ik een rol?'

'Het gaat niet om een stuk, Catherina, maar om een opening.' Laura fluistert, maar waarschijnlijk toch te hard. Om haar heen wordt zenuwachtig geschuifeld.

'Jij hoeft mij niet te vertellen waar het om gaat, Lautjelief, ik ben een professional. En je hoeft niet zo te schreeuwen, want ik versta je best.' Ze draait zich weer terug naar Elske. 'En mijn kostuum?'

'Het is geen voorstelling,' herhaalt Laura, dwingender dit keer.

'Maar er is toch wel iets met kleding geregeld?'

'Kunnen we nog iets met kleding regelen?' vraagt Elske aan Jacobijne.

'Ik heb mijn eigen kapper, zeg ik maar alvast. George is mijn handtasje, die draag ik overal mee naartoe.'

'Het is maar een ope...'

'Séjour? Daggeld? Of is er catering aanwezig? Het is heel belangrijk om goed te eten, dat wordt dikwijls onderschat.'

'Catherina?' Ze kijkt haar streng aan.

Catherina doet alsof ze het niet merkt. 'Een goeie maaltijd is essentieel, es-sen-tjeel, zowel voor het groepsgevoel als voor het algehele idee gewaardeerd te worden.'

Laura staat op.

'Ik heb geen agent zoals al die jonge mensen tegenwoordig hebben,' gaat Catherina verder. 'Ik doe het allemaal zelf, maar dat betekent niet dat je mij een oor aan kunt naaien, integendeel zou ik bijna zeggen.'

Laura pakt haar bij de arm. 'Kom, ik breng je even naar huis.'

Maar Catherina maakt zich los. 'Dus, séjour of catering? Het is mij om het even, als er maar iets geregeld is.' Ze werpt Laura een boze blik toe.

Opnieuw pakt Laura haar vast, maar dit keer rukt Catherina zich woedend los. 'Wat doe jij toch allemaal, zeg?! Laat me toch gewoon mijn ding doen! En zit niet zo aan me te trekken!'

'Kom nou maar.'

'Godallejezusnogantoe, wat zeg ik je nou! Laat me gewoon, ga eindelijk iets van je leven maken!'

Het volgende moment ziet ze zichzelf door de gang lopen op weg naar de uitgang. De kapstokken zijn leeg, alle jassen zijn verdwenen met uitzondering van die van haar.

'Pak je maar goed in,' zegt de conciërge, 'het hoost.'

Terwijl ze met haar tas boven haar hoofd door de plassen richting haar auto rent hoort ze haar telefoon al rinkelen, ze neemt pas op wanneer ze achter het stuur zit. Ze is doorweekt.

'Ben je nou gewoon weggegaan?' hoort ze Elske vragen.

'Ja.'

'Zonder je moeder mee te nemen?'

'Ja.'

'Die laat je hier gewoon zitten?'

'Ze wilde niet mee, je zag het.'

'Je kunt haar toch niet zomaar achterlaten?'

'Sorry, hoor, maar jullie hebben haar toch uitgenodigd?'

'Dat meen je niet?!'

'Ja hoor, dat meen ik wel.'

'Jezus...'

'En ik stop met "Verhalen voor de klas". Ik wil weer gewoon alleen maar lesgeven.'

'Dat gaat niet, Laura. We gaan bijna van start, je kunt nu niet...'

'Regel dan maar iets, want ik doe het niet meer.' Ze is verbaasd dat haar stem niet laat horen hoe kapot ze zich vanbinnen voelt. Haar hersenen staan in brand. Wanneer ze de kruising met de Johan Huizingalaan nadert, ziet ze te laat dat het stoplicht op rood springt. Ze kan niet besluiten wat ze moet doen, alsof er kortsluiting in haar hoofd is. Ze rijdt zestig kilometer per uur, dat is te hard om nog te remmen, dus geeft ze gas terwijl ze weet dat het niet verstandig is. Ze knijpt haar ogen dicht en zet zich schrap voor de klap.

'Hallo? Hallo?' klinkt de stem van Elske uit haar telefoon.

En dan tuft ze alweer verder aan de andere kant van de kruising. Ongedeerd, zonder dat er ook maar één claxon heeft geklonken of zelfs maar één autoband heeft geslipt. Ze had in één klap overal van verlost kunnen zijn: haar werk, Catherina, een dochter die haar dochter niet wil zijn. Maar ze rijdt gewoon naar huis, zoals ze al jaren naar huis is gereden.

'Hallo? Hallo?'

Ze kijkt naar haar telefoon, opent haar raampje en gooit hem naar buiten.

Gedurende zo'n honderd meter is ze echt opgelucht, bijna alsof ze haar eigen kracht weer heeft teruggevonden, maar dan slaat de twijfel toe. Bij het eerstvolgende stoplicht draait ze om, rijdt terug, parkeert de auto op de rand van de stoep en zoekt, zichzelf vervloekend, bijna een half uur lang in de berm totdat ze eindelijk haar mobiel heeft gevonden, die zo beschadigd is dat ze hem beter had kunnen laten liggen.

Zodra Rupert alles heeft gehoord, meldt hij haar ziek.

Het is prettig om even niks te hoeven en verzorgd te worden. Net alsof ze griep heeft. Ze wist niet eens dat ze zich zo slecht voelde.

Catherina

Liever nog dan in haar eigen woonkamer patience te spelen wandelt ze rond in het park. De frisse wind geeft ruimte in haar hoofd en waait zo heerlijk door haar haren. De stad klinkt ver weg. Dichterbij snateren de eenden. De borders zijn bezaaid met paars en geel. Nog even en alle bomen hebben bladeren en zij krijgt een kindje. Kreeg, bedoelt ze. Kreeg. Natuurlijk.

Ze steekt haar handen in haar zakken. Als je niet uitkijkt, kun je zwanger worden, voor actrices wordt geen uitzondering gemaakt. Maar gelukkig had ze Maarten. Maarten wilde voor het kindje zorgen. Maarten zei dat het allemaal goed kwam met haar en Johnny.

Zo noemde hij de kleine indringer, naar Johnny the Selfkicker. Het had met de kikkertest te maken, Maarten had een associatieve geest. Met zijn grote, grove kunstenaarshanden pakte hij regelmatig haar buik vast en praatte ertegen, ook toen er nog niks te zien was. Hij maakte een toeter van zijn handen en riep dat het een braaf kindje moest worden omdat zijn mama een Getalenteerde Actrice was die nog heel veel Indrukwekkende Rollen ging spelen aan het Grote Nederlandsche Tooneel!

Hij verheugde zich enorm op de kleine oproerkraaier. Als kunstprutser, zoals hij zichzelf noemde, had hij zeeën van tijd en ruimte genoeg in zijn atelier om een grote box neer te zetten, hij was al begonnen er een te bouwen. Een gigantisch ding werd het. Maanden was hij ermee bezig. Maarten had natuurlijk geen idee wat de zorg voor een baby behelsde, maar ze liet het gewoon zo, ze had zijn ongebreidelde optimisme veel te hard nodig.

Vrouwen vielen bij bosjes voor hem, wat begrijpelijk was, want hij was een indrukwekkende verschijning van bijna twee meter lang met dikke zwarte krullen en een sikje. Voor Catherina was hij te vleselijk, te aards, te gulzig en veel te vermoeiend. Hij dronk, neukte en schilderde als een beest en vond alles ge-wel-dig zoals alleen Maarten het woord 'ge-wel-dig' kon uitspreken. Alles was groots in zijn leven, iedere gebeurtenis was een happening of een bijna religieuze ervaring, ziek zijn noemde hij een bad trip, ruzie een ontlading, schilderen een flow, drank en drugs benzine voor de geest en seks het beste tijdverdrijf ever. Precies daar zat Catherina's tweede probleem. Maarten was promiscue. Wat volgens hem geen keuze was, maar een lot. De ene mens trouwt, de andere wordt kluizenaar en Maarten moest neuken. Zo was het gewoon. Wanneer hij moest kiezen tussen een succesvol leven als kunstenaar of iedere dag seks, koos hij ongetwijfeld voor dat laatste. Doodvermoeiend, ja, maar hij was nu eenmaal de vader van haar kind en hij wilde ervoor zorgen en zij niet.

Ze voelt of het briefje nog in haar zak zit dat ze al die maanden met zich meegedragen heeft. Er staat een telefoonnummer op van een vrouw op de Nieuwmarkt die iets doet met chemicaliën. Tip van Marianne. Ze rilt. Ze is als de dood voor de chemicaliën en ze is als de dood voor de plek waar ze worden ingebracht. En nu kan ze het briefje niet meer vinden. Maar het maakt niet uit, ze is toch al te laat. Gelukkig heeft ze Maarten.

'Met deze meesterlijke vertolking van Laura Wingfield hoeft Catherina Pecheur zich geen zorgen te maken over haar toekomst.' Het stond in de allereerste recensie die over haar geschreven werd. Ze moet spelen. Dat moet gewoon. Maarten mag rondneuken met wie hij wil, zolang hij maar voor het kind zorgt. Het is een goeie deal.

God, wat is ze moe. Ze moet echt even gaan zitten. Ze zakt door haar knieën, laat haar kont neerkomen op de grond en strekt haar benen. Er scheert een fietser langs haar heen die verstoord achteromkijkt. Ja, kijk jij maar, denkt ze, blij dat ze even zit. Wat een dag. Zo hárd gewerkt! En dan zo'n stevige wandeling er nog achteraan. Ze draagt er ook niet de juiste schoenen voor. Weet je wat, ze trekt ze gewoon even uit. Zo. Lekker wiebelen met haar tenen, de wave makend van haar kleine naar haar grote teen en weer terug. Een heel voetbalstadion vol tenen: jooooooooh, roept het tenenkoor uit volle borst en de grote teen dirigeert. Och, daar kon Lautje toch zo'n plezier om hebben. Wat een zoeterdje was dat toch. Helemaal geen oproerkraaier. Dat had Maarten echt niet goed gezien. Hoe Laura tevreden in haar blote kont in die reuzenbox zat, zich regelmatig gelukzalig rondwentelend in haar eigen poep, want Maarten vergat haar dikwijls een luier aan te trekken. Hij beweerde dat het goed voor haar weerstand was. Lautjepauwtjepoepkabouwtje. Zo noemt hij haar. Noemde, want hij is dood.

Maarten was een lieve vader, maar een ramp als man. Ze ziet hem weer liggen onder aan de trap van de kunstenaarssociëteit, met zijn snufferd op de klinkers van het Kleine-Gartmanplantsoen. Stomdronken naar beneden gelazerd. Zijn lijf in een onnatuurlijke spiraal. Het was niet prettig om naar te kijken. Maar zijn dood maakte haar niet echt verdrietig. Dat

Maarten nooit oud zou worden stond met koeienletters op zijn voorhoofd geschreven. Dat ze niet bij elkaar pasten evenzeer. Zijn val heeft hun vast een hoop ellende bespaard, daar heeft ze nooit aan getwijfeld. Zo en dan nu even oogjes dicht en snaveltje toe. Zo moe. Zo moe.

'Mevrouw?'

Een schattig meisje met een goud gespoten fiets aan haar hand kijkt vriendelijk op haar neer.

'Gaat het? Hebt u hulp nodig?'

'Welnee, lieverd, ik rust een beetje uit.'

Het meisje kijkt om zich heen en wordt net niet geraakt door een fietser die vanuit een zijstraatje het park in komt racen en op het laatste moment moet uitwijken. 'Kanker!' roept hij terwijl hij een moment gevaarlijk wankelt en weer verder fietst.

'Waarom gaat u niet op een bankje zitten? Kijk, er is er een leeg.' Ze wijst naar de overkant van het brede, doorgaande pad, waar drie bankjes naast elkaar staan met uitzicht op het water.

'Ja, dat is eigenlijk best een goed idee,' zegt Catherina. Ze trekt haar schoenen aan en laat zich door het meisje overeind hijsen. Samen lopen ze naar het lege bankje toe en gaan zitten. Catherina herschikt haar kleren. Het voelt een beetje ongemakkelijk ineens, net alsof ze iets moet verbergen.

'Bent u ergens naar op weg of gaat u terug naar huis?'

'Naar huis,' zegt ze resoluut, want het lijkt haar heerlijk om thuis te zijn. Er zit een soort kou in haar staartbeen die het ergste doet vrezen. Ze zal toch geen griep krijgen zo aan het begin van het seizoen?

'En waar woont u dan precies?'

Die vraag overvalt haar. Het feit dat ze geen antwoord heeft eigenlijk nog meer. Ze kijkt om zich heen en ziet dat ze in een park is, maar welk? Ze herkent niks, he-le-maal niks. Als ze over haar schouder kijkt, ziet ze een hek waarachter een straat begint.

'Wacht even, en dat straatje is...?'

'De Reyer Anslostraat, daar woon ik.'

'Ah.'

'U woont daar niet?'

'Nee, nee, ik woon... Zegt Voort je iets?'

'Voorst?'

'Nee, Voort, in België.'

'Woont u in België?'

'Nee, ik woon in Amsterdam.'

Het meisje begrijpt er zo te zien niet veel van. 'Hebt u kinderen?'

'Jazeker, ik heb Johnny.'

'Johnny?'

'Ja, eigenlijk heet ze Lautjepauwtjepoepkabouwtje.' Ze moet er zelf om lachen. Het meisje ook.

'Wat een lieve naam,' zegt het meisje, maar dan weet Catherina al niet meer waar ze het over hadden. Het gaat even helemaal niet goed, stelt ze onrustig vast.

'Het gaat geloof ik even niet zo goed,' mompelt ze beschaamd.

Het meisje strijkt bemoedigend over haar been. Ze is zo lief dat Catherina er bijna van huilen moet. Maar dat doet ze niet. Nee, hoor. Nooit zelf huilen. Het gevecht tegen de tranen is duizend malen interessanter dan de tranen zelf.

'Mag ik misschien even in uw telefoon kijken?'

Verdwaasd geeft ze het meisje haar telefoon, die ze kennelijk al de hele tijd in haar hand houdt. Verder heeft ze niks bij zich, geen jas, geen tas. Ze ziet hoe het kind met haar nepnagels behendig begint te scrollen. Ze tikt, scrolt, swipet en tikt weer verder met een snelheid die Catherina doet duizelen. 'Ik zie een Laura staan, is dat misschien uw Lautjepauwtjepoepkabouwtje? Zal ik haar dan maar proberen?'

Catherina knikt. Ja, Laura, zo heeft ze haar kleine meisje genoemd, naar Laura Wingfield uit *Glazen speelgoed*. Haar droomdebuut.

Het kind houdt de telefoon bij haar oor. 'En hoe heet u?' vraagt ze.

'Catherina Pecheur. Maar dat weet mijn dochter ook wel, hoor.'

Laura

Twee volle onderzoeksdagen in het ziekenhuis moet Catherina doorlopen en vandaag is de tweede. De eerste, nu een week geleden, begon meteen al goed. Ze zaten net in de spreekkamer van de neurologe toen Catherina zei: 'Je zou het niet zeggen, maar dit is mijn dochter.'

'O, maar dat kan ik goed zien, hoor.' De neurologe is een kleine mollige vrouw met een dieprode blos op haar wangen en een eigen koffiezetapparaatje achter haar bureau. 'Fijn dat u mee kon komen,' zei ze vriendelijk.

'Ze staat niet graag in de schijnwerpers, toch, Lau?'

'Nou eh...'

'Ze moffelt zichzelf liever een beetje weg.'

'Valt best mee, hoor.' Laura voelde zich meteen opgelaten.

'Het was nog best lastig wie ik mee moest nemen.'

'Wat bedoelt u daarmee precies?' vroeg de neurologe.

'Dat ik het knap lastig vond. Het liefst was ik alleen gekomen.'

'O ja?'

'Ja, want stel nou dat ik me uit moet kleden? Moet ik me uitkleden?'

'Misschien alleen uw...'

'En dat ik dan moet bukken? Ik barst van de vrienden, maar of ik die daarbij wil hebben?' Dit was weer typisch Catherina, altijd provoceren. 'Waar ik ook bang voor was,' ging ze verder, 'was dat jullie mij zouden vragen naar mijn ontlasting. Dat wil je natuurlijk niet met je vrienden erbij. Vandaar dus dat ik ineens op Laura kwam. Ja, die staat toch net iets verder van me af, maar ze is wel mijn eigen vlees en bloed, begrijp je? Niet dat er dan geen schaamte is, die is er natuurlijk nog steeds, maar anders. Bovendien is Laura schrijfster, dus...'

'Dus?'

'Die zijn wel wat gewend.'

'Ik ben geen schrijfster.' Het was misschien kinderachtig, maar ze vond dat ze het moest zeggen.

'Wat zeg je, schat?'

'Dat ik geen schrijfster ben. Ik ben docent.'

Catherina keek haar even aan. 'Nou, wat niet is kan altijd nog komen. Geeft niks, hoor.'

De rest van de dag bleef Catherina opstandig. Ze moest steeds het naadje van de kous weten voordat ze bereid was ergens aan mee te werken. De MRI-scan bijvoorbeeld weigerde ze in eerste instantie pertinent. 'Hallo zeg? Ik heb toch geen kanker, of wel dan?'

De radiologisch verpleegkundige legde haar heel geduldig uit hoe belangrijk het was om een goed beeld van de hersenen te krijgen, maar Catherina wuifde al zijn argumenten standvastig weg. 'Ik ga echt niet in zo'n capsule liggen, hoor, dank je de koekoek, straks word ik nog gebodysnatcht. Misschien zijn jullie allemaal al gebodysnatcht, weet ik veel? Denk maar aan Sigourney Weaver, of nee, ze heette anders, wie was dat nou ook alweer? Of die andere, hij zat ook in *Don't look now*. Nou goed, die wisten op het laatst ook niet meer wie ze nog konden vertrouwen.'

‘Maar oma, krijg je eindelijk de kans om naar een andere planeet geteleporteerd te worden en dan weiger je?’ Tot ieders verrassing stapte Puck opeens stralend de kamer binnen. ‘Weet je wel wat een enorme wachtlijst er voor dat ding is?’

Met ingehouden adem keek ze toe hoe Puck op Catherina afliep en haar voorzichtig richting MRI-scan begon te leiden. Na al die maanden van ongrijpbaarheid was ze daar gewoon, op maar een paar meter afstand, alsof het nooit anders was geweest. Ze durfde zich niet te bewegen, durfde niet eens met haar ogen te knipperen uit angst dat het ieder moment weer voorbij zou zijn.

Terwijl Catherina in de scan lag liep ze samen met Puck naar het restaurantgedeelte om koffie te halen. Koortsachtig vroeg ze zich af hoe ze het gesprek kon openen. ‘Hoe wist je nou dat we hier waren?’ vroeg ze uiteindelijk.

‘Van papa.’

‘Van papa?’ Laura moest haar tong afbijten om niet te vragen waarom Puck met Rupert had gebeld en niet met haar. Het zou misschien jaloers overkomen en ze wilde op geen enkele manier Pucks irritatie opwekken. Het allerbelangrijkste was dat ze even met haar samen kon zijn. Het was zo lang geleden. Beter babbelde ze alleen maar wat over ongevaarlijke dingen, wie weet kon ze haar een kort moment in de ogen zien of misschien een voorzichtig glimlachje bij haar tevoorschijn toveren. Ze moest niet te veel willen.

‘Hoe gaat het?’ vroeg ze zo luchtig mogelijk en ze wachtte gespannen af. Maar Puck begon aan een lang verhaal over een medestudente die in het park een keurige oude dame op het asfalt had zien zitten terwijl ze tegen haar tenen praatte. Laura had geen idee waarom ze met dat verhaal kwam en waar het naartoe ging, maar luisterde geïnteresseerd omdat het sowieso fijn was om naar haar te luisteren. Puck zei dat ze het meisje helemaal niet zo goed kende, maar dat ze toevallig samen op de rookplek bij de UB stonden.

'Ja mam, ik rook.'

'O. Oké.'

Puck was aan de beurt. Ze bestelde twee cappuccino's, rekende af en praatte toen pas weer verder. De studente had geprobeerd erachter te komen waarom de keurige dame in het park op het asfalt zat en hoe ze haar kon helpen. Ze had geen idee met wie ze te maken had, dus toen ze ineens haar naam hoorde, was ze lichtelijk geschokt: Catherina Pecheur. Was dat niet die beroemde actrice? Op dat moment had een ander meisje, dat daar ook stond te roken, zich naar Puck omgedraaid en verbaasd uitgeroepen: 'Hé, dat is toch jouw oma?' En zo kwam het dus dat Puck naar huis had gebeld.

'Maar waarom naar papa? En waarom niet naar mij?'

'Ik zeg: ik heb naar huis gebeld, mam. En papa nam op, niet jij.'

Ze kregen hun cappuccino's en liepen terug naar de afdeling waar ze Catherina hadden achtergelaten. Laura dacht: ik moet Puck zeggen hoezeer ik haar mis, maar het was alsof ze er de juiste woorden niet voor kon vinden. In plaats daarvan bleef ze maar vragen stellen. Of het huis waar ze woonde haar beviel. En haar huisgenoten? Wat vond ze van Noord? Was er genoeg in de buurt te vinden of moest ze voor alles de pont nemen? En hoe ging het met haar studie? Had ze al nieuwe vrienden gemaakt? Lukte het met de financiën? Leende ze niet te veel? En ga zo maar door. Op iedere vraag gaf Puck netjes antwoord, maar ze kwam zelf met geen enkele vraag, het wilde maar geen gesprek worden. Toen Catherina zich na een half uurtje weer bij hen voegde, was Laura op een bepaalde manier zelfs opgelucht. Puck gaf haar oma een dikke zoen, kneep even in de mouw van Laura's jasje en verdween weer net zo onverwachts als ze binnengekomen was.

Laura voelde zich uitgeteld, maar Catherina had van het scanapparaat op de een of andere manier bakken met energie gekregen en begon met veel aplomb uit te beelden hoe het was om je niet te mogen verroeren terwijl naast je oren twee bakstenen worden gecentrifugeerd. Een paar verpleegkundigen achter de balie begonnen te lachen.

'Kunnen jullie je voorstellen dat die dokter daar binnen nog nooit van Sigourney Weaver heeft gehoord?' vroeg Catherina theatraal aan een diëtiste die nietsvermoedend met een kar vol etenswaren voorbijkwam: '*Aliens*? Was hem ook al volledig onbekend! Hahaha, en dat noemt zich dan een wetenschapper!'

Laura pakte hun jassen en hun tassen, want ze wilde naar huis, maar Catherina scheen het er wel naar haar zin te hebben en verzette zich. Speciaal voor een echtpaar dat zat te wachten en al had gezegd dat ze fan waren, diepte ze op de valreep nog even een anekdote op uit haar tijd bij *Medisch Gasthuis Gooi*. Het was een nogal onsamenhangend verhaal over een figurant, die op een ok-bed onder een groen laken had gelegen en zogenaamd door haar geresemeerd moest worden. 'Gereanimeerd,' verbeterde de vrouw haar vriendelijk. Nou, als toneelspelende televisiedokter had ze uiteraard een medische cursus gevolgd, zei ze heel gewichtig, dus ze wist precies wat ze moest doen. Omstandig begon ze uit te beelden hoe ze het hart van de figurant onder het operatielaken had gesammeerd. 'Gemasseerd,' verbeterde de vrouw. Terwijl de camera's draaiden pompte ze drie tellen met volle kracht op 's mans hart en liet tussendoor steeds drie tellen los. Maar ergens halverwege de opnamereeks... Ze hikte. Een kort moment lukte het haar niet om verder te praten. Ze wapperde met haar handen in een poging de lachbui te bedwingen. Ergens halverwege de opnames, ging ze door, was van onder het laken zachtjes een steeds benauwder stemmetje gaan klinken. In het begin had ze er niet zo op gelet, want de camera's draaiden en ze wilde de opnames niet verpesten en daarom was ze gewoon lekker stevig door blijven smasseren, totdat... Ze kon haar lachen niet meer bedwingen. Totdat... de figurant... hahahahaha... de figurant riep!... hahahahaha... 'Hoger!' Ze schaterde het uit. 'Hoger!' riep hij. 'Vooruit nou, hoger, hoger!' Hahahahaha! Want wat bleek... Ze huilde van het lachen. Ze had zonder het te weten... take na take... met heel haar gewicht... hahahahaha... niet op zijn hart... hahahahaha... maar op zijn...

'Ja, we hebben hem door,' zei Laura snel en ze pakte Catherina beet om haar mee de wachtkamer uit te loodsen terwijl iedereen hen nakeek.

Vandaag is het de tweede onderzoeksdag. Eerst zal Catherina nog wat onderzoekjes krijgen en dan volgt na de lunch de uitslag. Laura heeft naar deze dag toegeleefd omdat ze hoopt Puck weer te zien. Ze heeft geoefend wat ze zal zeggen en nagedacht over de mogelijke reacties die ze verwachten kan. Ze zal zich hoe dan ook niet laten verleiden tot discussies. Ze heeft zich voorgenomen om, mocht Puck allerlei emoties bij haar losmaken, tot tien te tellen en alleen maar te antwoorden dat ze daar graag op een ander moment rustig over verder wil praten. In haar notities staat het nummer van een systeemtherapeut, niet omdat ze denkt dat hun problemen zo groot zijn dat ze er samen niet uit zullen komen, maar omdat ze wil dat Puck weet dat ze haar gevoelens serieus neemt.

Catherina is in een jolige bui en begroet de arts die op hen wacht met een joviaal: 'Goedemorgen collega!'

'Ach, ik wist niet dat u ook medicus was, mevrouw Pecheur?'

Ze ziet dat Catherina niet op dat antwoord gerekend had en legt snel uit: 'Mijn moeder heeft jarenlang een dokter gespeeld.'

'Aha,' zegt de arts.

'*Medisch Gasthuis Gooi*,' zegt Catherina. 'Daar heb je toch zeker wel van gehoord?'

De arts denkt even na en schudt dan van nee.

'Kom op nou, zeg! De kijkcijferhit van de jaren tachtig! Alleen als je onder een steen hebt geleefd kun je dat gemist hebben!'

'Het spijt me, maar...'

Catherina kan haar ergernis nauwelijks verhullen. 'Wie in deze kamer heeft nou eigenlijk een geheugenprobleem?' Ze probeert erom te lachen, maar het klinkt geforceerd.

'Sorry,' zegt de arts, 'ik was toen nog maar net geboren.'

Het is geen goed begin. Ze ziet hoe Catherina's ogen zich terugtrekken in die slaapstand die ze inmiddels bij haar herkent. De rest van de ochtend wandelt ze daas met haar mee. Ze kan zich ongeveer wel voorstellen hoe het voor haar moet voelen, al die witte gangen met deuren, soms een hoek om, een lift in en dan opnieuw door zo'n gang, steeds weer op weg naar alweer zo'n kamer die altijd weer lijkt op de vorige en waar steeds weer iemand anders zit in eenzelfde witte jas, maar met een andere naam op de badge.

Ze ziet echt wel dat Catherina haar best doet om alle vragen die op haar worden afgevuurd zo goed mogelijk te beantwoorden, maar het gaat haar allemaal een stuk minder goed af dan de vorige keer. Het lijkt alsof haar brein als kleffe cake tegen de binnenkant van haar schedel geplakt zit, zegt ze.

Laura heeft haar hoofd ook niet onder controle. Haar gedachten dwalen steeds af naar Puck. Een paar keer denkt ze haar door de gang aan te zien komen lopen, maar steeds is het iemand anders.

Halverwege de ochtend zitten ze weer ergens te wachten, zij aan zij, bladerend door hun tijdschriften als Laura te binnen schiet dat ze vroeger precies zo zaten, ruim veertig jaar geleden, in lijn 1 op hun vaste route van de Overtoom naar het Leidseplein. Het voelt ineens zo vertrouwd dat ze de neiging moet onderdrukken Catherina's hand vast te pakken. Catherina lijkt eenzelfde soort herinnering te hebben, want ze hoort haar zachtjes zeggen: 'Waar is mijn kleine Lautje toch gebleven?'

Ze voelt haar mond droog worden. 'Wat zeg je?' vraagt ze schor en ze twijfelt of ze het wel goed verstaan heeft.

Catherina kijkt haar verstoord aan. 'Wat zeg ik, zei ik wat?' Haar blik is troebel.

'Ik dacht dat je mij iets vroeg.'

'O ja? Wat dan?'

'Niks. Laat maar.' Ze bladert snel verder.

Voor de laatste afspraak van de dag worden ze opgewacht door de neurologe zelf. Ze schudt hun de hand en gebaart dat ze kunnen gaan zitten.

'U hebt veel tijd bij ons doorgebracht, mevrouw Pecheur, en er is een hoop gebeurd. Weet u het allemaal nog?' vraagt ze vriendelijk.

Catherina kijkt naar Laura, de blik in haar ogen is bijna aandoenlijk. Laura schiet in de lach. 'De dokter vraagt het aan jou, ik kan daar toch geen antwoord op geven?'

'Pfff, ik geloof dat ik echt m'n dag niet heb vandaag,' zucht Catherina verontschuldigend.

'Dat geeft helemaal niet,' zegt de neurologe. Catherina laat haar schouders hangen. 'Kunt u mij misschien vertellen wat dat precies inhoudt als u uw dag niet hebt?'

'Nou wat dat precies inhoudt kan ik niet zeggen, want precies ben ik allang niet meer. Ik hang aan elkaar met briefjes.'

'O ja? En wat bedoelt u daarmee?'

'Ach kind, eerst was het gewoon nog maar een briefje op mijn voordeur met *sleutels mee*, nou, dat begreep ik nog wel van mezelf, maar nu zit er ook een briefje op mijn koffiezet... ding, op mijn oven, mijn wakkermaakgeval, die andere oven die niet warm wordt, mijn tandenborstel, mijn haarblazer, overal heb ik opgeschreven hoe die rotdingen bediend moeten worden en ik moet dat ook echt lezen, want ik weet het allemaal niet meer. Ach, ik vergeet zoveel, zoveel. Het is echt verschrikkelijk. Er is elke dag wel iets wat ik niet meer weet en als ik daar dan op tijd achter kom schrijf ik het meteen op een briefje en plak het ergens op. Ze hangen werkelijk overal. Boven m'n aan... god, heet dat nou, in de keuken waar je... Nou, kom op, zeg...'

'Het is duidelijk, Catherina,' zegt Laura zachtjes.

'Zonder die briefjes ben ik nergens,' pruttelt ze nog na.

'Dat lijkt me best lastig,' zegt de arts.

'Dat is het ook.'

'En verder?'

'En verder wat?'

'Hoe gaat het verder?'

'Nou, verder is er eigenlijk niet zoveel. Ja, ik speel patience.'

'Wat leuk.'

'Nee, dat is helemaal niet leuk, maar ik moet toch wat.'

'U hebt verder niks te doen?'

'Kind, er was nooit tijd voor iets anders, ik heb mijn leven lang op het toneel gestaan, maar ja, dat gaat dus niet meer.'

'En waarom gaat dat niet meer?'

Catherina kijkt onzeker opzij naar haar. 'Ik kon geloof ik mijn tekst niet meer onthouden?' Laura knikt. 'Weet je, het is niet voor niks dat acteurs vaak willen doorspelen tot aan hun dood. Ze zijn helemaal vergroeid met dat vak, net als bij mensen die paardrijden, daarvan gaan de benen krom staan, dat komt ook nooit meer goed.'

'Hebt u geen hobby's?'

'Ik heb er maar één.'

'En dat is?'

'Toneelspelen.' Haar lach klinkt verdrietig. 'Weet u, iedere acteur droomt wel eens dat hij op moet, maar niet weet in welk stuk hij staat. Voor mij is tegenwoordig iedere dag zo.'

De neurologe knikt.

'Ik ben als een oude, versleten film die opnieuw aan elkaar is gelijmd, wie wil daar nog naar kijken?' Ze kijkt er heel serieus bij in een poging te verbergen dat ze behoorlijk content is met die vergelijking.

'En waarom wilde u eerst niet in het scanapparaat?'

'Edward moest in het scanapparaat.'

'En Edward is...?'

'De liefde van mijn leven. Maar niet de vader van mijn kind, hoor, dat was... dat was...'

'Maarten Griffioen.'

'Precies, die was het. Hij schopte me, hoe heet dat, zwanger en lazerde daarna stomdronken de trap af, meer dan honderd treden naar beneden, totdat hij dood neerviel met z'n neus op de klinkers van. Van. Nou ja, dat maakt ook eigenlijk niks uit. Kind, *I was falling apart*. Edward heeft me weer in elkaar gelijmd.'

'Aha. En omdat Edward in de MRI moest wilde u het niet?'

'Nee, want ik heb geen kanker.'

'O, u dacht dat we op zoek waren naar kanker? Nee hoor, we

wilden alleen maar een paar foto's van uw hersenen maken.'

'En, zijn ze goed gelukt?'

Een klopje op de deur.

'Ja?' zegt de arts.

Laura's hart schiet in haar keel. De deur gaat open en inderdaad, Puck steekt haar hoofd naar binnen.

'Ukkepuk!' roept Catherina en ze veert op.

'Omaatje,' zegt Puck en ze loopt naar binnen.

Laura houdt haar adem in terwijl die twee elkaar omhelzen. De arts krijgt van Puck een hand. 'Ga zitten, we waren net bij de diagnose aangekomen,' zegt ze.

Laura krijgt een vluchtige aai en een onzeker lachje. 'En die is?' vraagt Puck terwijl ze een stoel pakt.

'Tja, we hadden natuurlijk al een vermoeden, zo is het toch, mevrouw Pecheur?' De arts buigt zich naar Catherina en kijkt haar bijna moederlijk aan. 'Mijn collega's en ik hebben al onze afzonderlijke bevindingen naast elkaar gelegd en met elkaar besproken. Geen van ons heeft twijfels. Het lijkt ons zeer waarschijnlijk dat u de ziekte van Alzheimer hebt.'

Er valt een stilte.

'Goh,' zegt Catherina, 'daar kijk ik van op.'

'Schrikt u daarvan?'

'Ja, toch wel een beetje.'

'Wij hadden eigenlijk het idee dat het best al een tijdje speelt, klopt dat?'

Catherina schudt vertwijfeld haar hoofd. Het is niet duidelijk of ze het niet meer weet of dat ze er niet voor wil uitkomen.

'Het lijkt er namelijk op dat u zó slim met uw ziekte bent omgegaan dat u er behoorlijk lang mee bent weggekomen, langer dan we vaak zien hier op de poli.'

Er breekt een koket glimlachje op Catherina's gezicht door,

toch fijn dat ze weer ergens de beste in is.

'Op basis van alle gegevens die we verzameld hebben, vermoeden we dat u dicht bij de tweede fase bent.'

'En wat betekent dat?' vraagt Laura.

'Dat het vanaf nu snel minder goed zal gaan. U en uw familie moeten zich erop voorbereiden dat u binnenkort niet meer zonder hulp kunt.'

'Ik ga niet in een tehuis,' zegt Catherina meteen.

De neurologe knikt begripvol. 'U mag het allemaal zelf beslissen, maar het is belangrijk om er niet te lang mee te wachten. Uw tijd is beperkt.'

Het voelt onwennig om Catherina mee naar huis te nemen. Met uitzondering van Pucks verjaardagen komt ze er nooit. Rupert veegt verrast zijn handen af. Hij stond al te koken, zegt hij, maar hij maakt gewoon nog wat bij. Ze ziet hoe Puck en hij elkaar omhelzen. Er hangt iets tussen hen in wat haar achterdochtig maakt.

'Laten we snel het huis in België verkopen voordat ik vergeten ben dat ik het heb,' zegt Catherina en ze loopt kordaat voor hen uit de keuken in.

'We?' Laura gaat ongelovig achter haar aan.

'Van de opbrengst kun je een verpleegster betalen, want ik ga niet naar een tehuis.' Catherina kijkt even om zich heen en neemt plaats aan tafel. 'Ik ga sowieso niet in een poepluier verdwaasd voor me uit zitten staren.'

'Dat duurt ook nog wel even.'

'Ik ga daar niet op wachten. Dan spring ik nog liever uit het raam.'

Puck kijkt geschokt.

'Of ik snij mijn polsen door. In bad. Dan hoeven jullie de troep niet op te ruimen.'

'Je hebt niet eens een bad.'

'Wel in België.'

'Dat wilde je toch verkopen?'

Pucks mond valt open.

'Je hebt recht op euthanasie, dat lijkt me een stuk humaner,' zegt Laura.

'O ja? Zei hij dat?' vraagt Catherina verbaasd.

'Ze. Ik denk niet dat artsen daar zelf over mogen beginnen, maar het is wel iets waar je over na moet denken.' Ze voelt de blik van Puck. 'Wanneer je te verward bent, mogen ze je namelijk niet meer helpen.'

'Nou, dat wil ik wel. Waar kan ik dat regelen?'

'Je huisarts, vermoed ik? Of anders bij de Beëindigingskliniek?'

'Jezus, mama!' valt Puck uit. Laura schrikt ervan. 'Jullie zijn echt niet goed bij je hoofd!' Puck schiet de keuken uit. Rupert gaat haar meteen achterna.

'Wacht even,' zegt Laura tegen Catherina en ze volgt hen.

Puck heeft haar jas al aan. Ze ziet hoe Puck en Rupert naar elkaar kijken. Die twee zien elkaar gewoon nog, ze weet het ineens heel zeker. 'Ga nou niet weg!' roept ze, maar Puck loopt al naar buiten. Laura wil erachteraan, maar Rupert houdt haar tegen. 'Laat haar nou.'

'Ze kan toch niet zomaar weggaan! Niet nu ze eindelijk weer thuis is?!' Laura's stem slaat over. 'Kom op nou, roep haar terug!'

'We kunnen haar niet dwingen.'

Ze kijkt in zijn ogen. Ze weet dat hij iets verbergt. Dan horen ze vanuit de keuken Catherina vertwijfeld vragen: 'Hallo? Is daar iemand? Hallo? Hallo?'

Catherina

‘Ge hebt mij niet teruggebeld, mevrouw Pecheur.’

‘O jeetje, heb ik dat beloofd dan?’

‘Hoe zal ik het zeggen, het huis is in slechte conditie. Het water heeft serieuze schade aangericht.’

‘O ja? Ik zie niks.’

‘Mevrouw Pecheur?’

‘Jaja.’

‘Hoort ge mij?’

‘Ja, ik hoor u prima. Met wie spreek ik ook alweer?’

‘Dominique Van Den Berg.’

‘Ah ja.’

‘Ik vrees dat er nen expert aan te pas zal moeten komen. Daarna kan mijn vrouw het huis kuisen en het schilderwerk... Allez, we zullen dat moeten bezien, da valt misschien nog wel mee, maar de vloer, die zult ge toch zeker moeten vervangen.’

Catherina laat haar ogen glijden over haar notenhouten parket, de zalmroze kleden. ‘Ik denk dat het wel meevalt, Dominiquevandenberg, ik denk niet dat je je zo’n zorgen hoeft te maken.’

Aan de andere kant van de lijn blijft het stil.

‘Hallo? Dominiquevandenberg? Zijt gij daar nog?’

'Jaja. Ik eh...?' Ze hoort hem nadenken. 'Awel, ik kan dat allemaal voor u regelen natuurlijk. 't Zal fijn zijn wanneer ge uwe gegevens van de verzekering doorsturen kan?'

'Het schilderwerk hoeft voor mij niet, maar het kuisen zou wel fijn zijn. Anders nog iets?'

'Wablief?'

'Anders nog iets? Dat zeggen ze hier in de winkel voordat je gaat afrekenen.'

'Ah ja, bij ons zeggen ze: Dat zal het zijn?'

'Fijn, Dominique, dan weten we dat ook weer. Nou, dag dan maar, hè? Heerlijk dat je even gebeld hebt.'

Laura

Catherina is haar gaan bellen, soms wel meerdere keren op een dag. Ze kan er maar niet aan wennen. De afgelopen twee decennia was het louter via tekstberichtjes dat ze met elkaar communiceerden en altijd alleen maar vanwege Puck: 'speel t weekend in gent mooi hotel aan water als puck mee wil bus vertrekt 14 uur'.

Lang daarvoor, in een ander leven, belde Catherina haar ook alleen maar om tijd en plaats door te geven: 'Neem de trein vanaf Centraal naar Breda om tien uur achtentwintig, dan pikken we je daar op.' Ze had meestal al opgehangen voordat Laura kon reageren.

'Kind, telefoneren is niks voor mij, ik moet de ander zíén,' zei ze eens toen Laura – ze moet een jaar of dertien zijn geweest – vroeg waarom ze niet af en toe even met elkaar belden zoals andere moeders en dochters deden, gewoon om een beetje te babbelen, dat leek haar zo fijn. Maar dat zat er dus niet in.

Later had Catherina er zelfs een naam voor bedacht: telefoonangst. 'Ik kan het echt niet helpen, maar ik heb oogcontact nodig, dan zie ik tenminste wat de ander denkt.' Het verwonderde Laura, ze wist niet eens dat haar moeder geïnteresseerd was in wat een ander dacht. Bovendien herinnerde ze zich nog heel goed de eindeloze telefonades van Catherina toen ze nog met elkaar samenwoonden in de Eerste Helmersstraat. Ze was waarschijnlijk de enige minderjarige die helemaal op de hoogte was van wie er nu weer met wie had geneukt bij het Nederlandse toneel. Nee, van telefoonangst leek toen helemaal geen sprake. Ook de laatste tijd lijkt Catherina daar op geen enkele manier last van te hebben. Wanneer ze belt, praat ze onbekommerd over van alles en nog wat, soms wel een half uur achtereen. Echte gesprekken worden het niet, het zijn meer monologen waar Laura naar moet luisteren. Ze probeert er altijd zo snel mogelijk een einde aan te breien. Maar de eerstvolgende keer dat Catherina belt neemt ze toch weer op en doet zelfs haar best om te reageren zoals het een goede dochter betaamt.

Soms vraagt ze zich af of ze op haar negenenveertigste toch niet stilletjes hoopt dat ergens tussen al dat nutteloze gebabbel van Catherina door ineens een ander geluid klinkt, iets waaruit blijkt dat ze spijt heeft dat de dingen zo zijn gelopen, omdat ze diep in haar hart toch het soort moeder is dat om haar dochter geeft. Een absurde gedachte natuurlijk, die ze meteen van zich afschudt.

Catherina

Ze kan zich niet herinneren wanneer ze voor het laatst met haar dochter in een auto heeft gezeten, maar het moet lang geleden zijn geweest. Voor de zekerheid heeft ze van alles meegenomen, mocht het gesprek niet vlotten. Wat tijdschriften en kranten, haar discman en het hoesje met de cd's. Tot aan Utrecht heeft ze dat allemaal niet nodig. Laura doet echt haar best: ze vraagt hoe het met George is en met Frans en Marijke, de buren, wijst naar een kek autootje en zegt: 'Kijk, wat een kek autootje', informeert of Catherina wel goed zit en misschien een pepermuntje wil, of de verwarming hoger moet of juist lager, maar valt dan uiteindelijk toch stil.

Na een poosje vraagt ze daarom zelf maar: 'Hoe gaat het met je boek?'

'Mijn wat?'

'Je boek?' Ze twijfelt ineens of het wel de goeie vraag is.

'Jezus, Catherina! Hou daar nou eens over op! Ik ben geen schrijfster, oké? Ik ben docent. Gewoon. Docent.'

Ze weet niet waarom ze bij Laura altijd precies het verkeerde zegt. Ze zakt een beetje onderuit en staart naar de weg. Het is misschien beter om even haar mond te houden. Maakt niet uit. Denken is goed. Denken bewijst dat er niks mis met haar is. Ze weet alles nog. Edward bijvoorbeeld, ze weet nog precies hoe hij eruitzag toen ze hem voor het eerst ontmoette, wat hij aanhad toen ze trouwden en hoe hij naar haar keek toen ze 'Ja' zei. Ze weet ook nog alles over België. Het huis, de straat, de weg naar de supermarkt. Ze weet hoe ze het heeft ingericht. Ze kan precies opsommen waar alles staat, terwijl ze er misschien... Hoe lang is ze er al niet geweest? De grote hal als je binnenkomt met de trap in het midden en het visgraatparket. Het fraaie Franse dressoir links tegen de olijfgroene muur met daarbovenop de schaal uit China. Ze kan zelfs zeggen wat er in die schaal ligt. De sleutels van de garage, de grasmaaier en hun fietsen, haar Belgische buskaart en haar abonnement uit 1984 van het openluchtzwembad, het laatste dat ze kocht, omdat Laura daarna niet meer naar België wilde komen.

Net voor Utrecht begint het heel hard te regenen. Ze ziet hoe Laura gespannen in het stuur knijpt terwijl ze geconcentreerd naar de weg tuurt. Tussen de ene en de andere haal van de ruitenwissers door is niks anders te zien dan een grijs regengordijn met hier en daar een paar rode stipjes. Stapvoets rijden ze verder.

Op de achterbank jankt Kitty in zijn reismand klaaglijk dat hij het allemaal maar niks vindt. 'Logisch met dit hondenweer,' grapt ze tegen Laura, maar die doet, heel ongezellig, net alsof ze het niet hoort.

Terwijl ze optrekken, aansluiten in de rij, remmen en opnieuw optrekken, valt het Catherina ineens op hoe ze er zelf bij zit: met haar jas nog aan, haar rechterhand geklemd om de handgreep boven haar portierraampje en haar tas op haar schoot. Ze lijkt haar eigen moeder wel. Snel zet ze de tas tussen haar voeten, klikt haar gordel los en begint haar jas uit te trekken.

'Wat is er? Wat doe je?'

'Ik trek m'n jas uit.'

'Moet dat nu?'

'Help nou maar even.' Ze strekt haar linkerarm uit naar Laura zodat ze kan helpen trekken.

'Kan dat niet wachten?'

'Trek nou maar.' Ze draait haar linkerflank in, duwt haar schouder naar voren en probeert zich eruit te wurmen, maar het lukt niet.

'Jezus, ik... Wacht nou even. Ik zie toch al geen klap.'

'Doe niet zo moeilijk, mens, trek nou gewoon even!'

Laura legt haar beide handen weer op het stuur, kijkt boos opzij naar Catherina, nee, niet naar Catherina, ze kijkt langs haar, naar de auto's in de rij naast hen. Ze zet haar richtingaanwijzer aan en probeert in de andere baan te komen. Er wordt getoeterd.

'Wat doe je?'

'Ik zet 'm even aan de kant.'

Iemand achter hen geeft groot licht.

'Waarom?'

'Dan kun jij je jas uittrekken.'

'Ik hoef m'n jas niet uit te trekken.'

'Ja, dat moet je wel.'

'Nee! Het hoeft al niet meer, dat zeg ik toch?!'

'Hè, Catherina, toe nou, jezus!' roept Laura gestrest.

'Rij nou maar gewoon door, ja, en kijk een beetje uit alsjeblieft, straks rij je ons nog dood.'

Na Vianen stopt het gelukkig met regenen en rijdt het verkeer meteen aardig door. Naast haar recht Laura haar rug, blaast uit en vraagt: 'Gaat het?'

Ze heeft geen zin om antwoord te geven. Ze legt haar hoofd tegen het raampje en kijkt kilometerslang naar de witte streep die onafgebroken onder haar kant van de auto verdwijnt. Hoe leef je verder wanneer je weet dat er gaten in je hoofd vallen? Ze heeft erover gelezen. Het is als een worm die zich een weg vreet door een appel en alles wat haar tot Catherina maakt vermaalt met zijn verwoestende kaken. 'We kunnen het proces hooguit een heel klein beetje afremmen,' zei de neurologe, 'maar we kunnen het niet stoppen.'

Ergens in de buurt van Breda hoort ze het geluid weer terugkomen zonder zich te herinneren dat ze in slaap is gevallen. Ze rijden nog steeds. Naast haar zit Laura geagiteerd te fluisteren. Wanneer ze door haar wimpers kijkt, ziet ze haar met oortjes in telefoneren, een ontsierende frons op haar voorhoofd. Catherina kan niet alles verstaan wat ze zegt, maar ze vangt iets op over 'zich niet laten chanteren' en 'dan maar geen uitkering' en dat ze toch al niet van plan was om werkeloos thuis te gaan zitten. Ze ziet hoe de spanning in Laura's lijf zich opbouwt terwijl ze luistert naar een eindeloos antwoord aan de andere kant van de lijn. Ineens slaat Laura met haar hand op het stuur en fluistert met strakke kaken: 'Dat is gewoon niet waar! Dat is verdomme gelogen!' Er volgt een korte stilte, waarin ze met samengeknepen lippen de ander de gelegenheid geeft iets te zeggen maar dan snauwt ze: 'Rupert, ze roepen maar wat.' (...) 'Ik ga me niet bang laten maken.' (...) 'Goed, dan beweren ze dat, nou en? Ik weet dat het niet waar is.' (...) Ze zet grote ogen op. 'Wat zeg je?!' Met een ruk stuurt ze de auto de vluchtstrook op en parkeert vlak langs de vangrail. 'Even,' mompelt ze tegen Catherina, ze klikt haar gordel los en stapt de auto uit.

Opgewonden loopt Laura op de vluchtstrook van de auto vandaan en weer terug, gebogen over haar telefoon en aan één stuk door pratend. Het duurt een eeuwigheid. Catherina zou de auto ook wel even uit willen, maar dat kan niet omdat ze strak tegen de vangrail aan geparkeerd staan. Aan de linkerkant zoeft het verkeer zuigend voorbij, de auto schudt ervan. Ze ziet hoe een grote donderwolk dreigend komt aangedreven en een schaduw over de snelweg werpt. In een mum van tijd is het zo donker als de nacht. Dan begint het weer te regenen, dikke druppels die neerflatsen op de voorruit en geleidelijk veranderen in een onafgebroken stroom water. Aan de linkerkant gaat het portier open. Laura schiet doorweekt de auto in, ze start de motor en vraagt: 'Gaat het?'

'Prima,' jokt ze.

Bij een tankstation parkeert Laura de auto en vraagt aan Catherina of ze nog iets nodig heeft.

'Nee? Niets? Ook niet even plassen?'

Catherina schudt van nee. Laura stapt uit om te gaan tanken. Zelf klimt ze naar de achterbank en laat Kitty vrij. Het beest kruipt met een lage rug meteen op haar schoot, miauwt klaaglijk en laat zich aaien. Ze kroelt hem onder zijn sik en ziet zichzelf weer staan naast de behandeltafel van de dierenarts. 'Weet u zeker dat u hem niet wilt laten castreren?' Ze wist niet wat ze hoorde, ze dacht werkelijk dat het een vrouwtje was en had haar vernoemd naar een zekere actrice met hetzelfde schorre keelgeluid, natuurlijk niet de poezelige Kitty met de babyblonde haren, maar die ene met de boze ogen en de Franse achternaam. Het zou haar niet verbaasd hebben als die ook een lul had.

Naast hen parkeert een Jaguar, ongeveer net zo'n model als Edward vroeger had, alleen is deze metallic groen en die van Edward was beige. Een gedistingeerde man van een jaar of zestig stapt uit en kijkt haar een moment recht in de ogen. Ze schrikt ervan en wendt snel haar hoofd af. Ze hoort hoe Laura het tankpistool terug in de houder hangt en de benzinedop dichtdraait. 'Tell me quando quando quando' galmt het buiten de auto door het tankstation. Iemand tikt op haar raam. Ze schrikt. Het is Laura.

'Echt niks nodig?' vraagt ze.

Opnieuw schudt ze haar hoofd.

Ze kijkt naar de Jaguar, waar Edward nog steeds staat te tanken. Hij lacht naar haar. Verrast lacht ze terug. Ze was bijna vergeten hoe knap hij is. Sinds ze weten van zijn ziekte is zijn gezicht daarnaar gaan staan. Hij lacht nauwelijks nog. Ze zou willen dat hij zich niet zo zou schamen. Daarbij, er zijn nog zoveel andere leuke dingen die ze samen kunnen doen: golfen, kruiswoordpuzzels maken, in de tuin werken. Dat hele seksgebeuren heeft haar toch nooit echt geïnteresseerd. Ja, tijdens hun eerste jaar samen, toen was het allemaal nog heerlijk omdat ze verliefd waren en zo, maar daarna? Toen het gewone leven weer z'n gangetje ging? Ze vond het vooral een verplichting. Edward wilde iedere dag en lukte het een paar dagen niet omdat ze te moe was of met haar hoofd bij een naderende première zat, nou, dan was het huis te klein. Wat dat betreft was zijn ziekte een *blessing in disguise*. Wat dat betreft wel, ja.

Ze kijkt opzij. Zijn aanblik maakt haar verdrietig. Ze heeft zo intens met hem te doen. Ze weet niet of het de ziekte is of de schaamte die hem zo eenzaam maakt. Ze moet het hem zeggen. Hij moet weten dat het geen schande is. Het overkomt zoveel mannen van zijn leeftijd, heeft ze gehoord. Ze moet naar hem toe. Maar ze heeft geen idee hoe ze haar portier open kan krijgen. Verward tast ze de binnenkant van de deur af, waarom zitten er geen knopjes op? Waar zit de hendel? Edward klapt het klepje van zijn tank dicht. Straks rijdt hij weg. Haar handen bewegen onrustig over de binnenbekleding. Hoe is het mogelijk? Wie koopt er nou een auto waarvan de deuren niet open kunnen? Alleen haar dochter kan zoiets onmogelijks verzinnen. Ze ziet Edward voor hun auto langs naar de tankshop lopen. Hij kijkt niet eens naar haar.

'Hé!' Ze bonst op het raam, maar hij kijkt niet op of om. Gehaast kruipt ze weer naar de voorstoel en tast daar de deur af op zoek naar een knop of een grendel. Een paniekerig gevoel maakt zich van haar meester. Wat als Laura niet op tijd terugkomt en Edward wegrijdt? Ze moet hem zeggen dat hij met zijn schaamte alleen maar meer afstand creëert, dat straks niemand hem nog kan bereiken, ook zij niet. En dat mag niet gebeuren. Ze heeft alles opgegeven voor hun samenzijn. Hij mag dat niet kapotmaken. Haar handen tasten steeds gejaagder de binnenkant van de auto af, als een blinde die in een brandend huis op zoek is naar de uitgang. Dan valt haar blik op een icoontje op het stuur. Een trompetje. Ze legt er haar hand op.

Laura

Laura is op weg naar de tankshop om af te rekenen wanneer haar telefoon gaat. Ze herkent het nummer niet, neemt een beetje verbaasd op en hoort een donkere, bijna zwoele stem van een vrouw die zich voorstelt als Marianne Maverick, 'een collegaatje van je moeder die in dat en dat jaar met die en die namen samen met haar in die en die voorstellingen heeft gestaan'. Laura staat stil en zegt: 'Maar natuurlijk weet ik wie je bent.' Als er één naam vaak over de tong ging tijdens Catherina's eindeloze roddeltelefonades, dan was het die van Marianne Maverick wel. Waarom belt die haar nou?

'Kind, wat een klap dat nu uitgerekend jouw moeder met al dat prachtige talent dit moest overkomen.'

Laura houdt haar adem in. Weet iedereen het nu al? Gaat het zo makkelijk? Ondertussen loopt ze naar binnen, ziet hoe druk het is en kan even niet kiezen in welke rij ze zal aansluiten. Ze mist daardoor een paar zinnen en valt pas weer in bij een verhaal over een nachtmerrie die Marianne heeft gehad waarin Catherina was vergeten waar ze hem opgeborgen had waardoor een einde kwam aan deze zeer waardevolle toneeltraditie. Laura probeert in haar hoofd uit te puzzelen over welke toneeltraditie het gaat, maar Marianne praat alweer verder. Ze hoopt maar dat ze niet ongevoelig overkomt omdat Laura waarschijnlijk nog druk bezig is dit tragische nieuws te verwerken en laat dan een veelzeggende stilte vallen.

'Nee, hoor, ga maar door,' moedigt Laura haar aan omdat het juist lijkt dat te zeggen en Marianne ratelt weer verder. Buiten wordt door de een of andere gek hard getoeterd. Alweer mist Laura een halve zin en ze focust zich op haar telefoon in een poging zich van de buitenwereld af te sluiten.

Marianne zegt dat ze als oud-draagster natuurlijk een bepaalde verantwoordelijkheid heeft. Ze moet voorkomen dat de ring verloren gaat voor een volgende generatie, dat begrijpt Laura toch wel? Opnieuw wordt er getoeterd, nog harder en langer dit keer. Laura duwt een vinger in haar oor en doet haar best Marianne te verstaan. Dus ze belt niet vanwege Catherina, schiet het door haar heen, het gaat over een ring.

'En wat wil je precies van mij? Kan ik haar misschien iets vragen?' roept ze boven het getoeter uit.

'Ja, waar ze hem gelaten heeft. Dat zou echt heel fijn zijn.'

'Oké. En over welke ring ging het ook alweer?'

'De Pallas Athena-parelring schat, waarover anders?' Marianne lacht een vreugdeloze lach. 'Denk je dat ze nog weet waar hij ligt? Is ze nog wel zo helder?' Laura fronst, wat denkt Marianne nou? Dat Catherina van de ene op de andere dag een kasplantje is geworden? Het getoeter is inmiddels overgegaan in een onafgebroken schelle toon. Om haar heen wordt gemopperd. 'Nou, popje, als jij dat zou willen doen, zal ik je eeuwig dankbaar zijn. En o ja...' Laura kan Marianne moeiteloos van toon horen veranderen, schakelen heet dat in toneeljargon, 'dan vind je het vast ook leuk om te horen dat ik al besloten heb wie haar opvolgster moet worden. Je weet toch dat ik die prachtrol van je moeder in *Laat maar zitten* heb overgenomen? Kind, wat een genot! Misschien nog wel vooral vanwege dit wonderbaarlijke schepseltje waarmee ik iedere avond op het toneel mag staan.' Laura kijkt nu ook door het raam en ziet dat het hinderlijke getoeter door een auto veroorzaakt wordt die bij een van de pompen geparkeerd staat, een bekende auto, haar auto.

Geschrokken rent ze naar buiten terwijl Marianne onverstoorbaar verder praat. '... zie ik nu pas hoe briljant ze is. Dus ik dacht, als Catherina nou...' Laura ziet Catherina verhit de claxon ingedrukt houden, ze verbreekt de verbinding, rent erop af en opent het portier. Ze schrikt van Catherina's giftige blik.

'Koop dan ook een normale auto,' sist Catherina en ze duwt zichzelf naar buiten.

Laura zat als kind vaak op de grond in de grote zaal tussen het toneel en rij één. Eigenlijk mocht ze daar niet zijn, maar op de eerste rij lag altijd een enorme berg spullen waardoor de regisseur en de mannen van de techniek, die achter in de zaal zaten, haar niet konden zien.

Ze zat daar een keer toen het misging. Het was verschrikkelijk. Catherina gaf ineens een soort grauw en rende midden in een scène het toneel af. Laura was verstijfd van schrik. Toneel is heilig, dat had ze Catherina zo vaak horen zeggen. Ooit hadden studenten in de schouwburg met tomaten gegooid en daarmee levens verwoest. Ze wist niet beter dan dat het een doodzonde was om een voorstelling te verstoren.

De repetitie werd stilgelegd. Er werden dingen gezegd die Laura niet wilde horen. Het woord 'actreutel' viel. Ze hoopte maar dat ze onzichtbaar zou blijven. Er was ook iemand die het voor Catherina opnam. Ze zei dat Catherina er veel voor over had gehad en een hoge prijs had betaald of zoiets. En zij zat daar maar, verscholen achter die enorme berg spullen, steeds angstiger dat iemand haar zou ontdekken.

Het was in een tijd dat Catherina vaak zomaar boos werd en overal om moest huilen. Laura dacht dat het aan haar lag, dat er dingen waren die ze niet goed deed, of helemaal niet deed, zoals een verhaal schrijven in het Chinese boekje. Catherina had het haar gegeven omdat ze dacht dat Laura schrijftalent had, maar Laura was alleen maar bang dat ze fouten zou maken die ze door moest krassen en het boekje lelijk zou maken. Ze wilde Catherina niet voor het hoofd stoten, maar ze wilde haar ook niet teleurstellen.

Ze weet niet meer hoe lang ze daar toen heeft gezeten, het voelde als een hele dag. Ze kreeg dorst en honger en moest op Grobbel gaan zitten om niet in haar broek te plassen.

Desondanks moet ze in slaap zijn gevallen, want ze kan zich herinneren dat ze wakker werd geschud. Alle lichten in de zaal waren gedoofd, alleen op de gang brandden ze nog. De dame van de grime stond over haar heen gebogen en zei dat ze haar wel even een slinger naar huis zou geven.

Catherina

Laura is boos. Nou, ze is het zelf ook. Ze zet de autoradio aan – dom geklets over zorgpremies – en drukt hem weer uit. Ineens heeft ze geen zin meer om het voor zich te houden.

'Waarom zeg je het niet gewoon?'

'Wat?'

'Dat je jaloers was.'

'Huh? Jaloers? Wat bedoel je?'

'Je weet best wat ik bedoel.'

'Nee, waar heb je het over?'

'Op Edward.'

'Op Edward?'

'Doe niet zo onnozel.'

'Sorry pardon, maar waar gaat dit over?'

'Over jou, over vroeger.'

'Ik was negen!'

'Je vond dat ik voor jou had moeten kiezen.'

'Ik vond helemaal niet dat je moest kiezen, überhaupt niet, ik vind het absurd dat je dat denkt.'

'Je hebt nooit willen luisteren.'

'Luisteren?'

'Ja, naar mij. Ik had het kunnen uitleggen.'

‘Hoho, wacht even, dus ik had ook nog begrip moeten hebben? Ik, als negenjarige, had moeten begrijpen waarom mijn moeder ergens anders ging wonen en mij in dat verschrikkelijke Noord achterliet?’

‘Gewoon bij je opa en oma, hoor. En trouwens, je wilde het zelf.’

‘Hoezo, ik wilde het zelf? Had ik een keuze dan?’

‘Jazeker. Je vond het niet leuk in België. Je had er constant heimwee. Ziek was je ervan. We konden niet anders dan je terug naar Amsterdam brengen.’

Laura kijkt haar ademloos aan.

‘Ik heb nooit bij jullie in België gewoond.’

‘Jawel, hoor.’

‘Nee, je vergist je. Ik kwam er in de weekenden, maar ik heb nooit...’

‘Jawel. Een paar maanden zelfs, bijna een half jaar.’

‘Hoe kom je daar nou bij?’

‘Het is zo.’

‘Ach welnee, ik zie me nog met mijn koffertje onder aan de trap staan. Opa en oma haalden me op terwijl jij en Edw...’

‘Dat was dan waarschijnlijk na een logeerpartij. We reden wel eens met je mee terug naar Amsterdam en dan kwamen opa en oma je halen...’

‘Ach, kom op nou, zeg!’ Laura schudt woedend haar hoofd en schakelt driftig door. De motor giert, het gaat door merg en been. Ze zwijgen.

Na een tijdje rijden ze België binnen. Ze kan het voelen aan het wegdek. In Nederland rij je over boter en in België over geribbeld beton. Alles oogt hier valer, de kleur van het asfalt, zelfs het groen van het gras. De weg leidt hen van de ene rotonde naar de andere. *Boem* klinkt de stapel ingevouwen verhuisdozen tegen de rechterkant van de kofferbak wanneer ze een rotonde op rijden en *boem* tegen de andere kant wanneer ze er weer vanaf gaan. Kitty's grom komt van diep uit zijn buik.

Catherina moet de neiging onderdrukken om in de bochten haar voeten op te tillen zoals ze dat vroeger ook altijd deed, net zolang totdat ze omkukelde. Edward liet haar begaan, waarschijnlijk omdat ze uiteindelijk altijd met haar snufferd in zijn kruis belandde. Vieze oude man. Ze grinnikt, maar het voelt geforceerd, ze is niet echt vrolijk.

Ze doorkruisen lintvormige dorpjes met bakstenen huizen die recht aan de weg zijn gebouwd en waarvan de ramen en de deuren geblindeerd zijn met ijzeren rolgordijnen. Is het omdat wij niet bij ze naar binnen mogen kijken of omdat de bewoners zelf de lelijkheid van hun leefomgeving niet willen zien, vraagt ze zich af.

Nog even en de weg zal een bocht naar links maken en dan moeten zij rechtsaf het bos in. Het huis ligt gelukkig ver weg van deze Vlaamse negorij.

'Gaat het?' vraagt ze aan Laura.

'Ja, hoor.' Laura blijft stug voor zich uit kijken.

'Ben je boos?'

'Nee.'

'Je lijkt wel boos.'

Laura zwijgt.

'Vroeger was je niet zo boos, hoor. Vroeger vond je mij lief. Weet je dat nog? Weet je nog hoe lief je mij vroeger vond?'

Laura stuurt stoïcijns de auto de bocht door en geeft geen enkele reactie.

'We sliepen samen in hetzelfde bed. Of weet je dat niet meer? Je pakte mijn hand vast terwijl je lag te slapen. En als ik ziek was of tot heel laat gewerkt had, dan bracht je mij voordat je naar school ging een beschuitje met suiker op bed. Zo'n kind was je. Zo'n heerlijk kind. Maar vanaf het moment dat je ging puberen... Och, och.' Ze schudt haar hoofd.

Laura kijkt verbaasd opzij. 'En dat lag aan mij, denk je?'

'O, jazeker! Mens, je was verschrikkelijk!' Catherina lacht.

'O ja?'

'Ach kind, beetje humor graag, zo zijn pubers nu eenmaal, maar jij... jij...'

'Ik wat?'

'Jij!' Ze schatert het uit. 'Hoe jij eruitzag! En hoe je soms naar ons keek! Alsof we je mishandelden! Terwijl Edward en ik, wij hadden echt alles voor je over, hoor!'

'Nou, dat herinner ik me toch een beetje anders.'

'O? Hoe dan?' Ze veegt de lachtranen uit haar ogen.

'Nou, wat dacht je van die keer dat Edward Grobbel in de open haard gooide?'

'Grobbel?'

'De groene grobbelbol, die oma voor me had gemaakt.'

'En Edward gooide die in de open haard?'

'En of.'

'Dat lijkt me sterk.'

'Toch was het zo.'

'Waarom zou Edward zoiets doen?'

'Hij vond het een vies ding en ik wilde hem niet wassen.'

'Waarom wilde je hem niet wassen?'

'Omdat ik bang was dat zijn haartjes los zouden laten.'

'Nou, ik vind het een gek verhaal. Ik kan me daar echt helemaal niks van herinneren.'

'Toch is het zo.'

'Jaja, jij denkt zeker dat je mij nu alles wijs kunt maken.'

Laura

De spijt jengelt al sinds ze Utrecht voorbij zijn in haar onderbuik. Ze had niet naar Rupert moeten luisteren met zijn 'dit is misschien wel je laatste kans' en dat ze 'eindelijk schoon schip kon maken'. Ze heeft daar helemaal geen behoefte aan. Ze is ook niet bang voor het moment dat Catherina alles is vergeten, er is namelijk genoeg de moeite waard om vergeten te worden. Het hele idee om mee naar België te gaan was gewoon fout. Dat wist ze definitief zeker toen ze de oprijlaan van het huis op reed. Meteen was ze weer het kind van vroeger, het kind met de eeuwige heimwee.

Alles in en rondom het huis wasemt een tijd uit waar ze niet aan wil terugdenken. Het ruisen van de bomen en het gekwetter van de vogels herinneren haar aan toen. In het huis kraakt alles ook nog precies als veertig jaar geleden. De vloeren, de traptreden en de scharnieren, ze geven haar een onaangenaam gevoel. En dan herinnert ze zich ook weer het mechanisch kraken dat uit Edwards en Catherina's slaapkamer klonk en soms walgelijk lang aanhield, en ziet ze zichzelf onopgemerkt naar beneden sluipen om de peukjes uit de asbakken te roken en de restjes uit hun sherryglazen te drinken. Ze dacht dat ze lekker stoer bezig was, maar in wezen voelde ze zich klein en overbodig.

De buurman laat zich ogenblikkelijk zien. Dominique Van Den Berg. Het is aandoenlijk hoe hij stuntelt bij de begroeting, niet wetende of hij Catherina een hand of een knuffel moet geven of toch maar vier zoenen. Uiteindelijk wordt het maar van alles wat. Laura krijgt een hand, en dan, ach vooruit, ook vier onhandige zoenen. Het schijnt dat deze zachtaardige Belg al Catherina's buurman was toen Laura hier als kind kwam logeren, maar daar kan ze zich niets van herinneren. De Belg herinnert zich haar evenmin. Toch pijnlijk.

'Lautje was een schat,' zegt Catherina. 'Die ging zo haar eigen gangetje, daar had niemand last van.'

Dominique gaat hun voor naar de keuken en de bijkeuken. Hij toont hun de nieuwe vloeren, het vers gestuukte plafond en het geschilderde houtwerk. Van de waterschade is vrijwel niks meer te zien, alleen de gordijnen vertonen grote vochtkringen. Laura schrikt van de rekening die hij haar overhandigt. Catherina kan maar beter geen kranen meer open laten staan. De aanstichtster loopt nietsvermoedend door het huis. 'Och, wat is het hier toch verrukkelijk!' roept ze uit.

Dominique zegt dat hij de vorige ochtend al begonnen is met stoken. Het is een frisse zomer, maar gelukkig is het nu warm in huis. Zijn vrouw heeft de bedden opgemaakt, het vuile beddengoed ligt in de wasmachine, die moet alleen nog worden aangezet. 'Maar goed opletten voordat u het deurke sluit, want Kittekat slaapt maar al te graag in het trommelke.' Hij heeft ook alvast een paar boodschappen gedaan, de basisbehoeften. Het meeste staat in de ijskast, de rest op de plank daarboven, en als ze nog speciale wensen hebben, wil hij best in de auto springen, dat is echt *aucun problème.* Laura kijkt naar zijn zachte bruine ogen, waarvan er eentje permanent in de linkerbovenhoek blijft steken, en vraagt zich af of deze buurman door haar moeder wordt betaald of dat hij vrijwillig voor dit slavenbestaan heeft gekozen. Dan bedankt ze hem. Het is allemaal fantastisch, zegt ze, ze zullen zich prima redden, hij heeft al meer dan genoeg gedaan. Catherina bevrijdt de kater uit zijn reismand en roept uitgelaten: 'Welkom thuis, grote vriend!'

Bezorgd fluistert Dominique: 'Ze gaat toch zeker wel verkopen, nie?'

'Ja hoor, daarvoor zijn we hier.'

Wanneer ze even later in de keuken water opzet voor thee hoort ze Catherina in de hal tegen hem zeggen: 'Ik heb alzheimer, vind je dat nou niet gek? Volgende keer herken ik je misschien niet eens meer.'

Het is een ander bed dan vijfendertig jaar geleden, de hele kamer is anders dan ze zich herinneren kan. Ze ligt plat op haar rug en staart naar het plafond waar ze als kind precies zo naar gestaard moet hebben. Het is gek, er zou nu toch iets moeten zijn wat haar bekend voorkomt, een barst in de muur, de manier waarop het maanlicht binnenvalt, maar er is niks, alsof deze kamer uit haar herinneringen is gesleten en ze er onbewust een andere voor in de plaats heeft bedacht. Hoe betrouwbaar zijn de dingen die ze heeft onthouden? Is de verlatenheid die ze meteen weer voelde toen ze het huis zag wel de verlatenheid die ze toen voelde, of heeft ze dat er later allemaal bij verzonnen? Misschien was Edward wel helemaal niet die nare man die haar liet merken dat ze er niet bij hoorde. Misschien heeft ze hem die rol toebedacht om te verklaren waarom het tussen hen niet klikte.

Ze draait zich op haar zij en staart naar een onbekend behang dat een onbekende behanger over haar verleden heeft geplakt. Iemand anders had met Catherina mee moeten gaan, een van haar honderd vrienden. Zij is van iedereen nog wel het minst geschikt. Ze ziet Rupert en Puck weer voor zich terwijl ze elkaar omhelzen. Ze kon het in hun buurt niet langer uithouden. Ze weet echt wel waarom ze hier is.

Het zou haar niet zo moeten verlammen. Alles zou haar niet zo moeten verlammen. Ze mag best wel eens terugslaan. Ze draait zich weer op haar rug en denkt: ik kan er op dit moment toch helemaal geen verwarde moeder bij hebben, dat gaat toch niet?

Omdat ze niet kan slapen, maakt ze een lijst in haar hoofd van alles wat moet gebeuren voordat ze het huis kunnen verkopen. De waterschade is mooi hersteld, maar de gordijnen moet ze verven. Met de makelaar heeft ze afgesproken dat voorlopig alle meubels blijven staan, dat is beter voor de verkoop, alleen moet de troep eruit, de beeldjes, de potjes met onduidelijke inhoud, de schalen waar van alles in is gekwakt, de ontelbare foto's. In haar hoofd ruimt ze het allemaal op. Vuilniszakken vol troep. Ze verft de gordijnen, lapt de ramen, stofzuigt het huis en begint zodra ze klaar is weer van voren af aan. Het lukt niet om die gedachte te stoppen. Het gaat maar door en door en door, als een autootje in de nacht dat op een onverlichte rotonde de juiste afslag niet kan vinden: opruimen, verven, weggooien, poetsen, opruimen, verven, weggooien, poetsen en ga zo maar door, terwijl ze weet dat het zinloos is. Morgen moet ze het allemaal nog eens doen, maar dan echt.

Het heeft lang geduurd voordat ze begreep dat ze zelf niet haar gevoelens was, maar dat die als zaadjes in haar geplant waren toen ze nog te klein was om dat te begrijpen. Als adolescent wist ze zeker dat de wildernis die in haar binnenste woekerde een soort programmeerfout was, alsof ze niet helemaal was gelukt, wat ze maar beter voor zich kon houden, want straks wilde niemand nog met haar omgaan. Pas veel later ging ze begrijpen dat in ieder mens dingen groeien die er misschien niet horen, maar die beheersbaarder gemaakt kunnen worden met tuinonderhoud. Ze ging naar een therapeut, maaide haar laantjes, trok onkruid uit en plantte nieuwe gewassen. Na een paar maanden was ze klaar. Ze dacht echt dat het genoeg was, maar dat was niet zo. Of misschien is van haar binnenste helemaal geen mooi tuintje te maken? Misschien is ze zelf het onkruid en horen de bemoste tegels gewoon bij haar. Ze is niet iemand met wie mensen graag samen zijn. Kijk maar naar Puck, die hield het ook niet met haar uit.

De ene na de andere negatieve gedachte schiet als een giftige pijl door haar hoofd. Onlangs probeerde ze Rupert uit te leggen welke neurologische processen daar op dit moment plaatsvinden, ze had erover gelezen in een boekje dat de arboarts haar aangeraden had. Ze wilde dat Rupert wist dat het maar een oververhitte amygdala was die haar parten speelde, dat niet zij het was die zo overspannen deed, maar het domme deel van haar brein dat maar twee reacties kent: vluchten of vechten. Ze wilde zo graag dat hij begreep waarom ze ineens van de kleinste dingetjes een groot probleem maakte dat ze in haar ijver 'chlamydia' zei. Logisch dat hij moest lachen, maar op dat moment vond zij het helemaal niet grappig. Ze dacht alleen maar: zie je wel, Rupert vindt me ook al niks.

Rupert is haar rots van Gibraltar. Zonder hem was ze allang verdronken. Wat moet ze nu hij haar verraden heeft? Wie is er nog over?

Voordat ze hem leerde kennen was ze alleen maar boos, opgejaagd en ontevreden. Er zat geen rust in haar kont, ze moest steeds iets doen, iets eten, drinken, roken, seks, alles om de leegte niet te voelen. Soms liep ze dagenlang door de stad, de ene na de andere winkel doorkruisend, speurend en keurend langs overvolle kledingrekken waar ze van alles uit trok zonder werkelijk geïnteresseerd te zijn. Ze weet nog hoe de zenuwen door haar lijf gierden terwijl ze klam van het zweet stond te wachten voor de pashokjes, verhit vanwege een verwarming die altijd te hoog stond, bergen textiel over haar arm gedrapeerd, voortdurend overwegend om uit de rij te stappen, omdat het zo warm was, omdat het allemaal zo lang duurde en waarom, waarvoor?! Om kleren te passen waarvan ze op voorhand wist dat ze onder het genadeloze tl-licht van het pashokje haar zelfhaat zouden aanwakkeren? En daarbij, ze had er niet eens het geld voor!

Achteraf denkt ze dat ze toen al depressief was. Gedachten aan zelfmoord kwamen in ieder geval geregeld in haar op. Geen doelbewuste plannen met slaappillen of onbewaakte spoorwegovergangen, meer het verlangen om per ongeluk aangereden te worden of uit te glijden onder de douche. Maar zodra ze zich realiseerde dat Catherina op haar begrafenis de show zou stelen met haar tranen, was het verlangen weer voorbij.

Ze weet dat het geen zin heeft om in bed te blijven, ze kan toch niet slapen. Alleen voelt de gedachte om midden in de nacht op te staan in een huis waar ze liever niet zou zijn, zo weinig aanlokkelijk dat ze toch blijft liggen.

Als jonge vrouw wilde ze dolgraag een doel in haar leven, ze had alleen geen idee wat dat kon zijn. Op een gegeven moment bedacht ze dat ze beter eerst een lijstje kon maken van alle zaken die ze niet wilde. Inzicht door middel van reductie, zoals een arts een kwaal opspoort. Opsporen, testen, afstrepen, net zolang totdat in die zee van mogelijkheden haar ware ik boven kwam drijven, of iets wat daarop leek, want zo kieskeurig was ze niet. Maar iedere keer wanneer ze eraan begon, nam de onrust het van haar over en dreef haar toch weer de stad in of liet haar masturberen of een zak drop leegeten of een pakje sigaretten oproken, of masturberen, drop eten en roken tegelijkertijd.

Ze trekt haar knieën op en wiegt ze van links naar rechts. Chlamydia is niet eens een anagram van amygdala. Typisch. Haar taalcentrum leest geregeld iets wat er niet staat, zoals onenigheid in plaats van oneindigheid, pornofilm in plaats van promofilm. Nederlands is haar goedste vak, maar ja, dat heeft ze niet eens zelf verzonnen.

Wanneer ze geen Nederlands was gaan studeren, had ze Rupert nooit ontmoet. Hij gaf haar rust. En vanuit die rust ontstond een doel, of eigenlijk was het meer dat ze eindelijk durfde te luisteren naar haar diepste behoefte. Ze wilde het tegendeel zijn van buitengesloten, ze wilde onderdeel zijn. Ze had anderen nodig om mee te leven en voor te zorgen. Ze wilde een gezin.

Ze laat haar knieën weer vallen en draait zich op haar zij. Het plan was dat ze Puck alles zou geven wat ze zelf als kind had gemist. Ze heeft daar zo haar best voor gedaan. Ze had een medaille verwacht, geen straf. Wat kan er verkeerd zijn gegaan? Welke fouten heeft ze gemaakt? Wat heeft ze over het hoofd gezien?

Ze moet denken aan het onderzoek van Harlow, de resusaapjes die opgroeiden met een kunstmoeder van zachte wol of van staal. De aapjes die een zachte moeder hadden, leerden zich hechten, letterlijk. Ze klauwden hun knuistjes vast in haar vacht en vonden daar troost en bescherming. Zodra ze in onveilige situaties kwamen keerden ze er snel naar terug. De aapjes van de stalen moeder keerden op stressvolle momenten niet terug naar hun moeder, maar wierpen zich op de grond en klampten zich aan zichzelf vast. Is ze in die eerste maanden niet zacht genoeg geweest? Gleden Pucks knuistjes langs haar af omdat ze gewoon nog niet wist hoe dat moest, moeder zijn?

Ze had gedacht dat, met de komst van een baby, alles op zijn plek zou vallen, maar in plaats daarvan voelde ze paniek. De baby uit haar buik was een vreemde voor haar, ze moest moeite doen zich ermee te verbinden. Er was zoveel plicht, zoveel moeten, ze was continu bang dat ze het niet goed zou doen. Ze heeft het nooit hardop durven zeggen, misschien niet eens durven denken, maar ze was niet zomaar die lieve zachte, zorgzame moeder die ze zo graag wilde zijn, ze heeft er hard voor moeten werken.

Resoluut slaat ze het dekbed van zich af, staat op en pakt een slaappil uit haar toilettas. Ze slikt hem door zonder water. Dan gaat ze weer liggen, concentreert zich op haar ademhaling en probeert aan niets anders te denken dan haar borstkas die op en neer gaat, haar buik die omhoogkomt en weer ineenzakt tussen haar heupen. Ze hoeft gelukkig nergens meer aan te denken, alleen maar te wachten totdat de slaap het van haar overneemt. Ik geborg me niet, denkt ze op het ritme van haar ademhaling en ze weet zeker dat het iets betekent. Ik geborg me niet. Ik geborg me niet. Ik geborg me niet. Dan valt ze in slaap.

Wanneer ze de volgende ochtend wakker wordt, weet ze alleen nog dat er een zin was die ze onthouden moest, een waardevolle zin die alles verklaart wat ze voelt. Ze blijft een tijdje in bed liggen en graaft in haar brein als in een modderige akker op zoek naar de schat, maar kan niks vinden.

Beneden is Catherina al begonnen met opruimen. Ze heeft een enorme ravage aangericht. Een stuk of vijf verhuisdozen zijn gevuld met van alles en nog wat zonder dat ze eerst heeft uitgezocht wat ze mee naar huis wil nemen, wat ze wil opslaan of wat weggegooid kan worden. Overal liggen en staan spullen, kriskras door elkaar, niks staat meer op zijn plek. Ze heeft de zittingen van de stoelen en de kussens van de banken gehaald, de schilderijen van hun haakjes gewipt en de tapijten opgerold. En dat terwijl Laura haar al zeker vijf keer heeft uitgelegd dat ze voorlopig alleen maar opruimen en schoonmaken en dat ze de grote dingen zullen laten staan omdat een aangekleed huis beter is voor de verkoop.

Terwijl Laura alles weer terugzet en opruimt, zegt Catherina: 'Alzheimer is alsof...' Ze aarzelt even. '... alsof ik onopgemerkt wegglij uit mijn leven.' Er ligt een bijna verontwaardigde uitdrukking op haar gezicht. 'Maar zo ben ik toch helemaal niet? Ik ben actrice, begrijp je? Ik kom op. En ik ga af. Ja, tussendoor speel ik natuurlijk ook nog van alles, maar zonder die opkomsten en die afgangen betekent dat allemaal niks.' Ze staart dramatisch naar een imaginaire einder ver achter de okergeel geverfde muur. 'Je kunt mij niet langzaam uitfaden, begrijp je? Dat gaat gewoon niet. Ik ben... een meeuw.' Ze kijkt naar Laura en schiet in de lach. ''Hahaha, ja je dacht dat ik het meende, hè? Maar dat was Nina, je weet wel, dat meisje uit dat stuk van Tsjechov. Helemaal koekeloere is die op het laatst, zo gek als een deur, maar ikke niet, hoor, ik heb ze allemaal nog prima op een rijtje. Nou goed, wat ik dus wilde zeggen is dat... God, hoe heet zo'n ding nou ook alweer, zo'n voorbijschietend vuurgevalding in het heelal? Een... ah, kom op nou, zo'n brandende bal, met zo'n staart, je begrijpt wel wat ik bedoel, zo'n ding dus, dat ben ik. Ik moet ergens inslaan of iets uit elkaar laten spatten of met een rotgang ergens langsscheren om net niet alles te verwoesten.' Ze lacht om haar eigen kwaadaardigheid. 'Maar enfin, even serieus nu, je begrijpt toch zeker wel dat ik niet zomaar kan gaan zitten wachten totdat er niks meer van me over is? Dat past toch helemaal niet bij mij? Dat is toch oneervol tegenover wie ik altijd ben geweest? Groots, meeslepend, dement. Welke van de drie hoort in dit rijtje niet thuis?'

Laura hoort echt wel wat ze zegt, ze begrijpt waar Catherina naartoe wil, maar dit is gewoon niet het juiste moment. 'Sorry, maar ik vind het allemaal best veel. Laten we dit nu eerst even opruimen en dan hebben we het er morgen over, oké?'

Catherina knikt. Het lijkt alsof ze het oké vindt, maar haar ogen verraden iets anders. Ze opent haar mond en ze sluit hem weer. Een beetje gedesoriënteerd kijkt ze om zich heen, haakt haar blik vast op de deur naar de hal en loopt dan licht wankelend de woonkamer uit.

Beschaamd blijft Laura achter en luistert naar alle onuitgesproken woorden die verloren in de kamer blijven hangen.

'Waar bewaar jij de ring eigenlijk?' vraagt Laura tijdens de lunch.

'Welke ring?'

'De Pallas Athena-parelring?'

'Die heb ik niet.'

'Hoezo heb je die niet?'

'Pfff, nou eh... vraag dat maar aan Marianne,' antwoordt Catherina korzelig.

'Is ze hem al komen halen dan?'

'Nee, natuurlijk niet, ze heeft hem gekregen. Je weet toch wel hoe die dingen gaan?'

'En als ik nou eens zeg dat jij tegenwoordig de draagster bent?'

'Doe niet zo raar.'

'Toch is het zo.'

'Ach welnee, joh, als dat zo was, dan had ik dat echt wel onthouden.'

Later die dag lijken ze eindelijk de juiste modus gevonden te hebben om te doen waarvoor ze gekomen zijn. Laura heeft drie dozen neergezet, eentje met 'houden', eentje met 'opslaan' en eentje met 'kringloop', en een rol vuilniszakken klaargelegd voor alles wat meteen weg kan. Voor Catherina heeft ze een klusje bedacht aan tafel met een prittstift, een leeg fotoalbum en een enorme stapel foto's, ze komen werkelijk overal vandaan. Catherina geniet zichtbaar van haar taak en praat honderduit terwijl ze naar foto's kijkt die oneindig veel herinneringen bij haar oproepen, tot zover is er met haar geheugen niks mis. Ze blijft maar vertellen over voorstellingen, rollen, regisseurs en collega's, de ene anekdote komt automatisch voort uit de andere terwijl van foto's plakken niet veel terechtkomt. Laura luistert er maar met een half oor naar en gaat ondertussen als een bulldozer tekeer. Alles wat geen waarde heeft en ze ongemerkt weg kan gooien, stopt ze in een vuilniszak, en alles wat daar nog te goed voor is en op geen enkele manier herleid kan worden naar Catherina of Edward komt in de doos 'kringloop' terecht. Dingen die overblijven biedt ze Catherina aan ter overweging: een zilveren tafelaansteker met Edwards initialen erin, mee naar huis of opslaan? Een roman met een persoonlijke opdracht? Een nepbronzen beeldje van een golfspeler op een zwartplastic sokkeltje waar DERDE PRIJS VOORT OPEN op staat? Een ivoren boekenlegger? Een loodzware asbak van natuursteen? Wanneer ze een ouderwetse VHS-band van Antonius en Cleopatra ophoudt met Elizabeth Taylor en Richard Burton in de hoofdrollen ziet ze Catherina's ogen oplichten. 'Waar haal je die nou vandaan?! Achter de lp's? Werkelijk? Och, die stiekemerd, hij heeft hem gewoon verstopt! En ik maar zoeken!' Laura kijkt verbaasd naar de hoes, waar een jonge verleidelijke Liz Taylor op staat in een Grieks gewaad met plooien. 'Had Edward hier een probleem mee dan?'

'Welnee, hij wilde mij alleen maar beschermen. Hij wist hoe

overstuur ik raakte elke keer als ik...' Ze pakt de VHS uit Laura's handen en kijkt ernaar. 'Ach ja...' Er zit duidelijk een brok in haar keel. Laura ziet hoe haar vingers zachtjes trillen terwijl ze de lucht onder de plastic hoes vandaan strijkt. 'Wat was er dan?' vraagt ze voorzichtig. 'Waarom doet die film je zoveel?'

'Film kan me gestolen worden. Mijn hart ligt bij het theater, dat weet je toch? Maar Cleopatra... Och, wat een rol. De Cleopatra van Shakespeare bedoel ik dan, hè? Daar zit zoveel in, alles wat een actrice op haar verlanglijstje heeft staan: hartstocht, verdriet, woede, speelsheid, berekening, geilheid, wanhoop, echt alles. Kom, dan gaan we ernaar kijken.'

'Nee. Niet nu.'

'Hè? Waarom niet?'

'Er moet nog van alles gebeuren, we wachten tot vanavond.'

'Toe nou?'

'Nee, echt niet, Catherina, later. We kijken er na het eten naar.'

Maar Catherina wil niet wachten tot na het eten, ze wil nu kijken: nu, nu, NU! Ze lijkt ineens wel een kind van drie dat niet in staat is het grotere plaatje te zien, maar alleen oog heeft voor die ene behoefte. Ze dreint en jengelt en zeurt net zolang totdat Laura uit haar slof schiet en zegt dat het nu uit moet zijn met dat gezeur. Bedremmeld kijkt Catherina naar haar tenen en sputtert zachtjes na.

Ze wachten dus tot na het eten. Voor de zekerheid waarschuwt Laura nog dat de band inmiddels versleten kan zijn of dat de recorder het niet meer doet en schuift dan pas de tape in de gleuf. Catherina zit als een kind zo blij op de bank, alsof de intocht van Sinterklaas gaat beginnen. Laura drukt op de playknop en ziet wonder boven wonder beeld verschijnen. Er begint een eindeloze reeks openingstitels tegen een achtergrond van roze-oranje gekleurde fresco's waar gele strepen overheen lopen. De geluidsband jankt een slepende Hollywoodsymfonie met buikdanseresachtige belletjes en slierten slangenbezweringsgefluit. De muziek wordt naar een dramatisch hoogtepunt geleid en dan gaat de laatste frescoachtige tekening over in bewegend beeld. Ze zien een strijdveld, alles nog altijd in hetzelfde roze-oranje met gele strepen, met vuurkorven en fakkels, hordes figuranten met capejes en omgekeerde bezems op hun hoofd, er klinken paardenhoeven, een trompet schalt dissonanten en een acteur begint te praten met dat vreemde, afgeknepen stemgeluid dat Laura doet denken aan het Polygoonjournaal. 'Spoel maar door,' zegt Catherina.

'Nou, ik weet niet of...'

'Spoel nou maar door.'

Ze weet echt niet of de band het aankan om vooruitgespoeld te worden. Het celluloid moet na al die jaren flink zijn uitgedroogd. 'Het zou kunnen dat...'

'Spoel nou door!' Soms is omgaan met Catherina een kwestie van 'dan moet je het zelf maar weten,' dus drukt Laura op FF. Nerveus volgt ze de beelden die versneld op het scherm voorbijkomen, een haven met boten en een vuurtoren, een marktplaats, een kindsterretje met opgevulde worsten langs zijn oren, zwarte figuranten die zo van de lp-hoes van Earth, Wind & Fire lijken te zijn gestapt, Griekse zuilen van bordkarton. Dan een boodschapper met een opgerold tapijt. 'Stop!' roept Catherina. Laura drukt op de stoptoets en knijpt tegelijkertijd haar ogen dicht, nu knapt de band, denkt ze, maar de band loopt gewoon door, dit keer in groen-blauw met paarse strepen: het tapijt wordt uitgerold en een jonge Elizabeth Taylor komt tevoorschijn als een soort Femke Halsema met te veel eyeliner en een foute pruik op haar hoofd. Dan knapt de band.

'Wat doe je?!'

'Niks.'

'Jawel, je zet hem uit!'

'Nee, ik zet hem niet uit, ik denk dat de band is geknapt.'

'Wat bedoel je?!'

'Ik denk dat het celluloid is gebroken, het is verdroogd en dan gebeurt dat. Ik was er al bang voor.'

'Hoezo was je er al bang voor?! Waarom heb je dan niks gedaan?! Je had toch... Jezus, je weet dat zoiets kan gebeuren en je doet niks?!'

'Ik wilde het zeggen, maar je kapte me af.'

'Plak het dan maar weer aan elkaar!'

'Dat kan ik niet.'

Catherina kijkt haar ongelovig aan. 'Godsamme zeg!'

'Ik ga er thuis wel mee naar een mannetje. Of we bestellen de film op dvd, hij is vast ook op dvd.'

'Ik wil niet naar de V&D, ik wil Cleopatra,' stottert Catherina. Dan draait ze zich af en duikt ineen. Laura kijkt er verbijsterd naar. Huilt ze nou? Ze kan het niet geloven, maar Catherina huilt echt, ze kan haar zachtjes horen snikken.

'Catherina?' Ze reageert niet. 'Zo erg is het toch allemaal niet?' Laura gaat naast haar zitten en legt een hand op haar knie. 'Hé?'

'Hou je mond jij! Wat weet jij er nou van?!'

'We kunnen dit fiksen, Catherina, echt. Alleen niet n...'

Maar Catherina duwt haar van zich af en roept bijna spugend van verontwaardiging: 'GA UIT MIJN OGEN JIJ NIETSNUT!'

Ze weet echt wel dat ze Catherina niet serieus moet nemen, ze is ziek. Maar ze voelt zich helemaal koud worden. Stik er maar in, denkt ze. Sluit de boel maar lekker zelf af, doe maar lekker zelf alle lichten uit. Ze staat op, loopt verdoofd naar boven en laat Catherina krijsend achter.

De volgende ochtend als ze opstaat hoort ze Catherina al douchen. Ze heeft geen zin om haar onder ogen te komen en besluit naar het dorp te fietsen om textielverf te kopen voor de gordijnen. De sleutel van het slot vindt ze in de grote Chinese schaal op het antieke kastje in de hal, samen met nog een heleboel andere sleutels, een buskaart en een zwembadabonnement uit 1984. Ze kijkt er verwonderd naar, waarom zou Catherina een zwembadabonnement uit 1984 bewaren?

Onderweg probeert ze uit te rekenen in welk jaar ze voor het laatst de zomervakantie in België heeft doorgebracht en ze komt uit op 1984. Van verbazing vergeet ze een paar seconden te trappen. Zou Catherina daarom die kaart gehouden hebben? Dat zal toch niet? Dat kan ze zich werkelijk niet voorstellen.

Wanneer ze die middag de roestbruin geverfde gordijnen weer staat op te hangen hoort ze een auto over het grindpad rijden. Nieuwsgierig drukt ze haar neus tegen de ruit en ziet een taxi stoppen.

Catherina

Even over een actrice van vroeger, god, hoe heette ze ook alweer? Klein vrouwtje met een beetje clownesk gezicht en een mooi ritmisch klinkende naam? Zo'n jaar of tien, twintig ouder dan zijzelf is? Nou ja, ze is al een tijdje dood, hoor, maar die dus, die zei dat ze totaal krankjorum zou zijn geworden wanneer ze niet bij het toneel was gegaan. 'Vraag maar aan mijn man.' Maar die stond er altijd zo heftig bij te knikken dat niemand het nog hoefde te vragen. En dan die andere, die jonge vent die zo fenomenaal Hamlet speelde? Prachtige tekstbehandeling, mooie kop met haar, bevruchtte zo'n beetje half Nederland? Allejezus, zeg, kan ze nou werkelijk op geen enkele naam meer komen? Nou ja, die zei dus dat acteren het overwinnen van je eigen schaamte is. En dan had je natuurlijk nog die oude baas, de oudste van de drie broertjes, die getrouwd was met... Ach, wat maakt het ook uit. Hij zei dat acteren ademen was, ademen en denken. De grapjas, alsof een mens dat niet de hele tijd al doet. Maar goed, zelf heeft ze in een interview wel eens gezegd dat acteren even een kleine vakantie van jezelf betekent. Niet omdat ze nou zo'n vreselijk mens is of juist heel saai, want dat is ze geen van beide, maar omdat vierentwintig uur per dag met jezelf zijn gewoon best veel is. Probeer je maar eens voor te stellen dat je dag in, dag uit al je tijd moet doorbrengen met diegene die je het meest dierbaar is en dat je daar dan ook écht alles mee doet, ook wanneer je misselijk bent of chagrijnig, niet kan slapen, winderig of afgunstig bent. Of omgekeerd, dat die ander daar allemaal last van heeft en dat jij daar dan een beetje naast moet blijven zitten, dag in, dag uit, en voor de rest van je leven. Dat wil je toch niet? Toch doen we dat allemaal, ons hele leven lang, met onszelf. Nou, dat is nogal wat. En daarom is het dus heerlijk dat ze zichzelf 's avonds aan een haakje in haar kleedkamer mag hangen en daar twee uur lang even helemaal van verlost mag zijn. Ze kan het iedereen aanbevelen. Trouwens, in het dagelijkse leven parkeert ze zichzelf ook regelmatig, wanneer ze bijvoorbeeld een klusje moet doen waar ze verlegen mee is, zoals een radiocommercial inspreken. Of die enkele keer dat ze denkt dat ze iets niet kan, zoals tijdens haar bevalling, toen stelde ze zich ook voor dat het een rol was die ze moest spelen en toen lukte het ineens wel. Ze kan ook gewoon niet alles – en wie kan dat wel? – maar ze kan wel alles spélen. Het leuke is dat de dingen die in het echte leven heel onaangenaam zijn, zoals bedrogen worden, rouw en waanzin, juist heerlijk zijn om te spelen. Niet dat ze ooit waanzinnig is geworden, maar ze heeft wel dingen doorstaan die ze zonder een rol aan te nemen nooit overleefd had. Laura krijgen bijvoorbeeld, Maarten begraven, ontslagen worden, abortus. Tijdens haar abortus stelde ze zich gewoon voor dat Edward haar Antonius was. Voor hem deed ze alles.

Ze spitst haar oren, hoorde ze nu stemmen in huis? Gedesoriënteerd kijkt ze om zich heen. Ze staat op. De stemmen komen dichterbij. Er zit een herkenbaar geluidje tussen, iets wat lichtvoetig rondhuppelt ergens in de bovenregisters. Een mens vult zichzelf een leven lang met leed, en het meeste daarvan gaat in een stem zitten, maar met de draagster van deze stem zijn nog geen verschrikkelijke dingen gebeurd.

In de deuropening verschijnt een ouder echtpaar met een meisje dat ze van mijlenver nog herkennen zou. Haar lieve kleine Laura. Eindelijk heeft ze die vreselijke vermomming afgegooid, die onverschillige houding en die deprimerende zwarte kleren. Zo ziet ze haar het liefst. Over haar glad geföhnde haren ligt een goudoranje glans als de stralen van de ondergaande avondzon. 'O, maatje,' zegt ze terwijl ze in een wolk van jongemeisjesgeuren op haar afkomt, haar blanke armen wijd gespreid. Catherina laat zich gewillig omhelzen, duwt haar neus in al dat goud om de geuren op te snuiven die ze zo lang geleden is kwijtgeraakt.

'Dag, lieverd, wat fijn dat je er weer bent,' zegt ze ontroerd.

'Dag, oma,' zegt Puck.

Ze zitten in de woonkamer aan tafel en eten asperges met aardappelpuree en zalm. Om hen heen staan talloze half ingepakte dozen en gevulde vuilniszakken, overal ligt zooi. Toch is het gezellig. Een zomerse stortbui heeft de avondlucht verduisterd en binnen heeft iemand de kaarsen aangestoken. Zo lijken ze net een hechte familie, zo eentje waarbij de banden tussen de generaties niet verbroken zijn.

'Hoe gaat het met je, Puck?' hoort ze Laura vragen.

'Goed.'

'Fijn dat je bent gekomen.'

'Ja.'

Ze ziet dat Laura nerveus gaat verzitten. Het lijkt wel of ze ergens bang voor is. Rupert kijkt van Laura naar zijn dochter. Er zit iets waakzaams in zijn blik, hij is op zijn hoede. Naast hem op tafel staat de schoenendoos met de foto's. Puck heeft ze er allemaal in gegooid en het fotoboek en de prittstift erbovenop gelegd. 'Die gaan we later allemaal inplakken, hè, oma?'

Catherina is haar zo dankbaar. Heel haar leven wordt ontmanteld, het is fijn dat Puck een archief aanlegt.

'Hoe is het met je vriendje?'

Dat klinkt dan weer zo absurd dat ze in de lach schiet. 'Vriendje?'

'Ik vraag het aan Puck.'

'O.'

'Ik heb geen vriendje,' zegt Puck.

'Maar Tessa zei...'

'Sinds wanneer spreek jij met Tessa?'

'Toen ik bij je langsging, weet je nog?'

'Toen was ik bij m'n ex.'

'O, je ex.'

'Hij had het net uitgemaakt.'

Catherina ziet Laura schrikken. 'Echt? Och, schatje toch...'

'Hoe gaat het met jou, oma?' Twee lieve bruine ogen kijken belangstellend haar kant op.

'Kan niet beter,' lacht ze en zo is het ook, want ze voelt zich opperdepop.

'Waarom heb je me dat niet verteld?' Laura kijkt hulpeloos in Pucks richting. Puck prikt met haar vork in haar eten en lijkt niet van plan antwoord te geven.

'Wie schenkt mij nog een glaasje in?' Gretig kijkt ze de tafel rond.

'Nou, Catherina, ik denk niet dat...' zegt Laura, maar Rupert fluistert: 'Laat 'r nou.' Laura werpt hem een giftige blik toe, zelf is Catherina het roerend met hem eens. Tevreden kijkt ze toe hoe Puck haar bijschenkt. Het is fijn om zo met elkaar te zitten. Ze heeft dat gemist. Ze is geen mens voor de stilte, ze heeft anderen nodig, reuring, opwinding. Edward taalde daar niet naar. Zolang hij maar bij de open haard zijn *conspiracy*-boeken kon lezen en af en toe in de tuin kon werken was hij gelukkig. Haar vrienden voelden dat haarfijn aan, het duurde niet lang of er kwam niemand meer.

'Waar was jij eigenlijk toen hij doodging?' hoort ze zichzelf ineens vragen en dat is gek, want dat was ze helemaal niet van plan.

'Pardon?' Laura kijkt haar verbaasd aan.

'Ik was helemaal alleen toen hij stierf.' Dat was ook zo, er was verder niemand bij. 'Verder was er niemand bij,' bauwt ze haar eigen gedachte na. Laura's gezicht verstrakt. 'Je had er ook voor mij kunnen zijn, toch?' Laura schudt bijna onmerkbaar haar hoofd. Er zit iets in haar ogen waar Catherina bang van wordt. Het is misschien beter niet verder te vragen. Iemand schraapt de keel. Puck kijkt haar met opgeheven glas verwachtingsvol aan. 'Even proosten, oma?'

'Ach ja!' roept ze en ze steekt enthousiast haar glas in de lucht, waarbij ze ongeveer de helft morst. 'Oeps, sorry!'

'Op jou en mama,' zegt Puck. Er valt een gekke stilte. 'Omdat jullie volgens mij heel veel hebben meegemaakt en ik hoop dat jullie daar samen eindelijk eens over praten en elkaar misschien wat beter leren begrijpen.'

'Nou!' Met grote vragende ogen kijkt Catherina naar Laura. 'Dat lijkt mij een reuzespannend idee, wat jij?' Ze strekt haar arm uit om met Laura te proosten, maar die negeert het gebaar en drinkt in één teug haar glas leeg.

'Oma en ik hoeven nergens over te praten, Puck. Wij begrijpen elkaar prima,' zegt ze terwijl ze haar glas neerzet.

'O, dus er is eigenlijk niks aan de hand?'

'Niet echt, nee.'

'Jullie zijn gewoon helemaal cool samen?'

'Nou ja, cool. We zijn zoals we zijn, niks problematisch, maar ook niet echt cool of zo,' mompelt Laura.

'Dus ik heb het me allemaal verbeeld?' Puck kijkt haar moeder strijdbaar aan.

'Verbeeld? Wat bedoel je?'

'Als jij me naar oma bracht ging je zelf nooit mee naar binnen, dat lijkt me niet zo prima, of wel dan?'

'Dat kwam dan gewoon zo uit, dan had ik haast of...'

'Mam! Hou toch eens op met die smoesjes!'

Laura hapt naar adem en herpakt zich. 'Puck, laat dat, oké? Het is niet zo'n ding.'

'Niet zo'n ding? Natuurlijk is het een ding!'

'Waarom maak je hier nou ineens zo'n punt van? Ik begrijp het niet.'

'Omdat...' Puck schudt haar hoofd. 'Laat ook maar.'

'Nee, nu wil ik het horen ook.'

'Omdat het kut is, mam, daarom.'

Laura kijkt in verwarring naar Puck. 'Wat bedoel je? Wat is kut?'

'Dat je... dat ik altijd overal tussen geschoven werd, alsof ik een soort mascotte was, een ding waar iedereen blij van wordt, kun jij je voorstellen hoe dat voelt? Nee, dat denk ik niet. Maar dat is eng, hoor, dat is echt heel eng.' Catherina zou willen dat ze het kon volgen, ze hoort de woorden wel, maar ze missen betekenis. 'Zoals met Sinterklaas,' gaat Puck verder. 'Dat moest dan zogenaamd gezellig zijn met oma erbij. Nou, je keek niet eens naar d'r! Ik geloof niet dat ik je ooit iets aardigs tegen haar heb horen zeggen en ondertussen maar bezig zijn met mij en me schattig vinden en complimentjes geven en ik maar leuk doen en lief zijn zodat niemand zou voelen hoe pijnlijk het eigenlijk was!'

'Maar, lieverd, ik...'

'Nee, mama, nou even geen "maar, lieverd ik" en niet zeggen dat het allemaal wel meeviel!'

'Jezus...' Laura kijkt haar getroffen aan. 'Je doet net alsof dat allemaal niet gemeend was. Je weet toch hoeveel we van je houden, dat jij echt voor ons het allerbe...'

'Ga nou eens gewoon in op wat ik zeg!' valt Puck haar in de rede. 'Ik heb er zo genoeg van! Ik ben er echt helemaal klaar mee! Ik wil het gewoon niet meer zo! Ik ben niet wat jij van mij maakt! Ik ben niet de oplossing voor alles wat jij gemist hebt in jouw leven!'

Er valt een pijnlijke stilte. Catherina kijkt verbaasd de tafel rond. Wat is er toch allemaal aan de hand? Waarom doet iedereen zo boos en zijn ze zo ongelukkig?

'Waarom zeg je zoiets?' zegt Laura met verstikte stem. Ze klinkt weer zo gekwetst. Wat reageert ze toch altijd gevoelig. 'Waarom zeg je dat soort dingen tegen mij?' Het lijkt alsof ze ieder moment kan gaan huilen. 'Ik...' Laura klemt haar lippen op elkaar en knijpt met haar handen in de rand van de tafel. Haar knokkels zijn wit, alsof ze probeert het leven uit zichzelf te persen.

'Schat, als moeder ben je klankbord of pispaal, meer smaken zijn er niet,' hoort ze zichzelf zeggen. 'Liefde en bevestiging zoek je maar ergens anders.'

Rupert kijkt verwijtend haar kant op. Dan draait hij zich naar Laura toe en legt troostend zijn hand op haar arm. 'Lieverd...'

Laura trekt haar arm onder hem vandaan en kijkt hem gekwetst aan. 'Blijf van me af jij,' sist ze met strakke kaken. Ze schuift haar stoel naar achteren, staat op en begint woest borden te stapelen.

Rupert ziet zijn nog halfvolle bord onder dat van Puck verdwijnen. 'Lau, toe, ga zitten alsjeblieft.'

Met een klap zet ze de stapel terug op tafel, klonten aardappelpuree vliegen in het rond, de tafel schudt, het servies klettert. Laura gaat zitten, haar gezicht staat strak. 'Ik ga me hier echt niet lopen verdedigen terwijl ik een moeder heb die...'

'Hallo? Wat heb ik hiermee te maken?' Ze flapt het eruit.

Laura balt haar vuisten. 'Ik wil het er gewoon niet over hebben,' gromt ze en ze sluit demonstratief haar mond.

'En als ik het er wel over wil hebben?' Puck kijkt uitdagend naar Laura.

'Puck, ik heb je in maanden niet gezien of gesproken, laten we het alsjeblieft over jou hebben.'

'Nee, mam. Niet doen.'

'Vertel eens iets over jezelf?'

'Dit wil ik dus niet meer.'

'En waarom zeg jij eigenlijk niks?' Laura keert zich plotseling naar Rupert.

'Lau, ik denk dat Puck...'

'Ah!' Ze probeert te glimlachen, maar haar mondhoeken doen niet mee. 'Jullie hebben het hier natuurlijk al met elkaar over gehad tijdens jullie geheime ontmoetinkjes.' Gekwetst kijkt ze van Rupert naar Puck, die niks terugzeggen en ieder een andere kant op kijken.

'Wat is er dan zo erg aan mij dat ik...? Nee, laat maar. Ik hoef het eigenlijk ook niet te weten.'

'Waarom kan ik niet gewoon eerlijk met je zijn?' piept Puck. Tot haar verbazing ziet Catherina dat het arme kind huilt.

'Je kunt prima eerlijk met me zijn. Je vindt dat ik het allemaal verkeerd heb gedaan. Oké. *Point taken*.'

'Dat zegt Puck toch niet?' Hèhè, haar schoonzoon doet ook eindelijk zijn mond open.

'Nee? Nou, volgens mij wel. Ik hoor eigenlijk alleen maar kritiek.' Laura klemt haar kaken op elkaar en begint gedecideerd haar servet te vouwen.

'Laura kan daar niet tegen.' Ineens staart iedereen haar aan. Catherina schrikt er een beetje van. 'Ja, dat is toch zo?' krabbelt ze terug. Laura ziet er afgepeigerd uit. Dit hele tafelgesprek kost haar zo te zien oneindig veel moeite. 'De meester van de zesde klas zei het vroeger ook al. Laura kan niet tegen kritiek. Hij zei dat je van jezelf geen fouten mocht maken.'

'Sorry, maar is dit relevant?' Laura's stem klinkt ijzig.

'Nou, misschien wel, mam, misschien is dat precies de reden wa...'

'Oké oké. Dus het ligt allemaal weer aan mij?'

'Nou ja, niet altijd alles, maar soms, zoals nu, wanneer je je meteen zo aangevallen voelt.'

'Ja, die is makkelijk, zeg.'

'... en je gaat verdedigen.'

'Jezus!' Laura knijpt haar ogen dicht en haalt diep adem. Iedereen valt stil.

God, wat jammer. Het had zo'n fijne avond kunnen worden. Maar misschien kan ze de boel nog redden, denkt Catherina. 'Die meester zei dat Laura van zichzelf een wonderkind moest zijn, en weet je wat ik toen antwoordde? "Nou, dan mot ze maar aan het toneel, dan mag ze er eentje speulen!" Hahahahaha!'

Niemand lacht mee.

Laura's ogen schieten vuur. 'Zal ik je dan maar gewoon vertellen waarom ik er niet bij was om je te helpen toen Edward stierf?'

God, wat zou ze nu weer krijgen? 'Nou, als het zo moet liever niet, vind je het heel erg?'

'Ik was goddomme jouw moeder aan het verzorgen. Jouw moeder! Die op het laatst zo dement was als een kartonnen doos en die, als je even niet oplette, zo in d'r kale foef boodschappen ging doen, echt waar, die liep op d'r dooie gemakje de Dirk in voor een pondje leerdammer en een halfje casino met alleen maar een windjackje aan en daaronder niks behalve een paar sloffen en een kale poes. En dan moest ik haar dus gaan halen, negentien jaar oud, moest ik dat hele klote-eind weer terug naar huis met mijn half ontklede oma aan de hand, dus sorry, ik had helaas even geen tijd voor jou en je stervende rotzakje. En heel eerlijk gezegd lijkt me dat ook geen enkel probleem vanwege het simpele feit dat jullie tot dan toe ook niet heel erg zorgzaam voor MIJ waren geweest!' Ze trilt. 'Dus als iedereen me nu wil excuseren, dan sta ik graag op van tafel om in m'n eentje een wandelingetje te maken en als ik dan straks terugkom, hoop ik dat jullie allemaal opgesodemieterd zijn zodat ik samen met Dominique en de makelaar deze kutklus hier af kan maken en iedereen weer vrolijk verder kan met z'n eigen leven!'

Laura beent de kamer uit. Zwijgend blijven ze achter, niemand durft nog iets te zeggen. Dan slaat de voordeur dicht.

Laura

Nadat ze was teruggekomen uit België heeft ze meteen haar deel van het bed uit hun slaapkamer gehaald en dat naar de oude kamer van Puck gesleept, terwijl Rupert machteloos stond toe te kijken. Het was misschien een rare actie en kinderachtig bovendien, maar ze moest iets doen om uiting te geven aan haar gekwetstheid en dit was het enige wat ze kon verzinnen.

Het was nog best een klus, het bed paste niet door de deur. De pootjes moesten eraf, maar die zaten met hun vleugelmoertjes zo vast dat ze er met de beste wil van de wereld geen beweging in kon krijgen en er bijna haar vingers op brak. Hoewel Rupert erop aandrong dat ze zou stoppen zette ze toch door en brak uiteindelijk alleen maar een nagel. Tussendoor ging ook nog haar telefoon. Marianne Maverick. Ze drukte haar weg en zette het geluid uit. Zo gaan we het voortaan doen, dacht ze; ik laat me door niks of niemand meer de wet voorschrijven. Ze trok het onderstel door het deurgat achter zich aan door de hal, terwijl Rupert riep dat ze moest stoppen omdat ze krassen op het parket maakte. Ze kon echt wel zien hoe rot hij zich voelde en het was aardiger geweest wanneer ze zou stoppen en gewoon met hem zou praten, maar ze wilde niet aardig doen en ze wilde niet praten, ze wilde alleen maar rekening houden met zichzelf. 'Wat heeft het voor zin om te praten als ik me niet mag verdedigen omdat iedereen dan toch alleen maar zegt: "Zie je wel, ze kan niet tegen kritiek"?' Dat had ze al tegen hem gezegd, dus ze vond dat hij nu maar gewoon moest begrijpen dat een gesprek er voorlopig niet in zat.

'Kijk uit voor de deurposten!' riep hij toen ze achterstevoren Pucks kamer in ging. Op dat moment stootte ze er met het onderstel van het bed hard tegenaan. Ze zag de buts die ze had veroorzaakt in het hout, maar het deed haar niets.

België. Ze hoeft er maar aan terug te denken en haar hele lijf wordt koud. Ze gaat liggen en krult zich op onder het dekbed, maar het lukt niet om warm te worden. Ze doet haar vest en haar jas aan, trekt het dekbed over haar hoofd en slaat met haar hand de kieren dicht, niks helpt.

Het Achilles accepteert haar ziekteverzuim niet en wil van haar af. Het is alsof ze van de aarde af kukelt. Vanaf nu staat er MISLUKT achter haar naam. Het valt niet mee om haar dagen te vullen. Thuis waar Rupert is, wil ze niet zijn en daarom vertrekt ze iedere ochtend om te wandelen. Of het nu regent of stormt, ze loopt uren achtereen door de stad en naar de randen ervan waar het water van het IJ is, het Sloterpark, de polders van het waterland of het Amsterdamse Bos. Het is een wisselvallige nazomer, maar zo nu en dan zit er een mooie dag tussen. Op die zeldzame momenten, wanneer de zachte stralen van de zon haar huid strelen en het leven weer heel even vriendelijk lijkt, vraagt ze zich af waarom ze het zo ingewikkeld maakt. Waarom voelt ze zich altijd aangevallen? Waarom lukt het niet om gewoon te luisteren naar wat anderen haar te vertellen hebben? Het antwoord is simpel en ze draagt het al een groot deel van haar leven bij zich: ze is bang. De angst jaagt haar al weken door deze straten, langs deze dijken, over deze bospaden waar elke vijf minuten een vliegtuig overheen raast, zo dichtbij dat je de mensen achter de ronde raampjes bijna kunt aanraken. Waarvoor is ze bang? Wat verlamt haar zo dat ze niet meer handelt? Wat maakt haar zo panisch dat ze niks anders meer kan dan vluchten?

Op een zeker moment helpt het niet meer om te wandelen en pakt ze haar fiets. Kriskras peddelt ze door de stad, het ene moment pal tegen de wind in, dan weer met een krachtige wind in de rug, de handen stevig om haar stuur geklemd, zich schrap zettend om niet omver te worden geblazen. Van Nieuw-West fietst ze naar de Watergraafsmeer en vanaf daar naar Borneo-eiland en via de achterkant van het Centraal Station weer door richting de houthavens. Ergens ter hoogte van de Van Diemenstraat belt Marianne Maverick. Dat doet ze tegenwoordig iedere dag. Laura neemt uit protest niet meer op en drukt haar iedere keer weg. Ze begrijpt alle opwinding niet, die ring komt vanzelf wel weer bovendrijven, *big deal.* Waarschijnlijk is Mariannes gevoel van urgentie onderdeel van de waan waarin alle acteurs en bekende Nederlanders leven, namelijk dat wat ze doen werkelijk belangrijk is.

Pas wanneer de spieren in haar bovenbenen zo beginnen te branden dat ze echt niet verder kan, besluit ze even pauze te nemen. Ze kiest een stuk braakliggende grond uit aan het IJ waar wat rotsachtige stenen verspreid liggen in het verdorde gras en stapt af. Ze zet haar fiets tegen het hek en gaat op een van de stenen zitten. De kou trekt meteen haar billen in. Boven haar hoofd krijsen de meeuwen. Verderop varen twee gigantische boten voorbij. Het lijkt wel alsof het nog harder is gaan stormen, de wind blaast in haar oren en trekt aan haar kraag, die klappert als een stukgewaaide vlag. Ze sluit haar ogen in een poging de storm in haar eigen kop tot bedaren te brengen, richt haar aandacht op haar adem en probeert zich te concentreren op de geluiden om haar heen, maar de wind maakt haar onrustig en achter haar op de Westerdoksdijk raast het verkeer onafgebroken voorbij, een geluid dat haar bloed doet opstuwen en haar gedachten alle kanten op jaagt. Zo nu en dan komt een mensenstem boven het lawaai uit, soms dichtbij, soms verder weg. Iemand lacht. Ze voelt een hondje aan haar knie snuffelen. Omdat ze bang is dat hij tegen haar aan zal plassen, opent ze boos haar ogen. Maar er is geen hondje. Ze is helemaal alleen.

Wanneer ze weer naar huis fietst, merkt ze dat de kou van de steen haar billen heeft verdoofd, het voelt alsof ze een enorme onderbroek van rubber draagt. Maar in haar hoofd is het lichter. Haar hersenen zitten niet meer zo dichtgekoekt als daarvoor, er is ruimte gekomen in de grijze massa.

Ze kan herstellen, denkt ze. Het duurt misschien nog even, maar het kan.

Thuis staart ze vanaf haar plek aan de keukentafel naar Rupert, die in zijn studeerkamer zit, ver weg van de gewone wereld, waar echte mensen leven, met echte zorgen en echte pijnen die minder prachtig verwoord worden dan in zijn manuscripten. Voorheen bood zijn overgave aan taal haar troost, alsof hij haar daarmee kon beschermen tegen alles wat lelijk is in deze wereld, maar ze gaat steeds meer begrijpen dat dat niet kan. Je kunt het leven niet buitensluiten. Zelfs Rupert kan dat niet.

Tijdens een van haar fietstochten ziet ze op de gevel van een grachtenpandje een bord hangen: DE SCHRIJVERSACADEMIE. Ze stapt af, zet haar fiets op slot, gaat naar binnen en geeft zich op voor de eerstvolgende cursus.

Ze kan meteen na het weekend beginnen en komt terecht in een klasje met twee zwangere vriendinnen die na hun bevalling een *career move* willen maken, een gepensioneerde man die werkelijk denkt dat de wereld op zijn memoires zit te wachten, een jonge vent van een jaar of dertig die de cursus vooral lijkt te doen om vat te krijgen op zijn eigen ingewikkelde persoonlijkheidsstructuur en een lieve, beetje vadsige homoseksuele man van haar leeftijd die als broeder bij de dierenambulance heeft gewerkt, maar nu alweer een paar jaar met een burn-out thuiszit. Omdat hij geen idee heeft wat hij aan moet met de rest van zijn leven lijkt het hem heerlijk om verhalen over andere mensen te bedenken. Hij heet Joop en ze voelt zich meteen met hem verbonden.

De eerste opdracht is om iedere ochtend meteen na het opstaan, dus zonder eerst iets anders te doen, niet eens een glas water te drinken, achter elkaar zes kantjes vol te schrijven zonder hun pen van het papier te halen. Punten en komma's hoeven niet, stijl is onbelangrijk en spelfouten zijn volledig geaccepteerd. Waar het om gaat is dat ze hun pen de vrije teugels geven, hun creativiteit laten stromen en zonder enige vorm van zelfcensuur blijven schrijven totdat alle kantjes zijn gevuld.

Laura's pen gaat meteen los terwijl ze met de slaap nog in haar ogen begint te schrijven. Het gaat natuurlijk over Puck en hoe ze haar mist en hoe graag ze weer de harmonie terug heeft in haar leven en wil samen zijn in de geborgenheid van haar gezin zodat er liefde is en gezelligheid met kerstbomen en kampvuren en wollen kersttruien en zomeravonden met houden van en lichamen die tegen elkaar aan leunen en op elkaar steunen en samen één zijn en dat er nooit iemand tussen zal komen ook geen Edwards of vervelende toneelregisseurs omdat hun band door niets of niemand kan worden aangetast. Ze ziet pas wat ze geschreven heeft wanneer ze na twintig minuten stevig doorpennen haar ballpoint van het papier haalt en terugleest wat er staat. Misschien moet ze het verscheuren en opnieuw beginnen? Maar dat was de opdracht niet. De opdracht was: geen zelfcensuur. 'Daarmee is je innerlijke bron absoluut niet geholpen,' waarschuwde de docente, 'en die moet blijven stromen, wat er ook gebeurt.'

Ze heeft pech. Tijdens de volgende les kiest de docente uitgerekend haar zes kantjes uit om voor te lezen. Terwijl ze strak van de schaamte luistert naar een niet-vertrouwde stem die haar diepste zielenroerselen voorleest, begint ze toch te twijfelen of ze de opdracht wel goed begrepen heeft en krijgt de ene opvlieger na de andere. Ze moet zich inhouden om het lokaal niet uit te vluchten. Ze hoort pas later van Joop dat hij met ingehouden adem heeft zitten luisteren en dat de twee zwangere vriendinnen steeds intenser over hun enorme buiken waren gaan strijken. Zelf is ze zich op dat moment alleen maar bewust van het gezucht van de gepensioneerde man en het ongedurige geschuifel van de jongen met het ingewikkelde karakter en schaamt zich de ogen uit haar hoofd. Hoe kon ze zo idioot zijn te denken dat ze heel haar hebben en houden op papier moest zetten om het voor te laten lezen aan deze groep mensen die het werkelijk geen ene bal aangaat hoe ze zich voelt?

Wanneer de docent klaar is, kijkt ze haar aan, knikt bedachtzaam en zegt dat Laura een mooi uitgangspunt heeft gevonden voor een boeiend verhaal over een moeder-dochterrelatie, maar dat het nog een grote uitdaging zal worden om haar hoofdpersonage interessant te krijgen. 'Niemand heeft zin in het verhaal van een zeur, en eerlijk gezegd, ik zit me nu al een beetje te ergeren. Wat dat betreft is die acterende moeder die je beschrijft een veel leuker personage, daar zit vlees aan, die heeft humor en geeft tegenkleur. Denk er maar eens over na of je niet liever van háár je hoofdpersoon wilt maken.'

Na afloop van de les haalt Joop haar over om samen nog wat te gaan drinken. Ze vermoedt dat hij haar vraagt uit medelijden. Ze voelt zich vreselijk, maar ze zegt ja omdat ze hem niet wil kwetsen. Terwijl ze wachten op hun drankjes doet ze zich stoerder voor dan ze is en zegt dat ze stopt, ze gaat de cursus niet afmaken, dit is haar laatste bijeenkomst geweest, het hele idee om te gaan schrijven was toch al absurd en de docente heeft gelijk, ze is ook irritant en misschien uiteindelijk wel net zo egocentrisch als haar moeder. Joop hoort haar verbaasd aan.

'Ik heb haar helemaal niet horen zeggen dat je irritant bent.'

Ze ziet dat hij oprecht verbaasd is, het verwart haar. 'Jawel, hoor, ze zei dat ze me vond zeuren.'

'Nee, ze zei dat je hoofdpersonage nog wat meer tegenkleur kon gebruiken, zoals de acterende moeder, maar dat ze een interessant uitgangspunt was voor een boeiend verhaal.'

'Nou, ik heb haar toch echt horen zeggen dat...'

'Dan heb je je dat verbeeld, want dat zei ze niet.'

Thuis ligt er een brief op haar te wachten.

Lieverd, ik weet niet waar je uithangt. Ik mis je en ik maak me zorgen. Ik heb je gekwetst door contact te zoeken met Puck en jou daarbuiten te houden. Ik begrijp je verontwaardiging, je verdriet en je woede. Dat spijt me.

Ik slaap slecht zonder jouw warme lijf naast me en ik heb dus eindeloos de tijd om over je na te denken. Ik ben het met je meester op de lagere school geloof ik wel eens: jij denkt dat je een wonderkind moet zijn. En wonderkinderen verdienen bewondering, geen kritiek. Dat standpunt kan ik goed begrijpen. Maar lieverd, voor mij ben jij de meest wonderbaarlijke vrouw die ik ooit ontmoet heb, en dan bedoel ik met alles erop en eraan, dus ook met alles wat je voelt, je grenzen, je wensen, je makkes en je behoeftes, die horen er allemaal bij wat mij betreft. Wat ik maar zeggen wil is dat je niet vierentwintig uur per dag perfect hoeft te zijn. Je bent gewoon zoals je bent. Ook als dat betekent dat je geen afstand van je kind kunt nemen. Dan is dat maar zo. Puck zal zelf met een oplossing moeten komen en datgene moeten doen wat goed voor haar is. Wees daar niet bang voor. Jullie komen er wel uit samen. En vergeet nooit: wij houden van jou. Ik net zo goed als Puck. Je Rupert

Ze leest de brief opnieuw en opnieuw en opnieuw, maar het lukt niet om de betekenis ervan tot zich door te laten dringen. De woorden lijken niet voor haar bedoeld, maar voor iemand anders.

Op dat moment belt Marianne. Ze neemt op.

'Kind, je bezorgt me slapeloze nachten,' zegt ze met een theatrale zucht.

'Ik weet het, ik ben ermee bezig, maar ik zou het op prijs stellen als je me niet de hele tijd belt.'

'Ik zou het op prijs stellen als je voortaan gewoon je telefoon opneemt.'

Verbaasd luistert ze naar Mariannes snibbige toon. Ze heeft geen weerwoord. Het enige wat ze kan bedenken is de verbinding verbreken. Ze doet het met trillende vingers en vraagt zich af hoe je ook alweer iemand blokkeert. Puck weet dat soort dingen, maar die kan ze het niet meer vragen. Kon ze maar huilen. Maar ook dat lukt niet. Ze is alleen maar bang. Verder niks. Angst is de enige emotie die ze nog kan voelen.

Catherina

'Edward heeft me gered, schrijf dat maar op. Zonder hem was ik ten onder gegaan in die valse wereld waar blonde haren en bevallige heupen meer voor een carrière deden dan tekstbeheersing, inleving en de kunst om te transformeren. Hij was een absolute liefhebber van het vak en een groot bewonderaar van toneelspelers, al was zijn inslag natuurlijk een stuk commerciëler dan ik gewend was. Edward was televisieproducent en daarnaast natuurlijk ook gewoon een hele slimme ondernemer. Hij wist wat ik nodig had, creëerde nieuwe kansen en maakte me bekend bij een groot publiek. Ja, dat heeft veel opgeleverd. Ook kritiek trouwens, want commercie was not done in die tijd en mijn collega's... Mens, je wilt het niet weten, ze haalden hun neus ervoor op: hoe kon ik mijn ziel verkopen aan zoiets laags als een ziekenhuisserie? *Medisch Gasthuis Gooi*, ze pisten erop.'

Ze schopt haar slofjes uit en wiebelt met haar tenen in haar sokken. 'Later zijn ze trouwens allemaal commercieel werk gaan doen, echt waar. Zelfs reclames. Marianne ook hoor, die deed iets voor een telecombedrijf, geloof ik, nou ja, dat is in ieder geval beter dan tampons of een wasmiddel.' Ze luistert even naar de stilte in haar hoofd. 'O ja,' hoort ze zichzelf dan zeggen, 'had ik het al gehad over de dood? De dood houdt ons in leven. Is dat niet een mooie kop boven je stuk? De dood houdt Catherina Pecheur in leven. Hahaha. Maar echt, het is zo. Dat geldt ook voor jou, let maar op. We schrikken ons rot als een vage bekende sterft en beginnen ogenblikkelijk te roepen dat we het leven moeten omarmen, dat we moeten genieten in het hier en nu, carpe diem en dat soort dingen. We ervaren alles intenser en tellen onze zegeningen in plaats van te klagen over alles wat we niet hebben, wat we normaal gesproken doen. Maar er is nog geen week voorbij en we zijn dat allemaal weer vergeten en maken ons opnieuw druk om de kleinste onbenulligheden. Eigenlijk zijn wij, de levenden, als een zevenkoppige draak die gevoed moet worden met rouwkaarten, crematies en overlijdensadvertenties. Alleen door stil te staan bij het verlies van anderen krijgt ons eigen leven zin.' Ze ademt tevreden uit. 'Zo, heb je genoeg nu? O nee, wacht, ik moet nog iets zeggen over Laura. Dat moet. Laura had het heerlijk bij haar grootouders, echt waar. Het had te maken met reinheid, regelmaat en meer van dat soort burgerlijke principes. Een gehaktbal op woensdag, zaterdag de auto wassen, heerlijk vond ze dat. Voor mij was dat natuurlijk onbegrijpelijk, want zelf ben ik dat allemaal ooit ontvlucht, maar ja, de ene mens is de andere niet. Dus. Dan weet je dat.' Ze voelt zich ineens heel zwaar worden, alsof al haar energie de grond in verdwijnt. Hoe ouder ze wordt, des te harder de aarde aan haar trekt. Ze kan niet anders dan zich eraan overgeven. Zwaarte. Stilte. Adem. Zwart.

Even niks. Dan keert het licht terug alsof de maan opkomt aan de oostelijke avondhemel. 'Zal ik je vertellen hoe het vroeger bij mij thuis was? Zou je dat willen weten?' Ze gaat er eens goed voor zitten. 'Nou, kind, het was verschrikkelijk! Ik kon er werkelijk geen adem krijgen. Mijn vader was... hoe zal ik het zeggen? Ik denk dat ze dat tegenwoordig manisch-depressief noemen. Het ene moment *himmelhoch jauchzend* en het volgende *zum Tode betrübt*, ja, Goethe, zoek maar op. Waar hadden we het ook alweer over? O ja, mijn vader... Uiteindelijk vond hij een soort evenwicht in zichzelf door op alles en iedereen te mopperen. En maar foeteren en maar zeiken. Sjongejonge, wat een kankerpit kon-ie zijn, zoals die man kon traineren. Is-ie ook aan gestorven trouwens, aan die kankerpit bedoel ik. Zat in zijn slokdarm. Ja, hoor, schrijf maar op, hij kan het toch niet meer nalezen, hahaha. Ach, het was voor hem altijd al slikken of stikken en slikken was nou niet bepaald zijn sterkste punt, dus je begrijpt wel wat het geworden is. Maar ik was daar allemaal niet bij, ik heb dat gelukkig niet hoeven meemaken. Ik kon die man toch al niet verdragen, laat staan dat ik het aankon om... Hou op, zeg.'

'Hoe was dat dan voor Laura?'

'Voor wie?'

'Je dochter.'

'Ah, Lautje, ja. Die kon dat allemaal prima aan. Zo'n makkelijk kind. Voor Lautje was het goed dat er wat meer regelmaat kwam in haar leven. Ik weet nog dat de meester op de lagere school zei: "Als groot actrice hebt u natuurlijk uw handen vol aan al die prachtrollen die u moet spelen en dan moet u er ook nog voor Laura zijn." Ja, die begreep best in welke spagaat ik zat. Als ik 's avonds een zware voorstelling moest spelen, had ik overdag echt geen geduld met haar. Zo was dat nu eenmaal. Nee, die had het uiteindelijk bij haar grootouders echt beter. Ook vanwege Edward. Dat was gewoon geen man voor kinderen...' In haar hoofd ontstaat een poort waar ze met haar gedachten in gezogen wordt, als een soort omgekeerde bevalling. Ze ziet de kamer weer voor zich op de Nieuwmarkt, het bloeden in de taxi op weg naar huis. Ze had het niet gedaan voor Cleopatra, dat zei ze alleen maar om al die verschrikkelijke mensen bij Het Stadstheater zich slecht over zichzelf te laten voelen. Ze had het gedaan voor hem. Hij wilde ze niet, kinderen. Zoals hij soms tegen Lautje deed, dat was gewoon niet leuk meer. Hij noemde haar een lastpak en dat was ze niet. Lautje was een heerlijk kind.

'Gaat het?'

De stem roept haar terug, achter haar sluit de poort zich weer. 'Ja, ja, vraag nog maar eens wat.'

'Waarom ben je aan het toneel gegaan?'

'Och kind, wat een vraag, waarom niet, zou ik bijna zeggen, het leven is toch veel te saai en tegelijkertijd te wreed om dag in, dag uit geleefd te worden zonder er zo nu en dan even aan te ontsnappen? En er was natuurlijk ook die ene voorstelling die ik begin jaren zestig in de schouwburg zag en die me werkelijk omverblies. Antonius en Cleopatra, met Ank van der Moer en Han Bentz van den Berg, ik krijg er gewoon weer kippenvel van, zo verwoestend mooi was dat. Ik wist meteen dat ik dat ook wilde, toneel waar je aan dood kon gaan, maar ja, ik had de lach aan mijn kont hangen.' Ze recht haar rug en schraapt haar keel. 'Ik weet echt wel dat dat ook een talent is, en trouwens, een zaal die buldert na een goed getimede grap is een orgastische ervaring, maar toch, ik had zo dolgraag de grote dramatische rollen gespeeld, begrijp je? Daar had ik echt alles voor overgehad.' Ze voelt hoe haar keel dichtgeknepen wordt, plukt aan haar kleren en ademt de emotie weg. 'Nou ja, niet alles natuurlijk, niet wat Marianne Maverick er allemaal voor overhad, dát zeer zeker niet. Haar Cleopatra was trouwens niet om aan te zien, zo geposeerd, zo ijdel en zo totaal niet intelligent. Ze had die rol natuurlijk ook alleen maar gekregen vanwege haar affaire met... God, hoe heet die flapdrol ook alweer? Die acteur die het zo ver wist te schoppen, helemaal tot aan het artistiek leiderschap toe. Ik mocht hem van begin af aan niet, maar dat was dan ook wederzijds.' Ze grinnikt. 'Die ging haar ook meteen zijn muze noemen! Och, och, wat een poppenkast was dat. Nou, zolang-ie er zijn leuter maar in kon steken, hoor, want over iets anders ging dat natuurlijk niet. Een soort ruilhandel was het. En ik maar denken dat talent zich niet liet afdwingen en dat Marianne echt wel door de mand zou vallen vroeg of laat, maar dat gebeurde helemaal niet, kun je je dat voorstellen? Alle kritieken waren lovend, echt allemaal, en de zaal zat iedere avond bommetjevol, begrijp jij dat nou? Kleren van de keizer toch? Echt, hoor, als Sonja op zaterdag riep dat ze iets goed vond, dan vond de rest van Nederland dat op maandagmorgen ook, och, och, och, helemaal groen en geel kon ik me daaraan ergeren, werkelijk, alsof Marianne meer talent had dan ik. Schei toch uit, zeg! Speelde ze beter? Welnee! Met meer overgave dan? Echt niet. Was haar tekstbehandeling spannender? Haar bereik groter? Haar dictie beter en haar timbre warmer? Nee! Nee! Nee! En ze was ook niet interessanter om naar te kijken, echt niet. Maar ja, dat soort dingen zeg je niet hardop natuurlijk. Mensen denken toch alleen maar dat je jaloers bent. God, ik weet nog hoe Marianne het lef had om zich in een interview te beklagen over hoe zwaar de rol van Cleopatra wel niet voor haar was, de aanstelster. Ze zei dat ze bij het slotapplaus vaak alleen maar kon denken: mijn god, morgen weer. Terwijl het mij toch vooral een hele klus leek om tussen de voorstellingen door Marianne Maverick te zijn, hahahaha!'

'Maar jij hebt toch ook een prachtige carrière gehad?'

'Jawel, jawel.'

'Je hebt toch niks te klagen? Al die mooie rollen, goeie recensies en iedereen wist altijd wie je was.'

'Hm hm. Catherina Pecheur, c'est moi.'

'Precies, een allround prachtactrice.'

'Koningin van het vrije circuit.'

'Bekend bij vriend en vijand.'

'Dé dokter Van Dongelen uit *Medisch Gasthuis Gooi*, hahahahaha!'

'Moeder van Laura.'

'Van wie zeg je?'

'Van Laura.'

Ze schrikt van de blik waarmee de jonge vrouw naar haar kijkt. Ze moet dus beter haar best doen, ze moet harder denken, dieper denken. Langzaam begint zich in de mist in haar hoofd iets af te tekenen.

'Ah, je bedoelt... *Glazen speelgoed*-Laura?'

'Ik bedoel je dochter Laura.'

Het is alsof een dia uit lang vervlogen tijden in haar snufferd wordt geduwd. 'Lautjepauwtjepoepkabouwtje?' Haar stem trilt.

'Och, omaatje toch,' lacht Puck en ze slaat ontroerd een arm om haar heen. 'Noemde je haar zo?'

Golven van geluk stromen door Catherina's lijf.

'Wat is er, oma?'

'Niks, meisje, niks, ik ben gewoon zo ontzettend blij dat jij er bent.'

Laura

De secretaresse van de Beëindigingskliniek belt om een vervolgafspraak door te geven die plaats zal vinden bij Catherina thuis. Ze onderstreept nog even met kracht dat Laura's aanwezigheid daarbij zeer gewenst is. Het lijkt wel alsof ze weet dat Laura al in geen weken bij Catherina is geweest en ze haar tussen de regels door een standje geeft.

'Gaat het gebeuren?' vraagt Rupert nadat Laura heeft opgehangen. Zonder dat ze het doorhad is hij achter haar komen staan.

'Geen idee,' zegt ze en ze hoort zelf ook dat ze klinkt als iemand die wacht op een bericht over een nieuwe internetaansluiting en niet als een dochter die ieder moment kan horen wanneer haar moeder dood zal gaan.

'Kom eens hier,' zegt hij en hij slaat zijn armen om haar heen. Ze laat zich wiegen. Hij is zo lief voor haar en toch kan ze het niet voelen. Ze schaamt zich. Iemand die zo'n mooie brief schrijft verdient het om van gehouden te worden. Maar het lukt niet.

'Je zit in een impasse,' zegt Joop, haar nieuwe vriend. 'Soms moet je gewoon springen, ook als je niet weet of je parachute wel werkt.'

Joop is gek op dat soort tegeltjeswijsheden, hij strooit er te pas en te onpas mee. De teksten die hij voor de cursus schrijft staan er ook bol van. Ze gelooft niet dat hij ooit een groot schrijver zal worden.

Een meisje van de Alzheimerstichting belt. Laura heeft maanden geleden een brochure aangevraagd en is zodoende in hun systeem terechtgekomen. Ze haalt Laura over om donateur te worden. Wanneer Laura ophangt, huilt ze omdat er meisjes zijn die hun geld verdienen met mensen overhalen donateur te worden. Het verbaast haar dat ze hier ineens wel om kan huilen.

'Omdat het allemaal gaat over voelen,' zegt Joop. 'Je emoties willen gehoord worden.'

'O, maar ik luister naar ze. Ik hoor ze de hele dag.'

'Maar accepteer je ze ook? Mag je onredelijk zijn van jezelf? Jaloers zijn of niet tegen je verlies kunnen?'

'Nee, natuurlijk niet. Dat heet beschaving.'

'Ik zeg toch niet dat je ernaar moet handelen? Ernaar luisteren is vaak al genoeg. Volgens mij voel jij veel meer dan je mag van jezelf.' Ze kan wel horen dat Joop jarenlang in therapie is geweest.

Na afloop van de cursus gaan ze dikwijls nog iets drinken. Hij is prettig gezelschap, mits ze kan voorkomen dat hij over sterrenbeelden, darmspoelingen en chakra's begint. Joop gelooft in reïncarnatie en dat soort shit. Laura niet. Dood is dood. Gelukkig maar, het is een hele troost dat alles op een zekere dag gewoon voorbij is. Wanneer Joop haar dat hoort zeggen, weet hij zeker dat ze in therapie moet.

'Jij mishandelt jezelf met te hoge verwachtingen. Pas wanneer je dat los kunt laten kom je in contact.'

'Waarmee? Met hogere sferen?' Ze lacht er schaapachtig bij, maar Joop blijft serieus.

'Met alles. Jezelf. Je moeder. Én met je dochter natuurlijk.'

Ze moet denken aan de tijd dat Puck nog een kleuter was en er op school buiten viel. Vrijwel iedere middag hadden alle kinderen speelafspraken, behalve zij. 's Ochtends wanneer Laura haar wegbracht en nog even mee de klas in ging om een spelletje te doen zag ze dat andere kinderen samen speelden, Puck was altijd alleen. Wanneer er uitnodigingen rondgedeeld werden voor verjaardagpartijtjes zat er nooit eentje voor Puck tussen. Laura kon er niet van slapen. Ze voelde een bijna fysieke pijn. Uiteindelijk ging ze praten met de juf, die daarna als regel instelde dat uitnodigingen niet meer op school rondgedeeld mochten worden, maar naar het huisadres werden gestuurd. Het was niet wat ze bedoelde. Ze wilde dat er een einde kwam aan Pucks isolement, de nieuwe maatregel van de juf veranderde daar niks aan, het maakte het alleen minder zichtbaar.

'Mocht het dan nooit over Puck zelf gaan?' vraagt Joop.

'Huh? Maar dit ging toch over Puck?'

'O ja? En waarom mocht ze dan niet zelf haar eigen problemen oplossen?'

Laura moet denken aan de eerste weken na Pucks geboorte. De kraamperiode was officieel voorbij, maar ze voelde zich nog steeds geen moeder. Ze deed het allemaal wel, borstvoeding geven, in slaap hopsen, verschonen, maar alleen omdat het zo hoorde, niet omdat ze het voor haar kindje wilde. Ze was ook overal bang voor, vooral voor zichzelf. Ze vertrouwde zichzelf niet wanneer ze met Puck langs een balustrade liep, langs de gracht of over een bruggetje, terwijl ze zeker wist dat ze haar nooit met opzet zou laten vallen. Er veranderde pas iets toen Puck oogcontact ging maken. Rondom haar mondje verscheen dan een lodderig lachje waardoor het begon te vlinderen in Laura's buik. Het was alsof zij door Puck werd uitverkoren en niet omgekeerd, alsof niet zij besloten had Puck te krijgen, maar Puck zelf die beslissing genomen had. Vanaf dat moment kantelde de wereld honderdtachtig graden en veranderde alles. Ingewikkelde existentiële vragen verdwenen als sneeuw voor de zon. Het leven kreeg een soort vanzelfsprekendheid die ze nooit eerder gekend had. Puck gaf betekenis, alles draaide om haar. Ze was op aarde om voor haar te zorgen, een meer vervullende opdracht bestond er niet.

Zo goed als ze zich die eerste gelukzalige moedermomenten weer voor de geest kan halen, zo sterk herinnert ze zich ook de eerste barstjes weer. Puck zal een jaar of twaalf zijn geweest toen Laura bij toeval zag dat ze vol op de mond gekust werd door Catherina. Vol op de mond! Zo hoort een oma haar kleindochter toch niet te kussen?! Het allerliefst had ze Puck uit Catherina's armen gerukt en een scène getrapt, maar ze was toen al bang voor conflicten en bovendien wilde ze haar kind niet bang maken, dus hield ze zich in en reikte Puck op weg naar huis een zakdoekje aan. Puck keek er verbaasd naar; wat moest ze daar nou mee, ze was niet eens verkouden. 'Voor je mond,' antwoordde ze. Het duurde even voordat bij Puck het kwartje viel, toen riep ze verontwaardigd uit: 'Jezus, mam, doe niet zo achterlijk!' Laura schaamde zich diep. Vooral omdat ze niet wist hoe ze moest reageren.

Op een nacht droomt ze dat ze met haar weekendbagage op de achterbank zit bij Edward en Catherina. Er heerst een feeststemming vanwege de kijkcijfers voor *Medisch Gasthuis Gooi* die net binnen zijn. Edward rijdt terwijl Catherina bij iedere bocht vrolijk haar voeten van de grond haalt en alle kanten op kukelt. In Laura's armen ligt een mismaakt gedrochtje, iets wat het midden houdt tussen een levend uilskuiken en een doodgeboren kindje. Wanneer Catherina ten slotte in een bocht met haar snufferd in Edwards schoot belandt, grijpt hij haar met één hand vast en dwingt haar zijn geslacht in haar mond te nemen. Laura wendt zich walgend af en ontdekt dan dat haar uilenjong Puck is en niet meer ademt.

Ze schrikt wakker alsof ze het zelf is die ademnood heeft en staart geschokt in het donker. Een moment lang is er niks anders dan paniek. Dan wordt ze misselijk, klimt uit bed en strompelt naar de badkamer, waar ze een uur lang op de koude tegels ligt te wachten tot het overgaat, niet de misselijkheid, maar de schaamte.

Joop heeft gelijk. Puck heeft altijd alles moeten goedmaken en gladstrijken. Geen wonder dat ze daar geen zin meer in heeft. Laura dwingt haar koude ledematen op te staan. Rupert komt de badkamer binnen. Hij kijkt bezorgd en helpt haar overeind.

'Gaat het?'

'Ja.'

'Ben je ziek?'

'Nee.'

Hij slaat een arm om haar heen en leidt haar naar het bed in Pucks kamer.

'Ik realiseer me dat ik al die tijd eigenlijk alleen maar aan mezelf heb gedacht en niet...' Ze kan het bijna niet over haar lippen krijgen.

'Je moet niet zo streng zijn voor jezelf, Lautje.'

'Ik dacht dat ik haar beschermde, maar ondertussen beschermde ik vooral mez...'

'Sst, stil nou maar,' sust Rupert. Hij duwt haar zachtjes in bed en gaat naast haar liggen. Ze kruipt tegen hem aan en zoekt met haar voeten, die ijsklompjes zijn geworden, tussen zijn pezige kuiten naar een plekje om ze op te warmen.

'Ik ga morgen naar haar toe,' zegt ze.

'Dat is goed.'

'En dan vraag ik wat zij nodig heeft.'

'Dat moet je doen.'

'Niet voor mij, maar voor haar.'

Uiteindelijk vallen ze in slaap met hun armen en benen verknoopt, zoals hun levens dat al jaren zijn.

De volgende morgen wordt ze wakker omdat haar telefoon gaat. Ze pakt hem en ziet dat het Puck is. Snel neemt ze op. 'Hallo?'

'Mam,' klinkt Pucks stem gespannen, 'het gaat nu snel met oma. Je moet echt komen.'

Laura klimt de trap op in de Eerste Helmersstraat. Ergens boven haar hoofd hoort ze een wasmachine centrifugeren. Ze registreert het zonder erbij na te denken. Dat Kitty gewend is in de trommel te slapen komt niet in haar op, evenmin dat zo'n beetje alles in deze wereld, zelfs wasmachines, tot de meest verschrikkelijke dingen in staat zijn. Ze denkt aan de taak die voor haar ligt. Ze weet hoe zwaar die zal worden, ze heeft het allemaal al eens meegemaakt met haar oma, maar na iedere trede is ze zekerder van haar zaak. Wat in het verleden gebeurd is, valt toch niet meer te repareren. Op alles wat nog voor haar ligt, heeft ze daarentegen wel invloed. Ze gaat Catherina begeleiden in haar laatste levensfase. Wat ze nodig heeft is focus, zoals ogen die zich scherpstellen om de draad door het oog van een naald te steken voordat de boel netjes afgehecht kan worden. Ze ziet er alleen als een berg tegen op. Ze hoopt maar dat het allemaal niet zo lang gaat duren.

Wanneer ze bijna boven is, hoort ze onder het hoge jagen

van de wasmachine door nog iets anders klinken, een gek, wanhopig geluidje dat afgewisseld wordt met gesnotter. Ineens schiet haar hart in haar keel. De laatste meters legt ze af in minder dan een seconde, alsof haar lichaam geen gewicht meer heeft. De voordeur staat op een kier, ze struikelt naar binnen, ziet het hoopje ellende op de vloer van de keuken zitten met de armen om zichzelf heen geslagen als een resusaapje zonder moeder. Jammerend wiegt Catherina zichzelf terwijl ze kermt: 'Neeee neeeeeh neeeeeh neeeh neeeeeeeh...' Het centrifugeerprogramma is aan zijn laatste fase begonnen, het klinkt als een vliegtuig dat de landing heeft ingezet. Het dringt tot Laura door welk een ravage daarbinnen moet zijn aangericht. Hoe kapot kan een kattenlijfje gaan tussen de vuile was van zijn bazin? Haar ogen schieten naar het glazen deurtje. Ze ziet het in één oogopslag: alles knalrood. Een golf van misselijkheid schiet omhoog, ze slikt het weg en knielt met bevende knieën bij Catherina neer, slaat haar armen om haar heen en voelt hoe mager ze in korte tijd is geworden. Ze ruikt de weeïge walm van alcohol in haar adem en de zurige lucht van ongewassen huid. 'Hé...' zegt ze zachtjes en ze drukt haar tegen zich aan. 'Stil maar, ssssjjjt, rustig maar.' Ondertussen kreunt de wasmachine zijn laatste slagen, een paar keer met de klok mee, dan nog een aantal slagen tegen de klok in, en houdt ten slotte met een klikje stil.

Laura weet niks anders te verzinnen dan Puck bellen. Als die nou komt om Catherina af te leiden kan zij deze nachtmerrie te lijf gaan.

Puck zegt dat ze er ogenblikkelijk aan komt. Binnen het kwartier is ze er.

'Ach, mamsie toch,' zegt ze wanneer ze Laura ziet met haar armen beschermend om Catherina geslagen.

'Het spijt me,' prevelt Laura en daarmee doelt ze natuurlijk niet op de gecentrifugeerde kat. Voor het eerst sinds lange tijd kijken ze elkaar weer in de ogen.

Terwijl Puck haar oma mee naar boven neemt om te douchen, knipt Laura een vuilniszak open en spreidt die uit over de vloer voor de wasmachine. Ze heeft gezocht naar huishoudhandschoenen, maar die zijn er niet. Ze ontgrendelt het deurtje en houdt haar adem in, alsof ze verwacht dat de trommel zijn bloederige inhoud meteen naar buiten zal spugen. Ze strekt haar beide armen uit, wendt walgend haar hoofd af en knijpt haar ogen dicht. Ze steekt haar handen in de trommel, bevoelt trillend het natte wasgoed en begint het in elkaar gedraaide textiel naar buiten te trekken. Ergens in deze knoop zit de dood verborgen, zoals stroop en zaagsel in een smakeloze sinterklaassurprise. Ze wordt licht in haar hoofd. Het plafond van de keuken kraakt, daarboven klinkt gestommel, de geiser in de keuken springt aan, ze kan het douchewater in de stortbak horen kletteren. Haar bijna volwassen dochter stopt op dit moment haar seniele moeder onder de douche en de schakel tussen hen beiden is zij. Die gedachte ontroert haar en de ontroering maakt haar sterk. Als ze in staat is leven voort te brengen lukt het haar vast ook om uit deze homp nat textiel een kattenlijkje te bevrijden. Ze peutert een plooi open, trekt een natte handdoek los, bevrijdt een paar rood verkleurde sokken, wat onderbroeken en theedoeken en gooit het allemaal een voor een terug de trommel in. Zo baant ze zich een weg naar een steeds roder gekleurde binnenkant, totdat ze uiteindelijk stuit op... een sjaal. Verdwaasd houdt ze het ding op. Het is een van Catherina's karakteristieke omslagdoeken, diep donkerrood en tevens het laatste wat uit de textielklomp komt. Verder is er niks, geen jammerlijk omgekomen Kitty, nada.

Laura sluit het dakraam en trekt de verduistering naar beneden. Achter haar, onder een satijnen sprei, ligt Catherina als een schoongeboend varkentje prinsheerlijk in een overdaad aan kussens en kijkt toe met een gelukzalige glimlach op haar gezicht.

'Misschien dat ik mijn euthanasie toch nog een weekje uitstel, wat denk jij?' zegt ze rozig.

Laura kijkt haar geschrokken aan.

'Een paar daagjes extra?' glimlacht Catherina. 'Zou dat niet heerlijk zijn?'

'Maar, mam...'

'Mam?' Catherina strekt verbaasd haar nek en begint zichzelf met veel aplomb op te duwen. 'Ga jij mij nou ineens mam noemen?' Ze zegt het met dat grandioze gevoel voor understatement dat haar als actrice zo groot heeft gemaakt.

'Ging per ongeluk,' mompelt Laura.

'O, maar ik vind het niet erg, hoor.' Catherina schikt opgewekt een paar kussens in haar rug en gaat rechtop zitten. 'Ben benieuwd wat dat betekent.'

'Misschien dat ik me een heel klein beetje zorgen over je maak.'

'Over mij? Nergens voor nodig.'

'Je weet dat je geen euthanasie meer krijgt wanneer je niet meer bij machte bent om er zelf naar te vragen?'

'Jaja.' Ze klinkt geërgerd, alsof ze aan iets herinnerd wordt wat ze liever was vergeten.

'Het is dus best een risico om het nog langer uit te stellen.'

'Dat is waar.'

Beschaamd slaat Laura haar ogen neer. 'Ga nou maar slapen, oké?' zegt ze snel. 'Dan praten we er morgen verder over.'

'Kom je dan nog even bij me liggen?'

Laura verstijft.

'Even maar?' bedelt Catherina terwijl ze met haar hand over de lege plek naast zich wrijft. 'Anders krijg je het misschien koud.'

'Ik heb het niet koud.'

'Nee, maar dat krijg je het misschien wel. Toe?'

Alles in Laura verzet zich, het is pure weerzin wat ze voelt. 'Catherina, ik...'

'Zeg nog eens "mam"?'

'Niet doen.'

'Zeg nog eens "mam" en kom eens naast me liggen?'

'Ik moet eigen...'

'Kom nou maar gewoon.'

Ze weet niet waarom ze het toch doet. Misschien is het dit late uur, of misschien komt het door de hele toestand rondom de wasmachine. Voorzichtig gaat ze zitten op de rand van het bed en laat zich op haar rug zakken terwijl Catherina de lakens voor haar openhoudt. Maar ze ligt nog niet of ze heeft al spijt. Ze voelt hoe Catherina's handen zich om haar heen vouwen en haar naar zich toe trekken en klemt haar kiezen op elkaar. Achter haar ogen prikt iets, ze duwt het weg. 'Zeg, Catherina, het is al laat, we kunnen beter...'

'Ssssjjjt...,' zegt Catherina, ze pakt Laura's hoofd vast en legt het op haar borst. Daar liggen ze dan. Onwillig deint Laura mee op Catherina's ademhaling terwijl ze luistert naar de hartenklop onder de zachte stof van haar nachthemd.

'Weet je nog dat je vroeger knoetjes draaide?'

Laura spert haar ogen wijd open, waarom doet Catherina dit? Ze wil het niet.

'Je was er kampioen in, in een mum van tijd had je met je vinger je hele achterhoofd tot één grote klit gedraaid, net een kippenkont, weet je nog? Gek werd ik ervan.' Catherina grinnikt.

'En toen heb je de grimeuse gevraagd om het kort te knippen,' zegt Laura net iets te kattig.

'Ssssjjjt,' doet Catherina en ze aait haar over haar bol. 'Ik kon natuurlijk niet de hele dag repeteren en 's avonds op het toneel staan en dan ook nog al die knopen uit je haren halen, dat begrijp je toch wel?'

'Ik vond het vreselijk.'

'Wat?'

'Dat je me zo kort liet knippen.'

'Maar het groeide best snel weer aan, hoor.'

'Ik wilde op jou lijken, niet op een halve jon...'

'Wilde je op mij lijken? Ach kindje toch,' zegt Catherina en ze begint haar zachtjes te wiegen. Laura zou niets liever willen dan zich eraan overgeven. De vrouw die haar vasthoudt voelt als een moeder, ruikt als een moeder, ze klinkt zelfs als een moeder en toch lukt het niet. Met een band om haar hart luistert ze naar de stem die zachtjes een slaapliedje zingt uit lang vervlogen tijden.

'Suja suja Prikkeltje, daar buiten schijnt de maan, je bent een stekelvarkentje, maar trek het je niet aan. Je bent een stekelvarkentje, dat heb je al begrepen. De leeuwen hebben manen en de tijgers hebben strepen en onze tante eekhoorn heeft een rooie wollen staart, maar jij hebt allemaal stekeltjes en dát is zoveel waard.'

Konden ze maar terug naar die tijd. Konden ze dat maar.

Catherina heeft gevraagd of ze wil helpen haar haren met henna te verven. Terwijl Laura roestbruine poeder vermengt met water komt er een geur vrij die haar verrassend bekend voorkomt. In de badkamer schuift ze een stoel met een hele stapel kussens tegen de wastafel aan en zet Catherina erbovenop. Wanneer die haar hoofd buigt past ze net onder de kraan. Ze geeft haar een washandje om haar ogen te beschermen en laat het water stromen. Het voelt vreemd intiem om met haar vingers Catherina's hoofdhuid aan te raken, bijna alsof ze te dicht in de buurt komt van het wezen dat zich daar ergens onder verborgen houdt, of wat daar nog van over is. Ze is verbaasd dat onder al die krullen maar zo'n klein kwetsbaar vogelkopje zit. Ze zou willen dat ze dat eerder had geweten.

'Je weet toch wel dat we dit vroeger ook altijd deden?'

'Wat bedoel je? Dit? Met henna jouw haren verven?'

'En ik die van jou. Het stond je prachtig!'

Ze probeert zich voor te stellen hoe ze samen in deze badkamer zaten met ieder zo'n modderhelmpje op hun hoofd. Ze kan het zich niet herinneren. Is dat niet gek? Ze kan zich nauwelijks iets herinneren van de tijd dat ze samen waren in dit huis. Tenminste, niet de goeie dingen.

'Wil je nog eens iets over vroeger vertellen? Iets van voor Edward bedoel ik?'

'Och kind, we waren zo happy samen.'

'Je bedoelt wij?'

'O jaaa...'

Het is moeilijk te geloven. En toch wordt Laura helemaal warm vanbinnen.

Catherina

Ze kijkt naar de waarschuwing op haar pakje sigaretten en denkt: zoiets zouden ze ook op baby's moeten plakken. VAN LEVEN GA JE DOOD. Maar om nou te zeggen dat ze bang is? Welnee. Natuurlijk, ze gaat liever naar de film, maar dat kun je iedere dag doen, dit is eenmalig, ze kan het beter zien als een avontuur. Daarbij, ze heeft het altijd met veel genoegen gedaan. Sterven. Heerlijk gewoon.

Iedereen kent de clichés, het verwrongen gezicht, de greep naar het hart, de uitgestrekte armen alsof het nog zin heeft zich aan het leven vast te klampen, een ongecontroleerde laatste wankeling op de benen en dan de val, als een zak aardappelen die ter aarde stort, misschien nog een laatste stuiptrekking, een zwak gorgelend keelgeluidje en klaar. Op het toneel mag dat allemaal niet, veel te theatraal, maar in de privésfeer mag gelukkig alles en, god, wat heeft ze die kans vaak benut. Als Laura stout of ongehoorzaam was geweest, dan greep ze naar haar hart, sperde haar ogen wijd open, stak haar tong naar buiten en zakte als een pudding in elkaar. Nóg leuker was het om vlak voor de laatste stuiptrekking aan een onthulling te beginnen die ze niet kon afmaken. 'De stroopwafels zitten in...' 'Je zakgeld wordt verhoogd met...' Kóstelijk gewoon. Sterven is altijd een van haar favoriete dingen geweest om te spelen. Ongelooflijk jammer dat schrijvers en regisseurs het zo vaak *off-stage* laten gebeuren. God, wat mákkelijk: een pistoolschot vanuit de coulissen, een ijzige gil of, nóg erger, een ooggetuige die het allemaal komt navertellen. Terwijl er zo veel te spelen is! Waarom mogen we niet zien hoe Kolja zich door het hoofd schiet? Hoe Ophelia zichzelf verdrinkt?

Begin jaren negentig was er een gezelschap van jonge mensen die alles wat vies en verderfelijk was gewoon tot in de kleinste details op het toneel lieten zien: poep, kots, uitstulpende ingewanden, dooie mensen, neukende pedofielen. Dat ging haar allemaal wel wat ver, maar George had er leuk werk an, die kon zich er helemaal in uitleven met z'n nepbloed en z'n Silly Putty. Maar nee, zelf is ze toch meer van het esthetische. Het mag voor haar op het toneel allemaal wel iets mooier zijn, iets romantischer dan in het echte leven.

En uiteindelijk gaan we allemaal dood. Geen mens is er ooit aan ontkomen. Maar niet iedereen heeft zo vaak geoefend als zij. Iphigenia, Klytaimnestra, Lady Macbeth, Julia, Lulu, Ophelia, Desdemona, Hedda Gabler. Alleen niet als Cleopatra. Niet als Cleopatra.

Laura

De levendige, kritische Catherina is er echt nog wel, ze wordt alleen steeds vaker overschaduwd door die nieuwe, die kwetsbaar en verward is, die de afstandsbediening in de waterkoker legt en soms niet meer weet hoe je een deur moet openen. Laura kan inmiddels aan haar ogen zien of ze aanstaat of niet, alsof ze ergens een verborgen schakelaar heeft zitten. Als ze uit staat, verdwijnt het licht uit haar pupillen en krijgt ze de troebele blik van een ziek konijntje. Maar wanneer ze weer wordt aangezet, en dat kan soms van het ene op het andere moment gebeuren, kijkt ze dikwijls zo oplettend dat Laura ervan schrikt.

Laatst zei ze vanuit het niets: 'Het zal tijd worden ook.'

'Tijd? Wat bedoel je?'

'Dat ik het te weten krijg. Over dit hier en ons en zo. Ik bedoel... Dat hele verhaal over het oneindige en al die lichtjaren en dat ene bolletje waarop alles groeit en bloeit en elkaar de tent uit vecht, dat is toch een beetje ongeloofwaardig, vind je niet?'

En voor het eerst voelde Laura de betekenis van haar moeders naderende dood.

George belt dat hij langs wil komen. Ze vraagt het aan Catherina, maar die schudt haar hoofd. 'Ik heb als actrice de verplichting om het beeld van mezelf in ere te houden.'

'Maar hij is je vriend.'

'Nee, hij is mijn handtasje. Ik heb nooit iets met hem gedeeld, behalve misschien een gebakje.'

De mensen van de Beëindigingskliniek komen langs voor een laatste gesprek. Catherina zit in bed met een pruillipje. 'Maar ik was toch al geslaagd voor mijn examen ondraaglijk leed?'

Op de valreep krijgt ze opnieuw een hele waslijst met ingewikkelde vragen op zich afgevuurd. Laura ziet haar gaandeweg verdwijnen. 'Waarom wilt u dat er een einde komt aan uw leven?' 'Welke lichamelijke of psychische klachten en ongemakken hebt u?' 'Wat kunt u nu nog wel en wat kunt u niet meer?' 'Waar beleeft u nog plezier aan, wat maakt het leven nog de moeite waard?'

'Toneel geeft altijd overal zin an,' antwoordt ze monotoon.

'Hoe kijkt u aan tegen het einde van uw leven?'

'Ik kijk er niet tegen aan, vrind, ik kijk ernaar uit.'

Het einde

Het was nog best lastig een datum te vinden tussen alle premières en vernissages van al haar zogenaamde vrienden door en Catherina wilde niemand voor het hoofd stoten. Nu dat geregeld is kan ze gaan. Als plaats delict heeft ze haar eigen bed gekozen. Als tijdstip de aanvang van een nieuwe dag. 'Nog één keer die belofte voelen van alles wat weer begint.'

Laura staat aan de rand van Catherina's bed en bekijkt haar. Zoals ze daar ligt lijkt het alsof het gewoon weer een van haar rollen is, met haar lijf vakkundig gedrapeerd in die overdaad aan kussens en haar rode krullen dramatisch rond haar hoofd gemodelleerd als Medusa's slangen. Het lijkt wel alsof er een soort vermaak in zit. Ze heeft het altijd heerlijk gevonden om het grote lijden te verbeelden en nu zit daar nog een kinderlijke opwinding bij, alsof ze jarig is en niet kan wachten om haar cadeaus uit te pakken. Het grootste cadeau bewaart ze voor het laatst.

De broeder komt aan haar bed met een infuus. Welwillend spreidt ze haar armen. 'Ah, het aperitief.' Hij legt nogmaals uit dat door het naaldje in principe alleen wat fysiologisch zout zal stromen en ze knikt, want het is haar allemaal uitgelegd. Laura kijkt toe terwijl de broeder aan de slag gaat. Iedereen hoopt dat ze het infuus niet hoeven gebruiken, dat het drankje Catherina niet misselijk zal maken en ze het binnen zal houden.

Catherina maakt een holle rug, strekt haar tenen en spreidt haar armen zijwaarts. Zo lijkt ze net op Jezus aan het kruis, zegt ze en ze lacht erbij alsof het allemaal maar spel is. 'I am all yours,' verzucht ze dan in dat overdreven, beetje aanstellerige Engels van haar en ze bijt op haar onderlip terwijl ze verleidelijk haar ogen sluit. Flirt ze nou met de broeder? Hij weet zich geen raad, de arme man. Laura kijkt over haar schouder naar de arts, die bijna onzichtbaar in een hoekje van de kamer zit en de cocktail prepareert die ze Catherina straks zal aanreiken. 'Mijn gifslang' noemde Catherina het zo-even: doodgebeten als Cleopatra, mooier kan haar leven niet eindigen.

Laura ziet hoe Puck op het bed kruipt en zich opkrult tegen haar oma's flank. Ze duwt haar hoofd in de warmte onder haar oksel. Zelf neemt ze plaats op de andere zijde van het bed.

'All's well that ends well,' hoort ze Catherina zeggen.

'Nou, mam, daar ga je dan.'

Op dat moment besluit de zon haar eerste serieuze straal van de dag de kamer in te werpen en beschijnt dramatisch het tafereel op bed: vrouwelijke Messias gekruisigd in het roze satijn van haar beddensprei. Op de vensterbank liggen twee stapels rouwkaarten klaar om verstuurd te worden aan haar honderd vrienden, of wat daar nog van over is. Ze heeft ze gisteravond eigenhandig ondertekend. Stralend, als Greta Garbo die haar eigen filmposters signeert.

'De voorstelling is voorbij,' zegt ze. 'En er zal geen reprise komen.' Ze lacht, maar meer vanwege de grap die nog komen moet: 'Als straks het doek valt, mag de hele schouwburg er wat mij betreft achteraan storten, hahahahaha.' En dan wil ze toch nog een laatste sigaret. Het kruis wordt weer ingeklapt. De broeder biedt er haar eentje aan en steekt er zelf ook een op. Ze wil weten hoe hij heet. 'Rodney.' 'Ben je Amerikaans?' 'Surinaams.' Ze roken zwijgend. Weldra staat de hele slaapkamer blauw. Catherina kijkt hem ondeugend aan. 'Gorilla's in the mist,' grinnikt ze. Rodney kan er gelukkig om lachen. Ze blaast rookkringels alsof ze weer vijftien is. Rodney kan het ook, maar niet zo goed als zij natuurlijk.

Wanneer haar sigaret bijna op is, wijst ze Laura het geurkaarsje aan dat moet worden aangestoken. Sterven doe je in een wolk van rozengeur, niet in een asbak, zegt ze. Ze neemt nog een laatste trekje, drukt haar peuk uit op het schoteltje dat ze voor hun as hebben gebruikt, laat zich terugvallen in haar kussens en sluit haar ogen. Na een paar seconden opent ze haar ogen weer, glimlacht naar Laura en naar Puck en kijkt om zich heen, haar blik blijft hangen bij de broeder. Wat die krullenbol in haar slaapkamer doet, wil ze weten. Laura schrikt. Ze ziet Puck onzeker naar de dokter in de hoek van de kamer kijken. De broeder houdt zijn adem in.

'Mama,' zegt Laura, 'dit is het moment. Weet je nog? Dit is het einde.'

'Het einde?' Ze is nog altijd de lady van de ondertoon, niemand in heel Nederland die een tweelettergrepig woord zo veelbetekenend kan laten klinken als zij. 'Ik weet niet wat jullie allemaal het einde vinden, maar ik vind hier geen klap an.' Ze duwt zichzelf op, gooit haar rode krullen in haar nek en begint zich op haar kont richting bedrand te bewegen.

'Oma, wat doe je?' vraagt Puck geschrokken.

'Opstaan, lieve schat. Het leven is te kort voor stomme dingen.'

Onthand blijven ze achter. Hun aanwezigheid in de slaapkamer voelt ineens impertinent. Ze gaan naar beneden en verzamelen zich in de keuken. Laura kijkt radeloos naar de arts, ze begrijpt niet dat de vrouw niet ingrijpt. Geduldig legt de arts het nog één keer uit. Ja, het klopt dat haar moeder een wilsverklaring ondertekend heeft en ja, ze hebben deze datum in overleg met haar gekozen, maar nu ze weigert mee te werken hebben ze evenzogoed een probleem. Euthanasie bij dementie op basis van een wilsverklaring zonder dat de patiënt haar verzoek nog kan overbrengen is sinds een aantal jaren weliswaar wettelijk mogelijk, maar het moet wel duidelijk zijn dat de patiënt ondraaglijk lijdt en dat is precies waar de schoen wringt. Hoe tonen ze aan dat Catherina's lijden op dit moment dusdanig ondraaglijk is dat haar dood een betere optie is dan blijven leven?

Laura kijkt haar verbijsterd aan. 'Vraag je dat nou aan mij?' huilt ze onmachtig. 'Jullie zijn toch van de Beëindigingskliniek? Hoe kan ik dat nou weten? En waarom zijn jullie hier überhaupt niet op voorbereid?'

'We kunnen ons hier niet op voorbereiden. Dit is het lot. We kunnen veel en we doen ons uiterste best om onnodig lijden zo veel mogelijk te voorkomen, maar we hebben nu eenmaal niet overal controle over.' De arts legt begripvol een hand op Laura's schouder, maar Laura kijkt boos de andere kant op. De broeder is thee aan het zetten. 'Ze kan zich nog bedenken,' zegt hij. 'Dat gebeurt.'

'O, dus jullie hebben hier wel ervaring mee? Dit gebeurt vaker?' Laura is pissig en ziet te laat hoe de arts zich haar woorden aantrekt. 'Sorry,' zegt ze. 'Het spijt me. Ik ben gewoon...' Ze heeft de puf niet om het uit te leggen. De arts fronst en kijkt naar de grond. De broeder schuift over het aanrecht een mok thee naar Laura.

'Ik heb wel eens geprobeerd de euthanasie door te zetten, ondanks het feit dat de patiënt...' De arts ziet er ineens hulpeloos uit. 'Maar dat eh... werd een verschrikkelijke worsteling en ik...' Ze slikt. Ze heeft het moeilijk. Ze kan er niet over praten, ziet Laura en ze voelt zich schuldig. '... ik heb mezelf plechtig beloofd dat ik het nooit meer zover zou laten komen, het spijt me.'

'Dat hoeft niet.' Laura begrijpt het. Ze begrijpt het echt wel. Niemand wil een monster zijn. Ze bijt op haar lip en schuift de mok thee weer van zich af. 'En nu?' Het klinkt uitdagender dan ze het bedoelde.

'We weten het niet. Afwachten.'

'Totdat?'

'Kijken wat er gebeurt. Misschien bedenkt ze zich inderdaad nog. Misschien valt ze in slaap.'

'En dan?'

'Ze heeft nog altijd dat naaldje in haar hand zitten.'

'O, dus als ze slaapt mag het wel?' bitst Laura.

De arts kijkt haar getroffen aan. 'Wij zijn ook maar mensen,' zegt ze met strakke lippen. 'Ik hoop dat je me wilt vergeven dat ik niet eerst met mijn patiënt wil worstelen voordat ik haar een dodelijke injectie geef.'

Laura knikt ongemakkelijk. Deze hele toestand brengt het ergste bij haar naar boven. De gedachte dat ze nog jaren voor de boeg heeft waarin ze voor haar moeder moet zorgen zoals ze dat voor haar oma heeft gedaan is ondraaglijk.

'Mijn moeder wil sterven zoals ze geleefd heeft. Eervol, elegant, waardig, het mag toch niet zo zijn dat ze...' Ze ziet Catherina achter de arts de keuken in komen, de roze sprei van haar bed als een Romeinse tunica om zich heen gedrapeerd. In haar hand houdt ze het medicijnbekertje, alsof het een gouden bokaal is gevuld met een magisch elixer. Ze houdt het hoog, alsof ze wil proosten en ze zegt met gezwollen stem waarin een snik doorklinkt: 'Ontwar nu meteen met je scherpe tand de onontwarbare knoop waarmee ik aan het leven vastzit. Arm venijnig dier, word kwaad en maak het af.'

Nog voordat iemand kan reageren zet ze het medicijnbekertje aan haar mond en giet de vloeistof met één slok naar binnen. Laura snelt toe om haar op te vangen. Aan haar andere zijde grijpt Puck haar vast.

'Charmian, Iras, mijn trouwe diensters,' zegt Cleopatra. Ze brengen haar naar de bank in de kamer. Het duurt slechts een paar minuten, dan valt het doek.

Epiloog

Laura loopt de trap op naar de zolder en gaat onwennig de slaapkamer binnen. Het is er zo stil en zo verlaten dat het lijkt alsof er jarenlang niet is geleefd terwijl het in werkelijkheid maar een paar weken zijn. Ze voelt zich een indringster, het is niet juist dat zij degene is die de eindjes van Catherina's leven afhecht.

Ze opent het dakraam en schuift er een krukje bij. Ze hebben Kitty niet meer gezien vanaf het moment dat Catherina in een bodybag het huis uit werd gedragen. Maar misschien was hij al eerder weg. Laura kan het zich niet herinneren. Het zou haar niks verbazen als Catherina hem omgetoverd heeft in een rode sjaal, zoals een goochelaar dat doet met een konijntje. Wie weet heeft ze wel hetzelfde gedaan met de ring. Marianne is weer gaan bellen, die laat niet los totdat Laura hem haar overhandigd heeft.

Ze gaat op het krukje staan, steekt haar hoofd naar buiten, rammelt met de doos poezenbrokken die ze van beneden heeft meegenomen en roept: 'Kiiii-ty! Kiiii-tekit! Waar ben je?!'

'Ik denk niet dat-ie nog in de buurt is.'

De stem van Puck klinkt zo onverwachts dat ze even wankelt en bijna van haar krukje valt. Ze klemt zich vast aan het dakraam, kijkt om en ziet haar in de deuropening staan, bleek en een beetje angstig.

'Hé, meis.'

'Katten verstoppen zich wanneer ze doodgaan.'

'Denk je dat hij dood is?'

'Nee, maar hij denkt vast dat oma zich heeft verstopt. Misschien is hij haar gaan zoeken.'

Ze duwt het raam dicht. 'Ik dacht eigenlijk dat ze hem had weggetoverd.'

'Kan ook.' Puck kijkt haar bedachtzaam aan. 'Maar Kitty moet maar gewoon zijn eigen weg gaan, vind je niet? We moeten er maar op vertrouwen dat het wel goed komt met hem.'

Laura glimlacht. Dan pakt ze het krukje op en ze zet het weer voor de kaptafel neer.

'Ik kom je helpen,' zegt Puck.

'Dat is lief.'

'Dat is heel normaal toch?' Puck kijkt om zich heen. 'Waar wilde je beginnen?'

Laura laat haar blik door de overvolle kamer gaan. Goeie vraag. Ze kijkt naar de spiegel waar achter de lijst veren en *toi-toi*-briefjes zijn gestoken, de fotolijstjes op het nachtkastje, de spullen op de kaptafel en de schilderijen aan de muur, de beeldjes en de potjes, de manden vol kousen en lingerie, de kussens, de tasjes en de stapels hoedjes. Waar in hemelsnaam moeten ze beginnen?

Puck strijkt met haar hand over het gewreven hout van de kaptafel en opent een laatje. 'Wil je alles bewaren, gaan we dingen verdelen of hoe wil je het doen?'

Laura trekt haar schouders op, ze weet het echt niet.

'Heb je die ene ring al gevonden?'

'Nog niet.'

‘Het zou wel iets voor oma zijn om dat als geheim mee haar graf in te nemen: “En de ring ligt...”’ Puck knakt haar nek en laat haar tong naar buiten hangen.

Een déjà-vu-achtig gevoel dringt zich aan Laura op, ze duwt het weg. ‘Zit er iets bij wat jij graag wilt hebben?’ vraagt ze.

‘Ik weet niet. Misschien. Jij?’ Puck is begonnen een enorme kluwen plastic kralenkettingen uit elkaar te halen.

Laura kijkt ernaar. Heeft zij die plastic knoop niet ook heel dikwijls uit elkaar gepeuterd?

‘Ik weet het ook nog niet,’ zegt ze en ze opent een laatje in het vage besef dat ze eigenlijk al weet wat erin zit: zalfjes en crèmepjes. Wat gek. Waarom wist ze dat? In het laatje ernaast zitten poederdonzen en kwasten. Ze opent het en ja, het is zo. Daarnaast de potjes oogschaduw en flesjes nagellak en in weer een ander schuifspelden. Verrast bekijkt ze alle spullen en ze ziet weer voor zich hoe Catherina haar hier opmaakte, aan deze kaptafel, hoe ze stil moest zitten en niet in de spiegel mocht kijken totdat Catherina klaar met haar was. En ineens weet ze ook weer hoe Catherina haar gezicht wit poederde en met een bruin potlood halve manen boven haar ogen tekende. Hoe ze haar haren toupeerde en er met veel haarlak een enorme toeter van maakte waar ze van alles in stopte. Het mooiste nog vond ze de rode wangetjes en natuurlijk de zwarte stip schuin boven haar mond, die Catherina er altijd als laatste met een kohlpotlood op duwde, alsof het een handtekening onder haar werk was. ‘Jij bent Madame de Lauripour!’ zei ze dan met een grappig Frans accent en ze gaf haar een waaier. Ze leerde Laura hoe ze er kuis haar gezicht achter moest verbergen en er verleidelijk overheen moest kijken en dan dansten ze met elkaar de kamer rond terwijl Catherina uit volle borst zong: ‘You are the one for me, for me, formi, formidable!’

Laura slikt een brok weg, staat op en loopt naar de kledingkast. Niet zelden zette hun spel zich voort met een verkleedpartij en mocht ze iets uitkiezen uit Catherina's garderobe. Ze koos bijna altijd de Fong Leng. Een gouden gewaad met wijd uitlopende rokken waarop blauwe struiken en tijgers geborduurd waren. Ze opent de kast en merkt dat Puck achter haar is komen staan. Samen kijken ze naar die schat aan textiel die naar buiten bulkt en op dat moment beginnen Laura's ogen zich te vullen met tranen. Al die verschillende kleren, met en zonder glitters, met en zonder biesjes of kantjes, met en zonder plooien, met en zonder voiles, met en zonder splitten of stroken, horen allemaal bij die ene Catherina, de Catherina die haar met haar ruisende rokken en rinkelende armbanden zo betoveren kon, die rook naar lipstick en Stimorol en van haar hield. Echt van haar hield. Hoe heeft ze dat ooit kunnen vergeten. Terwijl de tranen over haar gezicht stromen tasten haar vingers de hangers af, zoekend tussen al die verschillende stoffen, totdat ze gevonden heeft wat ze zocht: de goud met blauw geborduurde kraag, de jurk van Fong Leng.

'Is dat hem?' hoort ze Puck fluisteren.

Verbaasd kijkt ze opzij.

'Dit is toch de jurk die jij altijd aan wilde?'

'Heeft oma dat verteld?'

Laura schaamt zich voor de bibber in haar stem en ze schaamt zich voor haar tranen. Ze wil ze wegvegen, maar het volgende moment voelt ze hoe Puck haar armen om haar heen slaat en dan is er geen houden meer aan, haar hele lijf begint te schokken, de ene na de andere golf van verdriet spoelt over haar heen. Dit is het dus, beseft ze dwars door de pijnscheuten heen, dit is waarvoor ze al die tijd zo bang is geweest.

Ze weet niet hoe lang ze daar staan, het lijkt een eeuwigheid. Ten slotte veegt ze haar gezicht droog, glimlacht naar het rood gevlekte gezicht van haar dochter en veegt ook bij haar de tranen weg.

'Zullen we dan maar?' fluistert ze.

Puck ziet er onzeker uit.

'Trek maar aan. Hij staat je vast prachtig.'

'Je bedoelt dat ik...?'

'Doe nou maar.'

Beduusd begint Puck haar kleren uit te trekken. Ze pakt de jurk, die zwaar aan de kleerhanger hangt. 'Weet je het zeker?' vraagt ze nog.

Laura knikt, ze weet het absoluut zeker. Ademloos kijkt ze toe terwijl Puck het gewaad aantrekt en ze fluistert: 'Madame de Puckipour.' Zelf kiest ze een minder gedateerde jurk uit, een strapless satijnen geval met diagonale strepen in zwart en wit. Puck helpt haar om erin te komen. Hij zit als gegoten.

'Dan mag u nu door naar de make-up,' zegt Puck plechtig en ze begeleidt haar met veel egards naar de kaptafel, waar ze haar helpt te gaan zitten. 'Bij een eigentijdse ontwerper hoort ook een eigentijdse make-up, zal ik je *contouren*? Vind je dat leuk?'

Laura heeft geen idee wat ze bedoelt.

'Highlighten en blushen, je ziet het vanzelf wel.' Puck stalt alles wat ze nodig heeft uit op het blad van de kaptafel: een lichte en een donkere foundation, een highlighter, een concealer, blush, poeder, een primer, sponsjes en een grote zachte kwast om te vervagen. 'We gaan eerst de primer aanbrengen.'

Laura sluit haar ogen en geeft zich over aan de zachte vingers van haar dochter. Ze voelt hoe ze strepen aanbrengt op haar jukbeenderen, haar kaaklijn, de brug van haar neus en er daarna met een kwast overheen strijkt. Ze luistert naar Pucks ingespannen adem, ruikt de geur van haar huid en voelt zich landen.

'Fijn?'

'Heel fijn.'

'Welke kleur wil je op je lippen?'

Laura opent haar ogen en ze loert in de bak met lipsticks. Ze trekt doppen af en draait stiften op. Talloze geursoorten dringen haar neus binnen. Ze had geen idee dat haar verleden zo dichtbij was.

'Wil je die?' Puck wijst een diep donkerrode aan.

Laura knikt. Ze wil de lipstick pakken, maar net op dat moment reikt Puck naar haar sponsje, waardoor hun handen botsen en de stift over de kaptafel rolt, op de grond valt en onder het bed verdwijnt.

'Ik pak hem wel,' zegt Puck, maar Laura heeft zich al op haar knieën laten zakken en duwt haar bovenlijf onder het bed.

Een paar tellen lang moeten haar ogen aan het donker wennen, dan ziet ze hem. Ze houdt haar adem in. Ze zou hem kunnen pakken en vanmiddag meteen naar Marianne kunnen brengen. Maar ze kan hem ook nog even laten liggen en Marianne laten wachten, Catherina heeft er tenslotte ook zo'n veertig jaar op gewacht. De lippenstift ligt ernaast, ze pakt hem beet en roept: 'Hebbes!

Dankwoord

Iedere dag ben ik dankbaar dat ik mag doen wat ik het liefste wil: schrijven. Het is een voorrecht. Onmogelijk alles te benoemen wat mij in deze heugelijke positie heeft gebracht, maar dat een aantal mensen daar een belangrijke rol in hebben gespeeld moge duidelijk zijn. Veel heeft te maken met morele steun. Moed en geloof zijn essentiële ingrediënten.

Rik, mijn levensliefde, hoofdsponsor én lifeguard, begrijpt dat en geeft mij dat allemaal. Mijn dierbare moeder, die helaas te vroeg is overleden, heeft altijd zo'n vanzelfsprekend vertrouwen in mijn schrijverschap gehad dat ik er wel in móest geloven. Hetzelfde geldt voor mijn twee zussen, Antoinette en Famke, en voor mijn grote vriendin Heleen. Door de reacties van mijn eerste lezeressen, Esther, Martine, Beate, Katja en Helena, kreeg ik genoeg moed om met dit verhaal door te gaan, hoewel de versies die ze lazen nog aan alle kanten rammelden. Myrthe zag potentie om mij te willen vertegenwoordigen als agent, en Paloma en Maaike van Meulenhoff gaven mij ten slotte de kans om van mijn manuscript deze roman te maken en die onder de naam van hun uitgeverij uit te brengen. Ik ben allen zeer dankbaar.

Schrijven is een solitair gebeuren, maar je kunt niet zonder de hulp van anderen. Dat begint al in de researchfase. Ik dank huisarts Michel en neurologe Elma omdat zij hun kennis met mij wilden delen. En ik dank alle auteurs van alle boeken die ik heb gelezen rondom de thema's die ik heb gebruikt, zij zijn helaas te talrijk om hier te noemen. Mijn redactrice Suzanne heeft me behoed voor al te uitvoerige beschrijvingen, dankzij haar is mijn verhaal scherper geworden.

En als laatste gaat mijn dank uit naar mijn twee dochters Robin en Ollie. Zij halen mij geregeld terug naar de aarde waar ze mij deelgenoot maken van hun prachtige levens. Het moederschap is veelomvattend, maar uiteindelijk is het net zo simpel en tegelijkertijd net zo gecompliceerd als het leven zelf. Ik had het niet willen missen.